LOS CHICOS DE PROMISE

Los chicos de Promise

NICK BROOKS

Traducción de Guiomar Manso

Argentina – Chile – Colombia – España
Estados Unidos – México – Perú – Uruguay

Título original: *Promise Boys*
Editor original: Henry Holt And Company
Traductor: Guiomar Manso

1.ª edición: mayo 2024

Plaza de los Reyes Magos, 8, piso 1.º C y D – 28007 Madrid
www.mundopuck.com

ISBN: 978-84-19252-72-2
E-ISBN: 978-84-10-15918-1
Depósito legal: M-5.579-2024

Fotocomposición: Urano World Spain, S.A.U.

Impreso por: Rodesa, S.A. – Polígono Industrial San Miguel
Parcelas E7-E8 – 31132 Villatuerta (Navarra)

Impreso en España – *Printed in Spain*

Dedicado a los chicos de Chocolate City

En mis veinticinco años como docente, he observado un fenómeno fascinante: los colegios y la educación son cada vez más irrelevantes para las grandes empresas del planeta. Nadie cree ya que los científicos se formen en clases de ciencias ni los políticos en clases de educación cívica ni los poetas en clases de lengua. La verdad es que los colegios ya no enseñan nada de verdad, salvo cómo obedecer órdenes. Este es un misterio para mí, puesto que miles de personas solícitas y empáticas trabajan en colegios como profesores y auxiliares y gestores, pero la lógica abstracta de la institución sobrepasa a sus contribuciones individuales. Aunque los profesores se preocupan y trabajan muy duro, la institución es psicopática. No tiene conciencia.

Suena una campana y el joven que estaba escribiendo un poema debe cerrar su cuaderno y pasar a otra aula donde deberá memorizar que el hombre y el mono provienen de un antepasado común.

—John Taylor Gatto
«Por qué los colegios no educan»

NOTICIA DE ÚLTIMA HORA:

APRECIADO DIRECTOR DE INSTITUTO ASESINADO A LOS 43 AÑOS

La policía de Washington DC está investigando un homicidio en el noreste de la ciudad. Kenneth Moore, fundador y director del instituto Urban Promise Prep fue abatido en las instalaciones del colegio el viernes, 10 de octubre. Era un miembro muy apreciado en la comunidad.

Un compañero de trabajo encontró el cuerpo de Moore a primera hora de la noche del viernes y llamó al 911.

Cuando la policía llegó, encontraron a Moore con un solo disparo de bala en la sien. Se le declaró muerto en el lugar de los hechos.

Los agentes han estado trabajando para determinar uno o más sospechosos y tratar de establecer el móvil del crimen. Según parece ya han detenido a tres estudiantes para interrogarlos.

Se ha solicitado que cualquiera que tenga información sobre el caso llame a la Unidad de Homicidios del Departamento de Policía del Distrito de Columbia al 202-555-4925.

Se ofrece una recompensa de hasta 65 000 dólares a cualquiera que proporcione información que pueda llevar a una detención y una acusación en este caso.

PARTE UNO

J.B.

Presente

Nadie

Alumno de Urban Promise Prep

Dicen los rumores que un alumno llevó un arma al colegio el día del asesinato. Yo no he dicho nada al respecto.

Keyana Glenn

Alumna del instituto Anacostia

No podemos creer las cosas que vemos; solo podemos creer las cosas que sentimos. Pensaba que podía creer en J.B. porque sentía lo mucho que yo le gustaba. O al menos eso pensaba, hasta que me dejó plantada. El día después de intimar tanto. Cuando me había dicho que me vería después de clase e iríamos al partido juntos. Que estaríamos juntos. De manera oficial.

Él juraba que era diferente. No como los otros chicos. Mejor que ellos. Y en contra de mis instintos, me convenció para confiar en él. ¿Y quizá todavía lo haga? Pero tengo la cabeza hecha un lío y no sé nada ahora mismo.

Buf, me siento tan tonta. Me han utilizado, o engañado. Ahora me siento mal acerca de *mí misma,* y eso no es justo. Incluso solo pensar en ello me cabrea.

Cada vez que cierro los ojos, los sucesos de la noche se me aparecen una y otra vez. Cómo me arrastré sola hasta el partido, dispuesta a pedirle explicaciones a J.B. Cómo, al llegar, lo encontré cubierto de sangre.

Me quedé paralizada ahí mismo, a la entrada del colegio.

Los dos lo hicimos.

Todo lo que le había querido gritar subió burbujeando por mi garganta, pero se atascó en mi boca.

La sangre.

Mis pensamientos corrían a toda velocidad. ¿Estaba herido? ¿Era esa la razón de que no me hubiese ido a recoger como había dicho que haría? ¿Era por eso por lo que no me había llamado ni me había respondido los mensajes?

—No fue culpa mía... —susurró, mientras trataba de recuperar la respiración. Luego echó a correr. Estaba claro que no estaba herido, no cuando podía moverse tan deprisa.

Y desapareció en la oscuridad de la noche.

Por supuesto, en ese momento yo no sabía lo del director Moore. Ahora todo el mundo dice que J.B. mató a ese hombre, pero... quiero decir... parte de mí no puede creerlo.

Por otro lado, sé lo que vi: a J.B. con la camisa empapada de sangre. Y sus palabras se repiten una y otra vez en mi cabeza. «No fue culpa mía».

Cada vez que empiezo a creer algo, me recuerdo que aquí *todo el mundo* es muy falso. Supongo que nunca llegas a conocer de verdad a una persona.

Espero estar equivocada. Espero que J.B. sea inocente.

Enfermera Robin

Empleada de Urban Promise Prep

No me malinterprete, el trabajo me gusta. Es este *lugar* lo que no puedo soportar.

Cuando les dije a mis amigos que iba a trabajar en Urban Promise Prep, todos me advirtieron de que estaría rodeada de varones, pero pensé que podía lidiar con ello. Tengo que soportar a hombres desagradables las veinticuatro horas del día. En cada colegio que he trabajado, cada trayecto en autobús, cada paseo por la calle, cada vez que hago la compra hay hombres que me tiran los tejos. ¿Por qué iba a ser diferente Promise Prep? ¿No?

No.

En Urban Promise, sentía una incomodidad increíble, estaba *nerviosa*; ya conoce la sensación. El director Moore había creado una olla a presión de masculinidad tóxica y fragilidad varonil. Cree que me refiero a los estudiantes, pero no. Los niños son niños y no saben lo que es correcto. Me refiero a los adultos. Los profesores, los guardas de seguridad, la dirección.

Fomentaban ese comportamiento. El año pasado, uno de los alumnos hizo circular un vídeo inapropiado que había grabado con una chica, así que los guardas de seguridad registraron sus pertenencias y confiscaron su teléfono. Era lo correcto. Pero nunca lo castigaron ni lo expulsaron unos días. ¡No le dieron ni un reglazo en la muñeca! Y peor aún, vi a los guardas en la sala de descanso pasarse el maldito teléfono y ver las imágenes antes de borrarlas. Se rieron con disimulo de lo que era, básicamente, pornografía infantil, e hicieron bromas sobre la jovencita del vídeo. No se les ocurrió pensarlo dos veces. Simplemente, no había ningún sentido de... de moralidad cuando se trataba de mujeres en Urban Promise.

Pero a Moore no le importaba nada de eso. Siempre y cuando los chicos estuviesen a raya, esos hombres podían actuar como cretinos. Ya sabe, Moore es muy prístino de cara al público, pero tampoco era el más correcto del mundo. Hacía esas cositas pequeñas como abrazarme durante demasiado tiempo o poner su mano sobre mis riñones cuando hablaba conmigo en el pasillo.

También, llámeme ridícula o lo que quiera, pero juro que tenía un problema con el alcohol. He tratado a un montón de pacientes con malos hábitos con la bebida y Moore encajaba en el perfil. Su actitud podía cambiar de un momento a otro. A veces suave como la seda, encantador y sociable, comprensivo y amable. Y otras veces, le he visto gritar a chicos, gritar a profesores, incluso gritarle al decano Hicks. Y en los últimos tiempos, la situación había empeorado.

En fin. Supongo que podría decirse que no creo que sea una pérdida tan grande como piensan otras personas.

En cuanto a los chicos a los que están interrogando sobre su asesinato, no los conocía bien, pero sí vi a J.B. el día del suceso. Acudió a mí para que le vendase la mano. La tenía bastante despellejada y magullada después de darle un puñetazo a algo.

—¿Qué ha pasado? —le pregunté. Tenía los puños apretados, como si tratara de clavarse las uñas en su propia piel. El marrón oscuro manchado de sangre.

—Nada —farfulló.

—No puede ser nada si estás aquí con la mano en este estado. —Intenté sonreírle, hacer que se sintiera más cómodo, visto que tenía los nudillos tan arañados.

Le limpié las heridas lo mejor que pude, pero no aflojó la mano. No lo hizo en todo el tiempo que estuvo en mi despacho.

Se limitó a mirar ceñudo a lo lejos, la mandíbula apretada, como si estuviese impaciente por hacer algo más con ese puño herido.

Retrocedí hasta mi mesa antes de decirle que podía marcharse. Un instinto extraño se había apoderado de mí. No quería darle la espalda. No con la ira que irradiaba como oleadas de calor. Como si pudiese lanzar otro puñetazo en cualquier momento, como si sus manos necesitasen un saco de boxeo, algo, cualquier cosa contra la que impactar en ese momento. Parecía alguien acostumbrado a la violencia. ¿A tan temprana edad? Me hace estremecerme.

Así que sí. Estoy buscando un colegio nuevo en el que trabajar.

Becca Buckingham

Alumna de la academia Mercy para chicas

Esos pobres chicos. Tan llenos de ira. Aunque se debe a las circunstancias de sus vidas, ¿verdad? Quiero decir, imagina vivir rodeado de pobreza, discriminado por motivos raciales y ser una víctima de la desigualdad del sistema. Tú también lo estarías. Por eso elijo impartir clases en Promise. Para *cambiar* algo. Con mis privilegios de persona blanca, lo veo como mi responsabilidad.

Pero incluso con todo eso, no logro entender por qué querrían matar al director Moore. Sobre todo después de todo lo que ha hecho por ellos. Es simplemente una tragedia.

Dicen que tienen a tres sospechosos. Todo el mundo lo ha estado hablando y el DC es más pequeño de lo que uno podría pensar. Las noticias vuelan. De hecho, le di clases a uno de ellos.

Ramón Zambrano.

Ramón es un chico súper amable. Hay algo… angelical en él. Me encanta cómo… no sé… lo auténtico que es sobre su cultura. Hace… creo que se llaman… ¿pahpusas? Esas galletitas. He oído que las hace con su abuela. ¿No es monísimo?

Hice todo lo que estaba en mi mano para conseguir que su inglés fuese fluido, porque eso le daría muchas más oportunidades. Por no mencionar que era mi deber. Y Ramón ponía muchísimo interés. De hecho, hace unas semanas, hubiese dicho que era imposible que hubiera tenido nada que ver con esto. Y una parte de mí todavía siente lo mismo, en lo más profundo de mi corazón.

Aunque vi... uhm, bueno, digamos que *oí* que tiene bastante temperamento.

En cualquier caso, hay esperanza para él. Lo más probable es que lo hiciera uno de los otros chicos a los que han detenido.

Como... **Trey Jackson**.

Nunca llegué a hablar con él, pero oí decir que era gracioso. Muchas de las chicas de Mercy creen que es guapo y además juega al baloncesto, así que ya sabes. Puede que de mayor juegue en la NBA. ¿Quién no querría salir con un chico así?

Yo.

Los deportistas son idiotas y estoy segura de que Trey es igual que todos ellos. Ahora que lo pienso, la gente decía que era un abusón. Hacía bromas sobre otros chicos todo el rato; es decir, se sentía grande haciendo que otros se sintiesen pequeños.

Pero la gente también dice que tiene... como, un tío militar con mala actitud. En ocasiones, las personas que tienen figuras paternas agresivas también salen agresivas, ¿sabes? Aunque ¡al menos *tiene* una figura paterna! No lo sé a ciencia cierta, pero apuesto a que eso no es muy común entre los chicos de este colegio.

Y luego está J.B. Williamson.

No lo conozco mejor que a Trey, pero he oído que J.B. es bastante listo. Lo veía mucho por los pasillos en los días que iba a dar clases, y lo recuerdo sobre todo porque es enorme. ¡Mide como 1,90! Bueno, los tipos altos siempre me parecen sexys, pero él nunca sonreía. Sin importar la cantidad de veces que le sonriera yo o que le dijera hola, se limitaba a ignorarme. Eso me daba como malas vibraciones, ¿sabes?

Todo el mundo no hace más que preguntarme acerca de *ese* día en Promise. Había estado dando clase de apoyo toda la tarde en la sala de ESL, la de inglés como segunda lengua. Había salido un momento a por un poco de agua y ahí estaban: J.B. y el director Moore enzarzados en una pelea.

Me quedé paralizada, junto con todos los demás. J.B. estaba plantado en actitud amenazadora ante el director Moore, y una de las taquillas tenía una abolladura enorme. De la piel despellejada de los nudillos de J.B. goteaba sangre sobre el suelo de linóleo. Se percibía la tensión desde el otro lado del pasillo.

J.B. hizo un amago de pegar al director Moore. Esperaba que el director diera un respingo o se acobardara, pero se limitó a reírse y no movió ni un músculo. Mi corazón traqueteaba en mi pecho y mi pulso tronaba con tal fuerza que apenas oí lo que decían.

El director Moore levantó la mano por el aire y le indicó a J.B. que se marchase. Cuando el chico pasó airado por mi lado, todo agresivo y enfadado, lo oí farfullar: «Ya nos veremos».

Había oído a chicos de Promise decir eso antes. Era como la gota que colmaba el vaso en una pelea. Cuando los guardas de seguridad del colegio los separaban, se gritaban esa frase los unos a los otros una y otra vez. Una advertencia. Y como era de esperar, luego llegaban los chismorreos a Mercy sobre las peleas de los chicos de Promise en el barrio.

Ahora, sin embargo, esas tres palabras no hacen más que repetirse en mi cabeza. Unas pocas horas después de que J.B. las pronunciase, el director Moore apareció muerto.

Unk

Tipo del barrio

No me importa ningún maldito director.

Al director no le importaba yo.

¡¿Qué?!

Ese no me miró a la cara en la vida, como si no existiese.

La única vez que me habló fue para gritarme que me alejase de su colegio.

Soy de aquí. ¡Yo estaba aquí antes! *¡Dequévas!*

Tipos engreídos negros que te miran por encima del hombro igual que los blancos.

BIENVENIDO AL BARRIO, COLEGA. ¡JAJAJAJAA!

¡Ya ves dónde estoy!

¡¡¡¡LARGA VIDA A CHOCOLATE CITY!!!!

Wilson Hicks

Decano de asuntos estudiantiles de Urban Promise Prep

Oh, Dios.

Yo encontré su cuerpo.

Oh, Dios, ¿por qué tuve que ser yo?

Jamás había visto la sangre moverse de ese modo. Un río rojo caía por los bordes del escritorio.

Unos ojos invidentes me miraban.

Me acerqué más y más.

«¡Kenneth! ¡Kenneth!».

Mis ojos escudriñaron su cuerpo. No veía de dónde salía toda esa sangre. Me tapé la nariz porque el olor a heces en el ambiente revelaba la muerte. Kenneth se había hecho sus necesidades encima. Siempre había oído que la gente hace eso cuando muere, pero pensaba que no era más que un mito.

Retrocedí a toda prisa. Sentí que me ponía rojo. El sudor resbalaba por mis sienes. Mil preguntas corrían por mi cabeza. ¿Cómo eran esos momentos finales? ¿Cuánto miedo había tenido cuando habían apretado el gatillo? ¿Había sentido mucho dolor? ¿Tenía miedo a morir?

Pero nunca tendré respuestas a esas preguntas.

Incluso ahora, cuando esa noche vuelve a aparecerse en mi mente, todo vuelve a mí de golpe. ¿Podría haber hecho algo de otra manera? ¿Podría haber evitado que sucediese esto?

¿Que si éramos mejores amigos? No. Técnicamente, él era mi jefe. Pero cuando Kenneth decidió crear Urban Promise Prep, me contrató a mí el primero, y juntos, construimos algo realmente extraordinario. La gente puede pensar lo que quiera sobre sus métodos, o incluso sobre los míos, pero conseguimos resultados. Sí, les ofrecíamos a los chicos un amor duro, pero nunca cruzamos esa línea. Estos chicos nos importaban más que a la mayoría, y lo único que queríamos era lo mejor para ellos. Queríamos convertirlos en reyes. Creamos incluso el Fondo Promise, una beca para poder enviar a los chicos a la universidad si no se lo podían permitir ellos mismos. Pero algunas personas no eran capaces de ver que nuestro trabajo era crear hombres, no mimar a niños.

Por desgracia, algunos estudiantes simplemente se niegan a crecer.

J.B. Williamson, Ramón Zambrano y Trey Jackson, todos chicos que se niegan a crecer.

Uno de ellos hizo esto, quizá todos juntos. Los informes dicen que los tres tuvieron enfrentamientos con Kenneth ese día.

Si tuviese que hacer una apuesta, diría que fue J.B. Siempre son los callados y tranquilos de los que hay que preocuparse. Los que se tragan su vena violenta. Además, J.B. es de Benning Terrace. He visto a los de su calaña una y otra vez. Ya se sabe el tipo de chicos que sale de ahí.

Bando
«Trapichero» del barrio

¡Tranqui, amigo! ¡Pero si acababa de ver al tipo! ¿Y ahora dicen que puede que lo acusen de asesinato? En realidad, J.B. nunca pasaba tiempo aquí de ese modo. Quiero decir, estaba en la calle, pero no trapicheaba ni hacía nada malo. Siempre pareció buen chico. Aunque sí sé que tenía manos el tipo. Si lo picaban mucho, sabía pelear y mandarte al hospital si te alcanzaba con uno de sus puños.

{*inspiración*}

Recuerdo una vez en las canchas. Estábamos jugando al baloncesto y J.B. andaba por ahí. Es un tipo enorme, así que uno pensaría que es una bestia jugando al baloncesto, pero al final resulta que no. En cualquier caso, necesitábamos un quinto hombre para jugar, así que lo convencí para unirse a nosotros. Y durante un rato, la cosa no fue mal, pero por su tamaño, los otros no hacían más que zarandear al tipo. Cada vez que intentaba conducir el balón, recibía golpes. Le daban manotazos en los brazos para intentar quitarle el balón y hacerle quedar como un payaso.

J.B., sin embargo, aguantó el tirón, porque nunca quería bronca en realidad, solo quería llevarse bien con todo el mundo. Pero tenía sus límites, como todos. Así que cuando los otros vieron que no era demasiado agresivo, ¡empezaron a zarandear al chaval aún más! Un tío le dio un codazo y, de repente, J.B. tumbó al tipo con el gancho de derecha más brutal que he visto en la vida. Fue casi como un acto reflejo. Había sangre por todas partes. Le rompió la nariz y se cayó redondo. Tocó el suelo antes de que J.B. se diese cuenta siquiera de lo que había hecho.

[*espiración*]

Pero incluso con eso, nunca me pareció un asesino.

[*inspiración*]

Aunque claro, conozco a muchos tipos que no eran asesinos hasta que asesinaron. Con tan solo catorce años, colega. ¿Sabes?, a veces esa mierda solo acecha en tu interior hasta que llega el momento correcto.

[*espiración*]

Supongo que es posible. A lo mejor J.B. sí que hizo esa mierda. A lo mejor su ira sacó eso en él.

Sr. Reggie

Policía asignado al colegio Urban Promise Prep

Los castigos siempre son leves en día de partido. En especial *ese* día. Eran los *playoffs*, creo. La vida en Urban Promise Prep ya es muy dura de por sí para estos chicos: nada de hablar, nada de reírse, nada de chicas. En realidad, su única válvula de escape es el equipo de baloncesto.

Cualquiera puede venir a ver los partidos y además este año se nos está dando bastante bien, así que vienen chicas de toda la ciudad a ver a los chicos jugar. A ellos les encanta eso. Razón por la cual creía que ese día no habría castigados después de clase y podría salir de trabajar temprano para variar, pero resultó que aún hubo unos cuantos chicos que decidieron meterse en líos: J.B., Ramón y Trey.

J.B. fue el primero en llegar, y he de ser sincero: me sorprendió mucho. En mis seis años en Urban Promise, puedo decir sin temor a equivocarme que jamás había visto a J.B. Williamson castigado después de clase. Un chico callado, gigante, pero con buen comportamiento.

Ramón fue el siguiente en llegar. A él lo castigaban de vez en cuando, por lo general porque lo encontraban jugando a los dados o se había saltado alguna clase. Nada grave. Lo habitual. Estupideces de chicos. Me gustaba eso de él, tenía agallas. Solía entrar en el instituto acicalándose ese pelo engominado suyo con un cepillo, y me recordaba a El Fonz. Siempre que me veía decía: «Eh, míster,

¿qué tal van esos Ravens?», después de haber visto mi taza de los Baltimore Ravens una vez.

«Nos va bien», le respondía siempre, fuese verdad o no.

A Ramón no le importaban nada, pero me daba coba por si acababa castigado más tarde ese día. Era listo de ese modo. Manipulador incluso. Pero dulce.

Así que, como de costumbre, Ramón entró pavoneándose en la sala ese día y me preguntó por los Ravens. Eso sí, tenía la mandíbula apretada, un poco nervioso. No suele ser un chico enfadado, pero vi que algo lo corroía por dentro. Le pregunté si necesitaba hablar, pero se limitó a rechazar mi oferta con un encogimiento de hombros y una mirada ceñuda. En cualquier caso, podía lidiar con él sin problema. Por enfadado que estuviera, era solo Ramón.

Incluso con su mala actitud, seguía pensando que sería un castigo ligero, hasta que... llegó Trey Jackson. Trey SIEMPRE estaba castigado. Teníamos encontronazos todo el día, todos los días. Aunque él actuaba como si fuese gracioso. Una especie de juego que jugaba con todos los que estamos aquí asignados como policías escolares.

Así que ese día Trey no hacía más que pedir ir al servicio, una y otra y otra y otra vez. ¡El chaval debía de pensar que soy tonto! Tanto él como yo sabíamos que solo quería ir al gimnasio a ver cómo iba el partido de baloncesto. Aun así, Trey me tocó tanto las narices, levantando la mano sin parar y soltando bufidos cada pocos segundos, que al final lo dejé salir.

Al principio, no pensé en ello, pero cuando pasó un buen rato, me di cuenta de que tenía que ir a ver qué hacía. Como solo tenía que dejar a J.B. y a Ramón solos, pensé que son lo bastante buenos chicos como para que no pasase nada. Se quedarían en la sala, obedecerían las normas y cumplirían su castigo.

Busqué por todo el colegio y volví con las manos vacías.

Nunca encontré a Trey.

Pero entonces oí el *bang*. El colegio se volvió loco. Los pasillos se llenaron de gritos. Fue como si el gimnasio entrase en erupción.

Corrí con el resto de los agentes escolares hacia el lugar de donde había provenido el disparo. Los alcancé cerca del aula de castigos.

Cuando irrumpimos en ella. J.B. y Ramón habían desaparecido. El decano Hicks gritaba pidiendo ayuda desde la puerta de al lado, y entonces fue cuando vimos que habían disparado al director Moore. Llamamos a un ambulancia de inmediato y tratamos de mantener a todo el mundo lejos del lugar.

En todos mis años como policía escolar, nunca he cedido ante los chicos, y en el único momento en que lo hice, alguien perdió la vida.

Me siento fatal. Da igual cómo lo mire. Soy responsable. Si no hubiese dejado salir a Trey ese día, tal vez esto no hubiese sucedido. Aunque fuese uno de los otros chicos el que lo hizo, no habría tenido la oportunidad si yo hubiera hecho mi trabajo y me hubiese quedado en mi puesto. Y si no fue ninguno de ellos, si yo hubiese estado en la sala de castigo al lado de la oficina de Moore, tal vez habría podido atrapar al que disparó. O salvar la vida de Moore.

Aunque claro... tal vez fuese una bendición que no estuviese ahí. Tal vez me hubieran disparado también a mí. Tal vez Trey me salvó la vida. No lo sé.

Sea como sea, no puedo quitármelo de la cabeza. Sobre todo lo que vi en la oficina de Moore, debajo del escritorio. Se me cayó el alma a los pies. No sé si alguien más lo vio siquiera. Pero cuando la ambulancia se llevó a Moore, vi el cepillo de Ramón en el suelo. ¿Cómo había llegado hasta ahí si Ramón no había estado en esa habitación?

No les dije nada a los polis porque, bueno, en realidad *no* sé lo que pasó, y lo último que quiero hacer es ayudarlos a meter a otro chico de color detrás de unos barrotes, pero maldita sea. El asunto me tiene de los nervios.

¿Podría haberlo hecho Ramón? Se supone que él es uno de los buenos.

Sra. Williamson

La madre de J.B.

Querido Dios, padre nuestro celestial,

Te suplico que bendigas a mi bebé. Mi único hijo. Acudo a ti con humildad, Dios mío, para pedir el perdón por cualquier pecado que pueda haber cometido mi precioso hijo y para rogar que se averigüe la verdad. La verdad que demuestre su inocencia.

Ten misericordia, Dios mío. J.B. es un buen chico, un chico muy bueno. No está ahí fuera en las calles como los otros chicos, saca notas decentes y no se mete en líos. Sé que uno de los otros chicos le hizo eso al Sr. Moore. No ha podido ser mi J.B.

Por favor, Dios mío, por favor cuida de mi bebé.

Amén.

Interrogatorio de J.B.

(Transcripción del Interrogatorio Oficial de J.B.)

INSPECTOR BO: Di tu nombre para que conste en acta, por favor.

J.B.: J.B.

INSPECTOR ASH: El nombre completo.

J.B.: Jabari Williamson.

INSPECTOR BO: ¿Dónde vives?

J.B.: En Simple City.

INSPECTOR BO: ¿O sea que te mueves con los Choppa Boyz?

J.B.: No.

INSPECTOR ASH: ¿Dónde estabas el diez de octubre hacia las seis y media de la tarde?

J.B.: …

INSPECTOR BO: Tienes que contestar a esa pregunta.

J.B.: En el colegio.

INSPECTOR BO: ¿Dónde del colegio?

J.B.: En la sala de castigos.

INSPECTOR BO: ¿Por qué estabas castigado? ¿Eres un chico problemático?

J.B.: ¡¡NO!! Quiero decir, no, no lo soy. Ni siquiera había hecho nada. No tenía que estar ahí. Era la primera vez en mi vida que estaba ahí dentro.

INSPECTOR ASH: ¿Qué oíste?

J.B.: No demasiado. Solo el disparo.

INSPECTOR BO: ¿Y no viste a nadie más entrar o salir de la oficina de Moore?

J.B.: No.

INSPECTOR ASH: ¿Te gustaba el director Moore?

J.B.: …

INSPECTOR ASH: HE DICHO QUE SI TE…

J.B.: ¡Ya le he oído!

INSPECTOR ASH: ¡Entonces contesta la pregunta!

J.B.: No lo sé.

INSPECTOR BO: Bueno, ¿cómo te sientes acerca de su muerte? El Método Moore te salvó, después de todo.

J.B.: El método de Moore no hizo nada por mí.

INSPECTOR BO: ¿Por eso lo mataste?

J.B.: No voy a decir nada más.

INSPECTOR ASH: ¡Corta el rollo, chaval! ¿Por qué estabas cubierto de sangre de Moore si no tienes nada que ver con esto, eh?

INSPECTOR BO: Y cuéntanos lo del altercado que tuvisteis Moore y tú más temprano ese día.

J.B.: Bueno…

INSPECTOR ASH: ¡¿Tengo que recordarte que esto no pinta bien para ti?! ¡Déjate de tonterías! No más «no lo sé», no más mentiras. Tu mejor esperanza para salvarte el culo es empezar a hablar. A lo mejor el juez decide ser más suave contigo si lo haces…

UN DÍA ANTES DEL ASESINATO

J.B.

CAPÍTULO UNO

Simp

J.B.

Estoy sentado en clase, esperando a que el Sr. Finley nos deje ponernos en fila para marcharnos. Se supone que no debemos movernos hasta que el profesor levante el dedo índice, pero desde el fondo de la clase es difícil ver. Hay cuatro filas, con unos ocho chicos en cada una, y como soy alto, siempre me ponen en la última.

Contemplo la parte de atrás de la cabeza de Brandon Jenkins. Una cabeza con forma de cacahuete. La peor. Cuando él se levante, yo me levantaré. Como siempre.

Alzo la vista hacia la pared sobre la pizarra interactiva. Me topo con el lema del colegio: EN PROMISE PROMETEMOS.

Solo pensar en esas tres palabras hace que el himno del colegio empiece a resonar en mi cabeza:

En Promise prometemos.
Somos los jóvenes de Urban Promise Prep.
Estamos destinados a la grandeza.

Iremos a la universidad.
Estamos preparados para tener éxito.
Somos extraordinarios porque trabajamos duro.
Somos respetuosos y abnegados, estamos comprometidos y centrados.
Somos los cuidadores de nuestro hermano.
Somos responsables de nuestros futuros.
Somos el futuro.
Lo prometemos.

Nos lo hicieron memorizar cuando llegamos aquí en sexto. Tres veces al día y siempre que nos lo ordenen. Más veces que el Juramento de Lealtad.

Miro a mi alrededor, a todos los otros chicos, y me pregunto si el himno todavía resuena también en sus cabezas. A todos nosotros nos hicieron la *promesa* de un futuro más brillante. Aunque no es como si necesitásemos esa promesa. Es probable que muchos de nosotros hubiésemos llegado a hacer grandes cosas con o sin el director Moore, pero ¿qué sé yo?

Es cierto que la mayoría de los chicos acaban aquí porque tenían problemas en el colegio normal. Chicos a los que nadie quiere enseñar, a los que nadie entiende. El director Moore siempre dice que, supuestamente, esa fue la razón de abrir este colegio.

Supongo que en gran parte ha funcionado.

Yo tuve problemas durante todos mis años en el colegio de primaria. No porque no fuese listo, sino porque nadie se preocupó de enseñarme de un modo en el que pudiera aprender. Por aquel entonces, ni siquiera sabía que *existieran* distintas maneras de aprender.

Así que cuando llegó el momento de cambiar de etapa educativa, mi madre no hacía más que quejarse de que no había ningún colegio público en nuestro barrio al que se sentiría cómoda mandándome. Entonces alguien de mi antiguo colegio le dio un folleto de Promise, el mejor colegio subvencionado de chicos de toda la ciudad.

Sin embargo, desde el primer día, no me gustó este sitio. Los uniformes son agobiantes. No se puede «confraternizar» con otros alumnos. Nada de hablar en absoluto a menos que sea para dirigirte a un profesor o a un adulto. Nada de música ni de teléfonos móviles. ¡Ni siquiera puedes llevar zapatos o calcetines de color!

Y no te puedes poner de pie en clase hasta que el profesor levanta ese dedo índice.

«La receta para construir hombres jóvenes», dice siempre el director Moore.

Brandon se pone de pie, así que yo hago lo mismo. Toda la clase se levanta de un salto al mismo tiempo como un pelotón del ejército. Si no nos levantamos al unísono, la mayoría de los profesores nos hacen sentarnos otra vez e intentarlo de nuevo, hasta que lo hagamos perfecto. Un principio del Método Moore: «Haz todas las cosas de un modo ordenado, completo y perfecto con orgullo».

Si quieres salir de este lugar a tiempo, te pones de pie de la manera correcta al primer intento.

El Sr. Finley levanta dos dedos. Eso significa que nos podemos girar todos hacia la puerta. Cuando levanta tres dedos, todos salimos en fila con las manos detrás de la espalda.

—Dyson, eso es un demérito para ti —dice el profesor.

Si no llevas las manos bien colocadas detrás de la espalda, recibes un demérito, en cuyo caso el profesor resta puntos de tu «cuenta».

Dyson se encoge de hombros y hace un ruido despectivo entre los dientes.

—Que sean dos.

Sacudo la cabeza. Dyson tendría que haber sido más listo.

La cuenta de todo el mundo empieza en cien al principio del día. Si te ganas un demérito, el profesor reduce tu cuenta en no sé qué aplicación absurda y ruidosa de su tableta.

Todo el rato, se oye *bip... bip... bip* por los pasillos. Peor que arrastrar las uñas por una pizarra. Lo fastidiado es que no hay ninguna forma de recuperar puntos. Solo puedes perderlos. La cosa es de lo más injusta.

Dyson se lleva otro demérito. Vuelvo a sacudir la cabeza. Está a punto de que lo castiguen a quedarse después de clase.

Camino detrás de Brandon y trato de concentrarme en no liarla. El Sr. Finley podría habérselo tomado con calma con Dyson. El chaval no suele dar ningún problema. Parece que está teniendo un mal día. Pero veo cosas así todo el tiempo en este colegio. Cosas que no estoy seguro de que vea ningún otro chico o profesor.

Aunque supongo que no puedo saberlo a ciencia cierta, puesto que no tengo muchos amigos en el colegio. Nunca he jugado al baloncesto ni al fútbol americano, así que no encajo con los deportistas. Y desde luego que no encajo con los empollones, los chicos que adoran Promise y respetan la reputación de este sitio como una pandilla o algo. Y en verdad tampoco soy problemático, así que no me encontrarás con los «rufianes», como diría el director Moore. La única profesora a la que trago es a la Sra. Hall, porque ella se nos trata bien una vez que la puerta de su clase se cierra. No tengo que preocuparme tanto por mi cuenta, siempre que me ponga a trabajar.

Limítate a terminar el día, pienso para mí mismo. Necesito atenerme a mi plan: mantener un perfil bajo, sacar estas asignaturas y, a cambio, ir a la universidad, lejos de este lugar.

Salimos en fila al pasillo. Ahí cada cual se va por su lado y hacia sus taquillas.

—¡Vamos, jóvenes, en marcha! —grita el director Moore, que está dando su habitual paseo—. Los académicos no pierden el tiempo. Los reyes se mueven con un propósito. Y eso es lo que sois todos.

Es un tipo grande para la mayoría. Yo que mido 1,90 soy como cinco centímetros más alto que él.

—¡Venga, moveos! Tengamos un gran día lleno de promesa, jóvenes. —Su voz grave retumba por nuestros pasillos. Se ajusta la corbata. Es el tipo de hombre que lleva todos los botones abrochados. Siempre. El perfecto coche de lujo negro que siempre está limpio. El perfecto maletín de cuero con sus iniciales grabadas en la parte delantera. Incluso se viste a la perfección. El nudo de su corbata, el brillo de la hebilla de su cinturón, el pliegue del pañuelo en el bolsillo delantero de su americana. El hombre es impecable. Pero maleducado a más no poder.

—Hay que lustrar esos zapatos, Malcolm. Ve a mi oficina a que la Sra. Tate te dé el abrillantador.

»KeyShawn, demasiadas arrugas en esos pantalones. Lo sabes bien. Pídele la plancha al decano Hicks. Ponte presentable.

»Hora de acicalarte, Hugh. Estás un poco desgreñado. No podemos tolerarlo. Ven a verme después de clase. Desempolvaré mis tijeras.

La excelencia. Otro principio del Método Moore: *perfección, excelencia y disciplina*. Aunque al menos se preocupa.

—Joven, ¿te falta la corbata? —El director Moore se alza imponente sobre uno de los chicos más jóvenes.

—Sí, señor —responde el chico, con los ojos clavados en sus pies.

—Mantén la cabeza alta. —El chico hace lo que le dicen, pero evita mirarlo a los ojos—. ¿Y deberías estar en el colegio sin corbata?

—No, señor.

—Así que ¿decidiste perder el respeto no solo a ti mismo sino también a este colegio?

—No, señor. No pretendía perderle el respeto a alguien.

—A nadie —lo corrige el director Moore.

—No volverá a ocurrir —musita.

—Ya sé que no, te veremos en el aula de castigo después de clase. —Moore se aleja de ahí.

Nos miramos los unos a los otros. Sentimos lástima por el chico, pero nadie es capaz de ir a interesarse por él debido a lo de los pasillos silenciosos y esas cosas. No estoy dispuesto a que mi cuenta baje.

Aunque conozco a ese chico. Solomon. No estoy seguro de que a Moore le importe o no, pero como muchas familias de esta ciudad, la de Solomon tiene problemas para llegar a final de mes. No lo sé, a lo mejor solo tiene una corbata y le pasó algo. Pero eso no es excusa para Moore y no le importa lo más mínimo. Lo realmente loco es que Solomon es uno de esos chicos a los que les *gusta* estar en Promise.

En cualquier caso, yo no tengo tiempo de rescatar a nadie. Agarro mis cosas de la taquilla y sigo adelante.

Tengo que irme de aquí.

Salgo con ímpetu por las puertas del colegio, con mis pies impacientes por abandonar nuestras filas perfectas de salida. En cualquier caso, espero hasta llegar a la esquina para que no tengamos que repetirlo todo. El sol me golpea y los sonidos familiares de la ciudad nos rodean, una banda sonora bienvenida después de un día de silencio. No existe ni una sola sensación mejor que salir de Promise Prep. El peso con el que he estado cargando todo el día se alivia. Mis hombros se ensanchan.

A medida que el edificio del colegio se aleja más y más, incluso mi lengua se relaja y siento que puedo hablar como lo hago en mi zona, allá en el sudeste. Promise está en el nordeste. La zona no es genial, pero tampoco es terrible. No como mi barrio, Benning Terrace.

Me aflojo la corbata, deseoso de llegar a casa y quitarme esta ropa de uniforme. La americana azul marino y los pantalones de vestir a juego, que no pueden ser demasiado anchos ni llevarse demasiado caídos. La camisa azul marino que *tiene* que ir acompañada de la corbata de rayas amarillas y azules. Todo ello rematado con zapatos de vestir negros de suela dura. Demasiado.

Me dirijo hacia el autobús, pero recibo un mensaje de mi madre para que vaya a la tienda y compre pechugas de pollo y una cebolla. Es probable que supiera que me olvidaría de sacar del congelador el pollo que ya teníamos en casa.

Doy media vuelta y vuelvo hacia el supermercado de Mariano. Paso por delante de un puñado de chicos a los que conozco. Después de clase, todo el mundo va a la tienda de Rocky, en la esquina. Se reúnen ahí y se ponen al día, pero yo los ignoro y sigo mi camino por la acera. No tengo tiempo de mezclarme con ellos.

Durante la caminata de diez manzanas, intento vaciar mi mente. Por alguna razón, no puedo dejar de pensar en Solomon. En sus ojos y en la forma en que se acobardó cuando Moore plantó la cara delante de la suya. Así que me pongo los cascos y escucho la nueva canción que he compuesto, pienso en los compases perfectos para incluir en ella. Necesito la distracción.

El supermercado está concurrido. Lo recorro con una cesta y trato de encontrar deprisa lo que necesita mi madre. Paso por el pasillo de los caramelos, listo para agarrar una bolsa de chucherías, cuando oigo que alguien dice mi nombre. Me quito los cascos a toda prisa.

—J.B., ¡sonríe un poco! ¡Te sentirás mejor! ¿Estás bien? —Es la Sra. Hall. Me sorprende verla, sobre todo aquí. Es una de las profesoras con las que empezó Promise. Lleva en el instituto desde que se inauguró y es una de las únicas decentes, aunque sigue siendo una profesora con la que no quieres enredar. El director Moore ni siquiera le habla de malos modos. Cuando nos dijo que estaría de baja por maternidad durante un tiempo largo, todo el mundo se sintió desanimado y confuso. Ni siquiera parecía estar embarazada. Pero ¿qué sé yo?

Viene hacia mí.

—Hola, Sra. Hall, estoy bien. ¿Qué está haciendo?

Su carrito de la compra rebosa productos sanos, como hubiese esperado de alguien como ella, pero dos cajas de vino entrechocan y tintinean mientras empuja el carro hacia mí. Qué raro. ¿Es bueno beber todo ese vino cuando vas a tener un bebé? De todos modos, mi madre me diría que me preocupase de mis asuntos.

—Lo mismo que tú, según parece. —Sonríe, pero sus ojos parecen llenos de tristeza, y no hace más que morderse el labio de abajo.

—Sí —digo—. Solo estoy comprando unas cuantas cosas para mi madre.

—¿Va todo bien en el colegio? —pregunta, sus ojos más intensos de repente. Me encojo de hombros.

—Lo de siempre, profe.

La mierda de siempre es lo que me gustaría decir, pero me lo guardo para mí mismo, cosa que mi madre dice que es una mala costumbre.

Se balancea a derecha e izquierda, un poco rara, distraída quizás.

—¿*Usted* se encuentra bien? —pregunto—. ¿Ha ido de visita al colegio?

—Oh, estoy muy bien, sí —se apresura a responder—. Solo... echo de menos enseñar ya. Siempre estoy preocupada por vosotros los chicos. Pasé por Promise porque tenía una reunión con el director Moore. La *cosa* salió tan bien como podía esperarse. —La ira tiñe su voz.

Un silencio incómodo se instala entre nosotros. Empiezo a contestar, pero la profesora endereza la espalda, como si acabase de recordar dónde estamos y con quién está hablando: con un alumno y no otro adulto. Me dice adiós y desaparece por la esquina para meterse en otro pasillo.

«Eso sí que ha sido raro», susurro para mí mismo.

Me dirijo hacia las cajas. Todas las de autopago están cerradas, así que tengo que lidiar con una cajera que comprueba de manera ostentosa el billete de veinte dólares con el que pago para asegurarse de que no es falso. Intento mantener la calma. No pasa nada. Estoy acostumbrado. Pero si todo este rollo me hace perder el autobús, me voy a cabrear.

Por fin me deja ir y yo me apresuro. Apenas consigo llegar a tiempo de subir a bordo. Me abro paso a empujones entre la masa de la hora punta con la esperanza de encontrar un asiento, aunque sé que tengo pocas probabilidades de hacerlo.

Veo uno al final del todo, pero según me acerco me doy cuenta de que está al lado de Unk, el anciano que siempre pulula por el barrio. La verdad es que no estoy de humor para aguantarlo, pero por suerte está inconsciente. Supongo que durmiendo la mona después de una borrachera. Si estuviese despierto, no se callaría. Dejaría caer alguna noticia nueva, soltaría alguna visión profunda sobre la vida o se enrollaría sobre alguna conspiración alocada que parece tan ubicua que tal vez sea cierta.

Saco mi teléfono, me pongo los cascos y continúo con mi música. Escribo unos cuantos versos que pegan con el ritmo.

Cariño, estoy dentro de ti, pero no es metafórico, sino físico.

Menuda manera más boba de empezar un verso. Tampoco es como si fuese a rapeársela nunca a la chica en la que estoy pensando mientras escribo. Keyana. Es, de lejos, la chica más guay de mi barrio. Tiene un cutis de un cálido tono marrón y la piel más suave que he visto en la vida. El pelo le cae hasta los hombros y cada mechón se enrosca con su propia personalidad. Pelo negro como el carbón, además, del tipo que no se vuelve marrón al sol ni nada.

Aunque sus ojos sí que lo hacen. Cuando la luz los ilumina justo de la forma adecuada, esos ojos marrones centellean como su sonrisa.

Pero más que todo eso, Keyana quiere lo mismo que yo: una oportunidad para salir de Benning Terrace y hacer algo grande. Algo mejor que toda la gente que vemos en casa.

Hemos salido juntos unas cuantas veces, pero ella siempre tiene la guardia alta. Me dijo que ya no confía en los hombres después de que algún imbécil filtrase algunos de los mensajes de texto que habían intercambiado. Eso puedo respetarlo. Le dije que le daría una paliza en su nombre, pero no quiso decirme quién lo había hecho. Aunque sé que fue alguien de su colegio, el Anacostia High.

Miro por la ventana. El instituto de Keyana está a la izquierda. Estiro el cuello para ver si está por ahí, con la esperanza de verla un instante, pero es probable que ya se haya marchado. Deberíamos estar en ese instituto juntos.

Sin embargo, todo el mundo (incluida mi madre) piensa que Promise es mejor, y súper perfecto, vista la tasa de aceptación en la universidad. Lo que no sabe la gente es que Promise encuentra cualquier razón para expulsar a un chico cuando se da cuenta de que el alumno tiene cero posibilidades de entrar en la universidad. A esos chicos los echan a patadas y los mandan de vuelta al colegio de su barrio en su último o penúltimo año de instituto, con nadie para ayudarlos. Y si antes no tenían posibilidades de ir a la universidad, no les quedará ni una cuando la expulsión quede registrada en su expediente.

El autobús se detiene con un chirrido. Me bajo y entro en el complejo de Benning Terrace. Simple City. Mi casa. La verja chirría y esquivo el agua que gotea del techo. Alguna fuga de origen desconocido que no han arreglado. Este es uno de los proyectos de viviendas más viejo del DC y nadie se preocupa de adecentarlo. La ciudad no hace más que decir que lo van a demoler todo para reconstruirlo, pero eso solo cabrea a la gente. A la gente negra, al menos. La gente que lleva aquí desde siempre. La gente que construyó esta ciudad. A mí no me importaría, la verdad. Nos daría una excusa para mudarnos a otro sitio.

Cruzo el bloque A deprisa y paso por la plaza en dirección a donde está nuestro apartamento.

Cuando me acerco, me topo con Bando. Tiene unos años más que yo. Creo. Con tipos como él nunca se sabe a ciencia cierta. De vez en cuando le pido que me compre un cigarrillo o una birra, así que supongo que tiene alrededor de veintiuno, porque nadie duda de su edad nunca. Aunque también es el tipo de persona que tendría un carnet de identidad falso, así que no hay quién lo sepa. Además, nadie se mete con él. Tiene una reputación. Todos conocemos a los trapicheros a los que les mueve el dinero y solo el dinero.

—J.B., ¿qué pasa? —Bando hace chocar su puño con el mío; sus manos están súper sudadas y calientes.

—No gran cosa. Vuelvo a casa de clase.

—Ya veo. Ven conmigo un momento.

En verdad, Bando nunca te da la oportunidad de decir que no. Tiene tanta labia que lo he visto escaquearse incluso de una citación por posesión de hierba una vez. Es un dios.

Lo sigo, doblamos la esquina y entramos en la callejuela de detrás de nuestro edificio.

—¿Dónde vamos?

—'Tas a punto de verlo. —Bando se mete entre dos grandes contenedores de basura azules y mete la mano en la riñonera de diseño que lleva. Está tan tranquilo—. Mira esto.

Saca una pistola y la sujeta en la palma de su mano, totalmente despreocupado, como si me estuviese enseñando un cromo de béisbol edición coleccionista u otra cosa igual de inofensiva. Se me cae el alma a los pies al verla. Ya he visto armas antes, pero esta está muy cerca. Demasiado cerca. No obstante, mantengo una expresión neutra; no puedo dejar que nadie me vea sudar.

No sé gran cosas sobre armas, pero hago una conjetura solo por decir algo.

—¿Es una .38?

—Sí, joder. La vendo barata. ¿Qué te parece?

Siento una oleada de pánico. Trago saliva y niego con la cabeza.

—Nah, amigo. Pero es bonita. —Yo no me meto con pistolas.

—Sí, joder, ya sabes que me gustan las cosas de calidad. Bueno colega, búscame si cambias de opinión. Ya sabes dónde encontrarme, en el mismo sitio de siempre.

Sí que lo sé. Es triste, en verdad.

Salgo del callejón mientras Bando se va a echar una meadita.

Entonces, cuando echo a andar, la veo. Keyana. Me paro en seco y me huelo.

Lo que más odio de mí mismo es el sudor. Cada vez que me pongo nervioso, que me avergüenzo, que me siento cohibido, cualquier cosa, nunca falla. Mi piel echa humo y mis axilas se vuelven hiperactivas. Mi camisa ya está medio empapada por lo de que Bando me enseñase la pistola, y ahora la cosa se pone aún peor.

Respiro hondo y trato de mantener la compostura. Me meto un chicle en la boca para que mi aliento huela bien.

«Tranquilízate», me susurro a mí mismo. Keyana todavía no me ha visto. «Mira arriba, mira arriba», musito en voz baja. Quiero ver esa gran sonrisa cuando me vea. Pondrá los ojos en blanco, fingirá estar irritada como suelen hacer las chicas, pero sé que en el fondo quiere verme.

Empieza a levantar la vista, pero un BMW negro se para a su lado. La ventanilla del copiloto se abre.

—¿Qué pasa, guapa?

Keyana ignora al tipo y sigue andando, pero él la sigue, el coche cada vez más y más cerca. Keyana mira en todas direcciones y por fin me ve, pero en lugar de una sonrisa, sus ojos dicen «Ayúdame».

El tipo del BMW sale del coche.

—Eh, ¿me has oído?

Suenan unas risas dentro del coche. Hay alguien más ahí.

El tipo agarra a Keyana del brazo y la obliga a dar la vuelta, en dirección contraria a mí.

—Eh, más despacio. ¿Dónde vas tan deprisa? ¿Llegas tarde o algo? Podemos llevarte. ¿A dónde quieres ir?

—No, gracias, estoy bien —responde Keyana.

—¿Estás segura?

—Sí. —Keyana da un paso atrás.

—Bueno, pues al menos dame tu teléfono a cambio de mi tiempo. —El tipo se pasa la lengua por los labios mientras la mira.

Corro un poco y los interrumpo.

—Keyana, ¿lo conoces?

Los dos me miran. De cerca, el tipo parece un poco más mayor que yo. Dieciocho, quizás. Aun así, soy mucho más grande que él. Me mira de arriba abajo y se encoge un poco.

Aunque solía tener miedo de las peleas, utilizo mi tamaño para intimidar a la gente todo el rato. Hasta llegar a secundaria nunca había tenido que pelear *de verdad*. Gané tantas peleas que llegó un punto en el que ya no me importaban tanto. Quiero decir, nunca las empezaba yo, pero desde luego que no me importaba terminar el trabajo.

—¿Y tú quién eres? —pregunta.

—Soy su novio, ¿quién eres tú?

Por supuesto que no soy su novio en realidad, aunque me gustaría serlo. Pero algunas de las chicas de mi barrio siempre me hacen fingir que soy su novio cuando tipos desconocidos intentan hablar con ellas. Aunque en realidad no se lo traga nadie, todos conocemos ese juego.

El hombre da un paso hacia mí.

—¿Con quién estás hablando?

Cuando nos encaramos el uno con el otro, Keyana se mete en medio para detenernos. Me mira.

—No pasa nada, cariño. Vámonos y ya está.

Nos alejamos caminando.

El tipo nos sigue.

—Colega, ¡nadie quiere tu feo culo de todos modos! —grita.

Keyana me aprieta la mano para tratar de mantenerme a su lado, porque es posible que perciba mis ganas de dar media vuelta.

—Menudo *simp* —dice.

Ahí reacciono.

Me giro hacia él.

—¿Qué has dicho?

—Ya me has oído, *simp*. —Me mira con cara de pocos amigos.

Hay muchas formas en que podría gestionar este momento, pero ¿a lo mejor es porque Keyana está aquí conmigo? ¿A lo mejor es porque he tenido un día largo en el instituto? ¿A lo mejor es porque odio que me falten al respeto? A lo mejor es una combinación de las tres cosas.

Pero lanzo un puñetazo.

Le doy con una derecha dura y se desploma. Su colega sale corriendo del coche para recogerlo del suelo. Está claro que él no quiere ningún problema conmigo.

Keyana tira de mi mano. Me da miedo darme la vuelta y mirarla, porque sé lo desilusionada que va a estar.

La he cagado. Debí mantener la calma.

Me da un último tirón.

—¡J.B., vámonos! —La miro a los ojos, preparado para verla enfadada conmigo. Pero están llenos de felicidad, incluso de entusiasmo atolondrado—. Vamos, ¡salgamos de aquí! —Casi se está riendo.

Ya se ha congregado una pequeña multitud. Los mirones graban al tipo inconsciente mientras su colega lo arrastra hasta el coche.

Keyana y yo nos marchamos en dirección contraria. Nuestros pasos empiezan a parecer más bien brincos, luego echamos a correr despacio, y empiezo a sudar otra vez cuando me doy cuenta de hacia dónde vamos.

A su casa.

CAPÍTULO DOS

Novio

J.B.

Estamos sentados en la cama de Keyana mientras ella sujeta un trapo con hielo contra mi mano derecha. Se me clavó un diente del tipo. Aunque intento hacer caso omiso del dolor. Nunca había estado en casa de Keyana, no digamos ya en su habitación, pero el lugar es justo como siempre lo había imaginado: las paredes cubiertas de recortes de revistas, pósteres hip-hop *vintage* y carátulas de discos. Todo está ordenado y el cuarto huele genial.

Mientras me cura la mano, estudio su cara, la curva de sus labios, lo largas que son sus pestañas, y las pequitas que tiene por la nariz. Quiero besarla. Quiero saber cómo sabe su boca. Quiero estar cerca de ella. Intento apartar la mirada pero estoy bloqueado.

Keyana interrumpe mis ensoñaciones.

—¿Estás bien?

—¿Eh? Sí, muy bien. ¿Y tú?

—Sip. —Se ríe—. No tenías por qué hacer todo eso, ¿sabes? Ahí abajo.

—No debería haberte tratado así. No tuvo ningún cuidado con lo que decía.

—Quiero decir, sí, tienes razón, desde luego que se lo merecía.

El sol se está poniendo. Una luz dorada se cuela por la ventana e ilumina sus ojos marrones. Está súper sexy. Siento unas ganas inmensas de abrazarla y apretar su piel suave contra la mía. Quiero que sienta lo fuerte que late mi corazón cuando estoy cerca de ella. Quiero que sepa lo que siento por ella.

—Bueeeno, ¿hablabas en serio? —pregunta.

—¿Sobre qué?

Arquea las cejas.

—Sobre lo de ser mi novio. Has sonado muy convincente.

—¿Cómo podía estar hablando en serio? No eres mi novia.

—Eso es porque sales por ahí. Es probable que tengas a todas las chicas que quieras.

Sonrío y niego con la cabeza.

—Nah, para nada.

La gente no hace más que llamarme mujeriego. No estoy seguro de cómo ni por qué. Solo he estado con una chica. Hay chicos en mi bloque que hablan de estar con chicas 24/7. Yo no soy así. No porque no pueda. A las chicas les gusto, lo sé… pero ellas rara vez me interesan a mí. Hasta que apareció Keyana.

Necesito algo más que solo una cara bonita. Necesito a alguien que me haga querer ser mejor persona. Keyana tiene ese efecto en mí. Es lista, tiene talento y puede ser graciosísima. La admiro, y eso es algo difícil de encontrar.

Sin embargo, cada vez que nos acercamos, ella retrocede y dice que no voy en serio o que tengo otras chicas. Eso no puede estar más lejos de la realidad. Tengo que demostrárselo.

—Aunque las tuviera, estaría dispuesto a cambiar por ti. —Paso la lengua por mis labios como he visto hacer a tipos mayores del barrio. Lo cual es probable que sea tonto. No sé si parezco guay o solo un bobalicón. *Mantén la calma. Estate tranquilo,* pienso. Si me entran los nervios, detrás llega el sudor.

—Sí, ya. —Keyana guarda su botiquín de primeros auxilios improvisado.

Si alguna vez iba a tener una oportunidad para actuar, es esta. Estoy sentado en su cama y estamos solos. Pero aun así, una vocecilla en mi interior no quiere precipitarse. Necesito saber que ella me desea tanto como yo a ella.

Necesito que el momento sea perfecto.

—Tengo algo para ti. —Saco mi teléfono, mientras procuro que mis manos dejen de temblar.

—¿Ah, sí? ¿El qué?

Supongo que solo hay una cosa que le demostrará a Keyana lo en serio que voy con ella. La única cosa que no he compartido nunca con nadie. Mis rimas.

Me aclaro la voz y empiezo a leer lo que escribí antes.

—Cariño, estoy dentro de ti, pero no es metafórico, sino físico.

»Con miedo a decir que me gustas, no sé si es recíproco.

»Este sentimiento equívoco, es inescapable

»Amo tu precioso tono, tu color adorable,

»Deja que te cante, que te hable…

»Con dulces soliloquios solidificados con ojos googleados.

»Google no podía encontrar el amor que yo he soñado.

»Es algo que Wikipedia no podía describir

»y diccionario punto com no podía definir,

»solo deseo que seas mía hasta morir.

El silencio se prolonga entre nosotros cuando acabo. Estoy paralizado, incapaz de mover mi teléfono de delante de mi cara. No quiero mirarla a los ojos. Una gota de sudor rueda por mi espalda.

A lo mejor lo odia…

Al final, reúno el valor necesario para mirarla y veo a Keyana tratando de reprimir una sonrisa.

—Joder, ¿no pudiste memorizar esa mierda?

Los dos nos echamos a reír.

—Bueno, ¿te gusta? —pregunto.

—Sí. Te ha quedado muy bien, o lo que sea. —Me lanza una sonrisa tímida.

—Lo escribí para ti.

—¿Sí? —Baja la vista, inocente, casi triste. No sé por qué, pero algo me dice que la acerque a mí, así que agarro su mano y la atraigo despacio hacia mí.

—¿Tu familia está en casa? —pregunto.

—Noup. Todavía tardarán un rato, creo. ¿Por qué?

—Solo preguntaba. —Respiro hondo.

Keyana me mira con una sonrisa pícara. Creo que sabe lo que ronda por mi mente.

Se acerca aún más a mí por el borde de la cama. Mis manos se deslizan hacia sus caderas, las suyas a mi pecho. Nuestros ojos conectan solo una décima de segundo antes de que nuestros labios se conviertan en imanes.

Cuando nos besamos, siento que una corriente eléctrica recorre mi piel. Intento empaparme de la sensación. Estoy besando a la chica que me gusta. Está ocurriendo de verdad.

Keyana se echa atrás.

Abro los ojos de golpe.

—¿Estás bien?

—Sí, no pasa nada. Lo siento.

—No tienes por qué disculparte, solo dime lo que he hecho mal. —Tomo su mano en la suya.

Keyana vacila un instante, se mordisquea el labio de abajo. Abre y cierra la boca varias veces antes de que las palabras por fin consigan salir por ella.

—No es lo que has hecho, es lo que vas a hacer.

—¿A qué te refieres? ¿Qué voy a hacer? —Mi cerebro da vueltas a toda velocidad. ¿De qué está preocupada? ¿Nota lo que siento por ella?

Me mira a los ojos.

—Me gustas mucho, J.B. Como… más de lo que me ha gustado nadie nunca, y he de admitir que hace tiempo que estoy colada por ti.

Empiezo a sonreír y ni siquiera puedo reprimirme.

Keyana apoya la cabeza en mi hombro.

—Y tengo mucho miedo de, como, pasar a la siguiente fase y descubrir que no te gusto de ese modo.

Es una locura verla tan vulnerable. La chica más preciosa del mundo, preocupada por si a *mí* me gusta *ella*.

—Keyana, ¿sabes que pienso en ti todo el rato? Jamás me había gustado tanto ninguna chica. Eso es porque eres diferente, y lo veo. Y tú tienes que ver que yo también soy diferente.

Se sienta bien erguida. Sus ojos muestran sorpresa y frunce los labios. Veo que está pensando. Veo que se lo está planteando.

La abrazo.

—Jamás haré nada que te haga daño, Keyana. Solo te protegeré.

Levanta la vista hacia mí.

—¿Lo prometes?

—Lo prometo —le aseguro. Me besa de nuevo—. ¿Estás lista para ser mi chica? —pregunto. Ella se pone roja.

—Sí.

—Pero ¿de verdad?

—Sí, de verdad.

El momento sucede tan deprisa y con tanta facilidad que ni siquiera sé cómo procesarlo.

Acabo de hacerlo. Acabo de convertir a Keyana Glenn en mi novia.

Me besa otra vez, me empuja hacia atrás sobre la cama y yo tiro de ella para que caiga conmigo.

Durante un segundo breve, olvido todas mis preocupaciones. No me importa Promise Prep. No me importa ir a la universidad. Ni siquiera me importa conseguir salir de Benning Terrace. Lo único que me importa es la chica delante de mí, agradecido de que confíe en mi lo suficiente para entregarse.

Cuando la cosa termina, nos limitamos a mirarnos hasta que los dos empezamos a reír.

—¿Qué es tan gracioso? —pregunta.

—Nada, es solo que eres muy mona. —Le doy un beso en la frente.

—¿Eso crees?

—Lo sé.

—Tú también eres mono. —Sonríe.

Se acerca para darme un beso cuando... *wumf*. La puerta principal de la casa de Keyana se cierra en el piso de abajo. Sus ojos se llenan de pánico.

—Creo que es mi madre. —Se levanta de un salto como una maldita karateca y vuela hacia la ventana de su cuarto—. ¡Venga, J.B.! ¡Tienes que irte!

—¡¿Quieres que salte por la ventana?! —Agarro mi ropa e intento ponérmela a la velocidad del rayo.

—Colega, eres altísimo, ¡tampoco va a ser tan dura la caída! —insiste, al tiempo que me empuja hacia delante.

Me rio mientras corro hacia la ventana, pero me giro y le doy un último beso.

—Te llamaré esta noche —me dice.

Caigo rodando.

Keyana se equivocaba acerca de la caída, pero mereció la pena.

Llego a casa justo antes de anochecer. En cuanto abro la puerta, me llega el delicioso olor del pollo asado. El pollo asado de mi madre. Supongo que el pollo de nuestro congelador sí que se descongeló a tiempo. Solo cocina pollo asado cuando ha pasado algo muy bueno o algo muy malo. Siento una oleada de ansiedad mientras recorro el pasillo. Espero que no esté llorando delante del horno. Espero que sea algo bueno, algo que celebrar.

—¿Mamá?

—¡En la cocina! —grita de vuelta.

Voy a la cocina y apenas puedo verla entre el vaho que sube desde el horno. Está tarareando una de sus tonadillas de la iglesia. Buena señal. Nunca tararea cuando pasan cosas muy malas.

—¿Qué tal, mamá?

—¿Por qué has llegado tan tarde? —Guiña los ojos y me lanza una mirada escrutadora, como para detectar mi mentira.

—No *veas*, el bus se estropeó. He tenido que venir andando. —Aparto la mirada para intentar ocultar la verdad.

—Ah vaya. ¿Has traído esas cosas de la tienda?

Saco los artículos de mi mochila y los meto en la nevera. Rezo por que el pollo no se haya puesto malo con el rodeo que he dado.

—¿Qué tal el colegio? —pregunta.

—Como siempre.

Devuelve la mirada a la olla.

—Bueno, lávate. La cena estará lista pronto.

—Vale, ¿qué tal estás *tú*?

Mi madre me mira con ojos esperanzados.

—Estoy bien, hijo.

Asiento. A veces, la cosa muy buena que pasa es que no suceda la cosa muy mala. Parece uno de esos días.

Me voy a mi cuarto y empiezo a soñar despierto con Keyana. Me pregunto si le gusta el pollo. Quiero aprender a cocinar para nosotros dos tan bien como cocina mi madre.

No quiero que Keyana tenga una vida como la de mi madre. Se merece algo mejor. Por eso trabajo tanto en el instituto, para poder cuidar de mi madre y de mi futura esposa.

Levanto la vista hacia la grieta del techo. La que no le importa nada al casero. Por la que sigue ignorando las llamadas que le hace mi madre para pedirle que la arregle. Estoy impaciente por tener el dinero suficiente para sacarla de este sitio.

Empiezo a escribirle un mensaje a Keyana, pero me detengo. No quiero parecer demasiado ansioso. Quiero esperar a que ella me escriba primero, pero ¿y si ella piensa lo mismo y tampoco me escribe?

Noto las manos cosquillosas. *Buf.* Si espero demasiado, a lo mejor cree que no estoy pensando en ella. ¿Por qué tiene que ser tan difícil esto? ¿Así es el amor? ¿Estoy enamorado? Debo estarlo, ¿verdad?

Le escribo.

J.B.: ¿Tu madre sabe que estuve ahí?

Keyana: Noup, estamos bien.

J.B.: ¿Cuándo me vas a llamar?

Keyana: A las 20 cuando haya terminado los deberes.

Sonrío. Esa es Keyana, centrada. Me encanta. Me lavo y voy al comedor. Me ha entrado hambre.

Apenas saboreo el pollo de mi madre mientras lo engullo, los ojos pegados al teléfono, a la espera de que ponga 20:00.

Cuando suena, me levanto de la mesa a toda velocidad.

—Chico, si no...

Ni siquiera oigo a mi madre regañarme. Ya estoy en mi cuarto y contesto antes del tercer tono.

—Hola... —Intento hacer que mi voz suene suave y no sin aliento por haber corrido hasta mi habitación.

—Hola. —Responde ella. Su voz al teléfono es preciosa. Podría escucharla durante horas.

Me tumbo en la cama y empiezo a preguntarle un montón de cosas. Hablamos de que ha sido cosa del destino que la viese caminar por delante de mi casa al salir de la de su amiga esa tarde. Ella me llama ridículo por noquear al tipo ese, y me gusta. Me hace sentir como que puedo proteger a mi chica. Hablamos de lo bien que nos hacemos sentir el uno al otro. Hablamos de nuestro futuro y de cómo vamos a salir de Benning Terrace y vamos a vivir en Hollywood algún día. Yo seré un rapero famoso y Keyana será abogada. Seremos una pareja con poder.

—J.B., no juegues conmigo, te lo pido por Dios —dice.

—No tienes por qué preocuparte, Kay. —Intento asegurarme de que oye lo seria que es mi voz.

—Bueno, ahora que es oficial, ¿cuándo me vas a sacar por ahí?

—¿Qué tal mañana? Hay un partido de los *playoffs* en Promise. Puedo recogerte en Anacostia y vamos juntos.

Los partidos de baloncesto son el sitio perfecto para hacer una aparición porque habrá chicos de toda la ciudad, todos vestidos para impresionar, tratando de parecer guays. Pero no hay nada más guay que llevar a una chica guapa del brazo. Todo el mundo estará celoso de que Keyana sea mi chica ahora.

—¿Me lo prometes? —pregunta.

—Siempre cumpliré mi palabra. No te preocupes.

—Te creo —me dice.

Eso es música para mis oídos. Quiero ser ese chico diferente. El que siempre aparece. El que es leal. El que es suyo.

—¿Roncas? —le pregunto.

—¿Qué? —Suelta un bufido como si estuviese enfadada.

—¿Roncas cuando duermes?

—Noooo. ¿Por qué?

—Porque vamos a hablar toda la noche. Tengo preguntas de todo tipo y no quiero que ronques en mi oreja.

—Lo que tú digas. Apuesto a que tú roncas como un campeón. Apuesto a que podrías ganar toda una competición de ronquidos.

Nos reímos hasta que me entra hipo.

Keyana y yo nos quedamos despiertos el resto de la noche. Hablamos por teléfono, nos quedamos dormidos, escuchamos al otro respirar. Cualquier cosa para sentirnos cerca.

EL DÍA DEL ASESINATO

J.B.

CAPÍTULO TRES

Al día siguiente, en el instituto, no consigo hacer nada bien. No logro concentrarme en nada de lo que dicen los profesores. Estoy en una burbuja en la que lo único que oigo es la risa de Keyana. Se me ponen los ojos vidriosos y empiezo a soñar despierto con sus labios sobre los míos. La suavidad de su piel. La forma en que huele su cuello cuando lo beso.

Es la clase de la Sra. Hall, Historia de los EEUU, pero el Sr. Finley la está sustituyendo ahora que está de baja por maternidad. La verdad es que, aunque Promise sea uno de los mejores colegios de la ciudad, los profesores nunca se quedan más de dos años. Da la impresión de que están aquí un momento y desaparecen al siguiente. No estoy seguro de si se debe a nosotros o si se debe al director Moore. He visto cómo les habla; él es más duro con ellos de lo que lo somos nosotros.

El Sr. Finley habla con voz monótona y deseo estar jugando a uno de los extravagantes juegos de aprendizaje interactivos de la Sra. Hall para ayudarnos a memorizar datos sobre la Segunda

Guerra Mundial. Pienso en cuando la vi ayer, en las muchas botellas de vino de su carro, en sus ojos tristes. Espero que esté bien.

—Sacad vuestro libro de lectura independiente. Si no tenéis uno, yo tengo unos cuantos aquí arriba. ¡No quiero ver nada más que a todos leyendo! ¡Los ojos fijos en la página! —El Sr. Finley grita como si la clase no estuviese en completo silencio y no pudiéramos oírlo.

Necesito un descanso. Levanto tres dedos, el código para *cuarto de baño*, y finjo leer *La autobiografía de Malcolm X* mientras espero a que el Sr. Finley me deje ir. Me muerdo el labio de abajo, preparado para que diga que no debido a cómo «alteran el tiempo de enseñanza» las excursiones frecuentes al servicio. La versión docente de un imbécil.

Sin embargo, para mi sorpresa, el Sr. Finley levanta la vista de su sudoku y asiente. Me da permiso para salir.

Llego al pasillo y miro la línea. La raya azul que serpentea por ambos lados del pasillo. Me concentro en mantenerme justo sobre ella para que un policía escolar o un profesor de paso no me digan nada. «El camino azul os mantiene fuera de la zona roja», dice siempre el director Moore, para recordarnos que se supone que nos ayuda a convertirnos en la mejor versión de un hombre joven que podemos llegar a ser. Nada de alboroto y nada de peleas. Cosa que consigue, supongo.

Doblo una esquina. Los *bips* inundan el pasillo, rebotan contra las frías paredes grises y se cuelan por debajo de las puertas de las clases. El largo trayecto hasta el cuarto de baño siempre me recuerda a las visitas a mi padre en la cárcel del DC. Su uniforme patético, el ruido de las puertas correderas de metal, los ladridos de los guardias, las filas de prisioneros. No quiero ser como él nunca.

Giro a la izquierda y me preparo para dirigirme a los servicios del sótano. Ahí abajo hay menos tráfico y están mucho más limpios.

Una voz me detiene.

—¡No voy a volver a decírtelo!

Miro a mi alrededor. Al principio, creo que me están hablando a mí, pero no veo a nadie.

—¡Estoy siendo muy justo en mis expectativas…!

Conozco esa voz: el decano Hicks. El esbirro del director Moore.

—¡Ni se te ocurra marcharte cuando estoy hablando contigo!

No se me ocurre con quién puede estar hablando, pero no tengo tiempo de atraer la ira del decano hoy. A ese hombre blanco le encanta arruinar los días de la gente. No parece darse cuenta nunca de que no es como *nosotros*. Como algunos de los otros profesores, se nota que saben que son blancos, nos hablan con una voz aguda y extraña, intentan mantener una cháchara amistosa. Intentan *identificarse* o ponerse a «nuestra altura». Pero en realidad solo suena como cuando les hablas a los animales del zoo.

—¡Pues peor para ti! —ladra el decano Hicks.

Aguzo más el oído. Mi curiosidad se apodera de mí. Ahora mismo suena como si quisiera darle una paliza a un alumno.

Me doy cuenta demasiado tarde de que su voz suena más cerca que antes. El decano Hicks dobla la esquina y casi se estampa contra mí.

—¿Qué estás haciendo en el pasillo, Williamson? —pregunta, y su agitación convierte su voz en un gruñido.

Está todo rojo y sudoroso, y me pregunto qué chico lo ha provocado tanto como para llegar a este estado. Alguien debe de haberse pasado tres pueblos para que él se haya alterado tanto.

—¿Me has oído? —repite.

—Cuarto de baño, señor.

—Entonces, ¿por qué estás ahí plantado? —grita—. Ponte en marcha.

Me limito a asentir y a contestar «sí, señor», porque aprendí pronto que si usas «señor» y «señora» estos profesores te dejan en paz casi siempre.

Bajo las escaleras a toda velocidad. El calor de su mirada hace que me arda la espalda. Pongo los ojos en blanco. Mi teoría siempre ha sido que los tipos como el decano Hicks, el director Moore, el Sr. Reggie, eran unos blandengues cuando tenían mi edad. Así que ahora necesitan sentirse poderosos y se desquitan de todos sus problemas con nosotros. Es un asco, pero no me importa.

Entro en el último cubículo y me ocupo de mis necesidades.

Ojalá tuviese mi teléfono encima para escribirle a Keyana. Ahora mismo odio aún más que de costumbre la regla de no poder usar el móvil.

Hago ademán de tirar de la cadena, pero no funciona. La manivela ni siquiera engancha. Meto la mano por detrás del inodoro para intentar arreglarlo. No hay nada peor que alguien que no tira de la cadena. La tapa de la cisterna está un poco descolocada.

La levanto para intentar recolocarla. Y me quedó de piedra.

Veo un arma.

Una pipa grande, mucho más grande que la que me enseñó Bando ayer. Es negra, rugosa por la parte superior. Parece una maldita arma militar. Un modelo especial, de operaciones encubiertas, una de esas cosas que tendrías en un videojuego o que ves en las pelis. Todo mi cuerpo se queda insensible.

¿Esto era una trampa? ¿Cómo ha llegado hasta ahí siquiera? ¿Quién la ha llevado? El sudor rueda por mi cara. *¿Por qué llevaría nadie una pistola a nuestro colegio? ¡¿Qué demonios?! ¿Qué voy a hacer?*

No puedo acudir a los profesores. Si alguien se entera de que me he chivado sobre algo tan malo como esto, podría haber repercusiones serias. Pero tampoco puedo dejarla ahí, porque si alguien está pensando en usarla, también podría haber problemas serios.

Mierda, mierda, mierda. Camino de un lado para otro. Tengo que salir de ahí cuanto antes. Hago caso omiso de las gotas de sudor que ruedan por mi frente, de mis manos pegajosas y de mi corazón desbocado. Me lavo las manos y me marcho. A cada paso que doy, noto como si mis pies fuesen ladrillos. Trago saliva. *Limítate a seguir andando*, me digo. *Aléjate de aquí lo más posible.*

De vuelta en el pasillo, me cruzo con un chico latino bajito. No me acuerdo de su nombre, pero asiente en mi dirección. Yo le devuelvo el saludo. Levanta una bolsa.

—¡Mirá! Si tienes hambre, dímelo. Tengo pupusas —me dice.

Niego con la cabeza. Ahora mismo no puedo ni pensar en comida. No puedo ni hablar. Podría vomitar incluso. Levanta un pulgar en mi dirección antes de dar media vuelta.

Cuando se aleja por el pasillo, me acuerdo de él. El chaval que siempre está intentando vender algo. Unas veces comida, otras bebida, caramelos. Solía instalarse cerca de la puerta de Rocky, pero el propietario no estaba dispuesto a tolerarlo y le dijo que no volviese por ahí. Me recuerda a Bando. Siempre tratando de ganar algún dinerillo.

Aguanto la respiración y me giro hacia atrás para comprobar si entra en el cuarto de baño. Observo como desaparece en el interior. No me pega que sea un tipo que lleve una pistola al colegio, pero bueno, tampoco lo conozco demasiado.

Tengo que quitarme esa pistola de la cabeza. Intento pensar en todas las cosas que le voy a decir a Keyana cuando la recoja para ir al partido después de clase. A lo mejor después vamos a su casa otra vez y pasamos un rato juntos.

Me llevo un demérito por no prestar atención en cálculo y mi cuenta se va al garete, pero ahora mismo ni siquiera me importa. Tengo que mantenerme concentrado en algo, en cualquier cosa excepto esa pistola del cuarto de baño.

El Sr. Kim nos deja salir unos minutos pronto y estoy fuera en un abrir y cerrar de ojos.

Los pasillos no están tan silenciosos como de costumbre, pero hoy no es nuestra culpa. Los alumnos de Promise caminan por la línea y recogen sus cosas, pero hay otras personas por ahí pululando. Gente importante que hace que el director Moore sonría de oreja a oreja y estreche manos y sea de más de simpático con nosotros. Donantes como el Sr. Ennis que dan paseos y hacen fotos. O voluntarios comunitarios que pintan banderines y los cuelgan por los pasillos. Estas son las ocasiones en que más personas blancas ves en el instituto.

Esquivo a una chica blanca que no sabe que la línea azul es para nosotros. Pasa por mi lado con expresión pétrea y maleducada, pero no me importa. El decano Hicks los conduce a todos por otro pasillo y fuera de nuestra vista.

Mientras recojo, el sudor resbala por mi cara. Aprieto los ojos con fuerza, pero haga lo que haga, la imagen de esa pistola no hace más que aparecérseme otra vez, como si me tentase a agarrarla, a librarme de ella de manera *permanente*, antes de que acabe haciendo lo que hacen las pistolas... Matar a gente.

Una voz susurra dentro de mi: *¿Por qué es responsabilidad mía?* Pienso en lo que diría mi madre. Si me atrapan con ella, me arriesgo a arruinarlo todo. Nadie creería que no era mía y aparecería en mi expediente. Diablos, podría acabar en el reformatorio.

Compruebo mi teléfono para distraerme de tomar una mala decisión. Como esperaba, está lleno de mensajes de Keyana. Sonrío al leer lo frenéticos que suenan.

Keyana: eh tú, aún vamos a vernos, ¿verdad?

Keyana: J.B.???

Keyana: en serio?????

Keyana: J.B. t juro q más vale que no me estés ignorando... x tu propio bien.

Qué mona. Empiezo a contestarle para que sepa que no tenía el teléfono y para confirmar nuestra cita de dentro de un rato. No quiero que se estrese. No quiero que se preocupe nunca.

Antes de poder darle a ENVIAR, el teléfono sale volando de mi mano.

¿Qué dem...?

Levanto la vista. El director Moore me fulmina con la mirada. La vena de su frente oscura está abultada. Sus ojos parecen hundidos y lleva la ropa desaliñada, el botón superior de su camisa abierto.

—*NADA* de teléfonos durante las horas lectivas. ¡Ya lo sabes! —chilla, con la frente perlada de sudor.

—¿Habla en serio? ¡Las clases han terminado! —me defiendo.

Justo entonces suena la campana. Moore levanta un dedo.

—*Ahora* han terminado las clases. El teléfono es mío. El castigo es tuyo.

No puede hablar en serio. Esto ha sido ruin incluso para el director Moore.

Me invade el pánico. No puedo quedarme castigado después de clase. Hoy no. Y aunque lo hiciera, *tengo* que decirle a Keyana lo que está pasando. Lo último que necesito es que piense que paso de ella. Lo último que quiero es dejarla plantada.

—Eh, esto es una mierda, no puede hablar en serio. Estoy recogiendo para marcharme del colegio. —Las palabras brotan en tropel por mi boca. Estoy enfadadísimo—. El Sr. Kim nos dejó salir pronto. Esto no es justo.

El director Moore planta la cara a pocos centímetros de la mía. Tan cerca que puedo oler su aliento. Me golpea un olor a ácido y a... licor.

—Ten cuidado con lo que dices y a quién se lo dices, pequeño pedazo de mierda. ¿Me entiendes? Eres un crío. Como vuelvas a hablarme así, te voy a poner en el lugar de un crío. —Habla en voz baja, casi en un susurro.

Me quedo mudo de la sorpresa. La ira bulle en mi interior. Aprieto los puños. Todos los que están en el pasillo se quedan petrificados. ¿Quién se cree que es para quitarme el teléfono? ¿Mi propiedad privada? Sigo sus normas. Hago todo lo que sus profesores y él me piden.

—¿Me has oído? —grita el director Moore.

Pierdo los papeles. Mi corazón da un salto mortal. Escupo a la cara de Moore.

Moore me agarre del cuello de la camisa y me estampa contra una taquilla. Mi cabeza se estrella contra el metal. Me inmoviliza en el sitio.

—Voy a acabar contigo —ladra, y ahora es su saliva la que cubre mi cara.

Las puertas de las aulas se abren unas tras otras. Moore me suelta y caigo como una maldita muñeca de trapo.

Los pasillo se llenan de chicos. Se mueven en todas direcciones a nuestro alrededor, ajenos a este lunático. Los profesores asoman las cabezas por las puertas de las aulas para contemplar la escena.

—Te veré en la sala de castigos. Mientras tanto, prepararé tus papeles de expulsión. —Sus ojos echan chispas al mirarme.

Se me cae el alma a los pies. Pienso en mi madre. Pienso en el director llamándola para decirle esto. Abro la boca para empezar a disculparme. Si me expulsan de este colegio... eso la destrozará. ¿Cómo voy a salir de esta ciudad y cómo voy a ir a la universidad con una expulsión en mi expediente?

Mi corazón late diez veces más fuerte de lo normal, como si estuviese tratando de escapar. La ira bulle en mi interior.

¡BAM! Estrello el puño contra la fría taquilla gris. El metal se abolla bajo la presión. Los bordes afilados cortan a través de mis nudillos y varios hilillos de sangre caliente empiezan a resbalar por mi mano.

Los chicos más pequeños que pasan por ahí me miran como si estuviesen viendo el resultado de un accidente de tráfico.

—No te preocupes. Tu madre pagará eso —me amenaza el director Moore, su voz suena tan calmada que da miedo. Se marcha dando grandes zancadas.

Me hierve la piel. Mi mente se llena de todas las formas posibles en que podría hacerle daño a Moore. Lo único que tendría que hacer es seguirlo hasta su oficina, cerrar la puerta con llave a mi espalda y ponerme manos a la obra. Darle una buena paliza por una vez. Creo que podría con él.

«Ya nos veremos», farfullo para mis adentros mientras pienso en esa pistola del sótano.

Sí, desde luego que voy a verlo.

PARTE DOS

Trey

THE WASHINGTON POST

EL MÉTODO MOORE SALVA VIDAS

Colegios subvencionados. Colegios de educación especial. Escuelas expropiadas por el gobierno federal. En un momento u otro, todos se han sugerido como la solución para darle la vuelta al pésimo rendimiento general de los colegios públicos en el DC.

Los retos a los que se enfrentan los colegios urbanos (desde recursos obsoletos a edificios atestados, pasando por un hastío general de los profesores) son numerosos e intimidantes, pero la mayoría tienen su origen en una sola realidad recalcitrante.

«El gran escollo en todas las aulas urbanas es la pobreza», afirma Wilson Hicks, decano de asuntos estudiantiles en Urban Promise Prep, un colegio que tal vez haya resuelto por fin el problema de la desigualdad educativa.

«A los estudiantes les falta disciplina, no capacidad de aprendizaje», añade Hicks. «Los niños poco privilegiados es menos probable que vengan al colegio con una noción de lo que la educación puede aportarles. Cuando vives en una zona en la que sobrevives día a día, es difícil considerar la educación como algo por lo que trabajar. Por eso funciona el Método Moore. Lo que más nos preocupa es la disciplina».

Hicks destaca que el exdirector Kenneth Moore predicaba la excelencia a sus alumnos. Su filosofía giraba en torno a enseñar a los chicos a ser las mejores personas que podían ser a pesar de los retos que la vida pudiese poner en su camino. Y parece haber funcionado: Urban

Promise Prep obtuvo las puntuaciones más altas en las pruebas estandarizadas de todos los colegios públicos del DC por tercer año consecutivo.

Por desgracia, Moore murió hace poco de un disparo en el propio colegio Urban Promise Prep. Aunque no ha habido detenciones oficiales en este caso de asesinato, la policía está investigando a tres sospechosos.

Presente

Solomon Bekele

Alumno de Urban Promise Prep

Sí, sé quién lo hizo. También sé por qué.

Todo el mundo cree que fue J.B., pero no fue él. En verdad, él era uno de los pocos alumnos que me gustaban. Vale, no hablaba demasiado, pero al menos no se metía conmigo a tercera hora como hacían el resto de los chicos.

Tampoco pudo ser Ramón. ¿Cometer un asesinato en el recinto del instituto? Nah, voy a mates con él, es demasiado listo para eso. Tiene grandes sueños que no arriesgaría por hacer una estupidez que podría acabar con él entre rejas de por vida. No, fue el otro. El chico ese al que no le importa nada.

Trey.

Nunca me gustó. No coincidíamos en ninguna clase, pero lo veía a la hora de comer y en el recreo todo el rato. Siempre tenía algún comentario sobre mi acento etíope, sobre mi cutis, y sobre el olor de mi ropa. Se metía con mi ropa en general. ¡Y llevamos uniforme! ¡Eso requiere un nivel superior de gilipollez!

En realidad, lo odiaba. Aunque ahora me alegro de no haberme encarado nunca con él, porque resulta que es un asesino. Y no mató a una persona cualquiera. Mató al director Moore.

Hay que tener huevos para hacerlo. En cierto modo lo admiro por ello. Por su determinación a defenderse. Eso es justo lo que hizo unas horas antes del asesinato, cuando Moore le dijo por primera vez que estaba castigado.

Muchos chicos cabrean a Moore, pero yo no. Mis padres me enseñaron a tener respeto y, si respetas a Moore, no tendrás ningún problema. Es *literalmente* su trabajo mangonearnos; es el director y el fundador de la escuela.

J.B. sabía lo que era tener respeto. Ramón sabía lo que era tener respeto. Pero Trey… Trey no respetaba a nadie. Mis padres me MATARÍAN si pensara siquiera en contestarles.

Supongo que a Trey lo habían educado de otra manera.

Supongo que lo habían educado para matar.

Stanley Ennis

Empresario y donante de Urban Promise Prep

Nadie entendía la visión de Moore como yo. De hecho, creo que yo veía más potencial en lo que había construido incluso del que veía él mismo. Promise es más que solo un colegio... es un movimiento, y lo que es más importante, un legado.

Sin embargo, no todo el mundo lo veía de ese modo. Con frecuencia, la gente es demasiado estrecha de miras como para tener esa visión, o incluso solo está celosa. Siempre había gente que se quejaba de cómo hacía Moore las cosas: profesores, empleados, alumnos, padres, incluso miembros de la comunidad.

Aunque Moore jamás dejaba que eso lo frenara. Hablamos de expandir Promise, de crear una red de colegios por todo el país para hacer lo mismo que hacía Promise en DC. Para obtener los resultados que atrajeran dinero de verdad. Hacían falta agallas y conocimientos. Moore tenía los conocimientos y yo desde luego que tenía las agallas.

Moore quería crecer despacio al principio. Pero después del primer cheque que firmé a nombre del colegio, empezó a ver las cosas a mi manera.

Expandir la visión empezaba por el equipo de baloncesto. Un departamento deportivo fuerte es algo que puede aprovecharse a nivel nacional. Así que es una verdadera pena que ese chico, Trey, jugase en el equipo. Este año parecía que nos habían tocado con una varita mágica. Estábamos preparados para llegar al campeonato, que las fotos de nuestros chicos apareciesen en todos los periódicos y en las noticias nacionales. Eso abriría las carteras de los donantes más adinerados que necesitábamos para llevar a Promise al siguiente nivel.

A mí no me importaba darles a los chicos todo el dinero que necesitaran con un equipo que destacaba de ese modo. Moore pudo incluso poner en marcha una nueva iniciativa para los chicos: el Fondo Promise. Tenía un lema bueno: «Para financiar los mayores sueños de nuestros alumnos y cimentar su futuro». ¡Con todo el dinero que invertí en ese proyecto, le dije que tenía que haberlo llamado el Fondo Ennis Promise!

Una vez más, es gran pena que él ya no esté entre nosotros. Estábamos a punto de lograr algo increíble; quizás aún podamos. Me pregunto quién se encargará ahora de todo esto. Con una tragedia de semejante magnitud, estoy seguro de que podremos encontrar un apoyo económico sustancial. A lo mejor sí que rebautizamos el Fondo Promise después de todo.

Brandon Jenkins

Alumno de Urban Promise Prep

Trey es mi mejor amigo aquí. Yo juego de uno, él juega de dos. Nuestro equipo de baloncesto no era tan bueno antes, pero entonces Trey se mudó desde Nueva York. En cuanto él llegó, la cosa mejoró mucho. Nos volvimos buenos.

Al final de nuestro penúltimo año de instituto, Trey se convirtió en el máximo anotador del equipo. Joder, consiguió incluso mejorar mi juego. No solo estábamos teniendo la mejor temporada de nuestras vidas, sino que las universidades de la zona empezaban a mirarnos de verdad. Ese ha sido mi sueño toda la vida: jugar al baloncesto en la universidad.

El día del asesinato teníamos partido de los *playoffs* contra Dunbar, otro de los institutos potentes de la ciudad. Las noticias no hacían más que decir que habría muchísimos ojeadores universitarios. Trey y yo habíamos estado estudiando a los mejores jugadores de Dunbar y teníamos un plan bastante sólido para anularlos. Me sentía confiado al respecto.

Hasta que vi a Trey esa mañana.

Sabía que pasaba algo cuando no estaba sonriendo. Él sonreía todos los días, sobre todo en días de partido.

—¿Estás bien, Slime? —pregunté.

—Sí, sin problema —repuso en voz baja.

Cuando yo digo «Slime», él dice «Goon». Es una cosa nuestra. Siempre. Pero ese día no.

Se alejó deprisa, pero lo llamé a gritos.

—Trey, ¿qué pasa?

»Trey, háblame.

»Trey, me estás jodiendo.

Por fin se paró. Tardó como treinta segundos largos en darse la vuelta y mirarme. Me miró con unos ojos extraños inyectados en sangre, luego me llevó hacia un cuarto de baño cercano.

Lo seguí.

—Tienes que PROMETER que no se lo dirás a nadie —me dijo.

Lo prometí.

Trey cerró los ojos, respiró hondo, y justo cuando fue a abrir la boca para hablar, irrumpió una oleada matutina de niños. Trey se limitó a mirarlos, me miró a mí y salió hecho una furia.

No sé qué me iba a decir en ese momento, pero me fui a clase con una sensación extraña en la boca del estómago, como... como si fuese a pasar algo malo.

No volví a ver a Trey hasta el calentamiento previo al partido. Entró en el gimnasio con un aspecto aún más lamentable que el de esa mañana.

—Reuníos a mi alrededor —gritó el entrenador Robinson—. Trey tiene que deciros algo. —El entrenador hizo rechinar los dientes y supe que fuera lo que fuese lo que estaba a punto de decir Trey, iba a ser malo.

—No puedo jugar —farfulló.

—Levanta la voz, jovencito —dijo el entrenador—. Reconoce tu error y sus consecuencias.

—Me metí en un lío. —Musitó una explicación.

Al parecer, el director Moore había castigado a Trey y no podía jugar el partido esa noche. Todo el equipo estalló en un clamor. Gemidos y lamentos de desilusión; unos chicos bufaban, otros agacharon la cabeza en señal de derrota. Un coro de «Maldita sea, Trey» resonó por todo el gimnasio.

Pero él guardó silencio.

Yo no pude ni levantar la vista hacia él. Me limité a mirar mis zapatos sin verlos. Notaba cómo me miraba, a la espera de que le dijese «No pasa nada» o de que le dijese al equipo «Aún podemos hacerlo», pero no pude. No volví a mirarlo a los ojos.

La siguiente vez que vi a Trey iba esposado y unos oficiales de policía lo escoltaban fuera del instituto.

No quiero creer que Trey mató al director Moore. Yo conozco al *verdadero* Trey. Conozco un lado de Trey que nadie más tiene la oportunidad de ver, y debo concederle el beneficio de la duda. Pero entonces pienso en lo alterado que estaba esa mañana. La cosa no pinta bien para él.

Tío T

El tío de Trey

Espero de todo corazón que Trey no se llevase mi arma. Por mi bien y por el de *él*. Quiero decir, Trey es muchas cosas, pero no es tonto. Y no es un asesino. Lo sé porque yo sí que lo soy.

Serví más de veinte años a este país en los marines, Operaciones Especiales. Tres misiones. Viví mucho, aprendí mucho. Y el mal que he visto no existe en Trey.

No obstante, cuando recogí a mi sobrino en Nueva York, tenía «tonto del culo» escrito por todo su ser. Igual que yo a su edad, solo que yo me portaba mucho peor. Me pasaba los días en la calle y mis opciones de futuro eran la muerte, la cárcel o el ejército. Si soy sincero, la guerra me salvó. Lo cual es algo raro de pensar. Que te envíen al extranjero a luchar por un país que no te quiere, matar a desconocidos como la única opción para seguir con vida. Trey, sin embargo, no tiene el carácter necesario para ir a la guerra. Eso lo sé.

Pero le debía a mi hermana acoger a Trey y asegurarme de que tenía un futuro mejor que los chicos con los que yo crecí. Lo que no esperaba era que la actitud de Trey fuese tan mala. Siempre contestando, siempre infringiendo las reglas, el tipo de cosas que los hombres negros no pueden permitirse hacer. Supongo que es porque su padre murió muy joven. Se lo llevó el cáncer y dejó a Trey solo para que lo criara una mujer. Así que decidí que era mi misión enderezarlo. Costase lo que costara.

Horas límite, rutinas estrictas, intentar mantenerlo en casa o en el colegio, limitar su tiempo fuera en el mundo, darle cero espacio para meterse en líos. En esta ciudad puedes meterte en un montón de problemas.

Está claro que de vez en cuando tenemos encontronazos, sobre todo al principio. La transición es algo duro para todo el mundo. Y Trey no me lo puso fácil; ponía mi paciencia a prueba una y otra vez. Llegaba tarde, no apreciaba lo que hacía por él, desatendía sus obligaciones. Le dije que había una manera fácil de hacer las cosas y que había una manera difícil de hacer lo mismo. Él elegía la manera difícil todas y cada una de las veces y, al final, tuve que empezar a pegar al chico para que corrigiera su comportamiento.

No es que quisiera pegarle, pero no sabía qué más hacer. No es como si hubiese criado alguna vez a un niño hasta convertirlo en un hombre. Sé cómo me crie yo y al final me busqué la vida bastante bien. Mejor que la mayoría.

Después de comprobar que estas manos eran lo único que funcionaba, procedí a darle un tortazo de vez en cuando para que supiese que no estaba de broma. Al final, nos acoplamos el uno al otro y él empezó a obedecer las normas en casa. Pero entonces empezó a tener problemas en el colegio.

Por alguna razón, esa gente de Promise siempre parecía tener algún problema con Trey. Me hicieron ir a clase con él un par de veces. Como era de esperar, se portó como un angelito *entonces*.

Le di mucho la brasa y creía que habíamos superado una fase. Hacía semanas que no recibía noticias del instituto. Empezaba a creer que lo había conseguido, que de verdad había puesto a mi sobrino en el buen camino.

Seré sincero: le tengo cariño al chico, en serio. Sé que él piensa que solo quiero mangonearlo, pero no entiende que este mundo se lo tragará enterito si no tiene la cabeza bien amueblada. Los hombres negros no tienen segundas oportunidades, aunque Trey tuvo una conmigo. No podía dejar que la malgastara.

Y en honor a la verdad, últimamente lo ha estado intentando. Estoy orgulloso de todo lo que ha progresado en el baloncesto. Fui a unos cuantos de sus partidos y el chaval me impresionó. Incluso invité a uno de mis colegas de los marines a su partido de *playoff*. Alardeé sobre Trey. Le dije que mi sobrino era la estrella del equipo y un buen chico. Se sentó en las gradas, a la espera de conocer al famoso Trey Jackson, futura estrella de la NBA. Pero por supuesto, Trey no llegó a jugar ese partido. Por su propia culpa. Me hizo pasar una vergüenza terrible.

Sé que Trey no le hizo nada al director Moore, pero no puedo ignorar el hecho de que mi pistola ha desaparecido. ¿Por qué no podía Trey limitarse a hacer lo correcto? Si no lo hubiesen castigado después de clase, hubiese estado jugando ese partido y su inocencia no se habría puesto en entredicho. Esto es justo la cosa que intentaba explicarle a ese chico. Como hombre negro, no tienes el beneficio de la duda. Tienes que estar en el lado correcto de todo.

En cualquier caso, mi cabeza es un lío ahora. Pienso en bucle en lo que podría haber hecho de otra manera. Puse tanto empeño en cambiarlo, en dar la vuelta a cómo era, y aun así ha acabado atrapado por este sistema de mierda. Este lugar es demasiado duro para un hombre negro.

No lo sé, quizás yo también fui demasiado duro con él.

Entrenador Robinson

Entrenador de baloncesto de Urban Promise Prep

No voy a mentir, esto ha sido un palo para mí. Por los dos lados del balón. El director Moore me dio una oportunidad cuando nadie más lo hacía. Antes de este puesto entrenaba a un equipo de aficionados. Todo por amor al deporte porque no metía nada de dinero en mi bolsillo.

Moore y yo nos conocíamos de hace mucho. Fuimos a la universidad de Hampton juntos. Yo me metí en líos fuera del campus y me echaron del equipo. Eso dio al traste con mis posibilidades de jugar en la liga. Entrenar era lo siguiente mejor. Me mantiene cerca del juego.

Cuando Moore decidió crear un equipo en Urban Promise, yo fui la primera persona a la que llamó. Así era Moore. Siempre pendiente de los demás. Siempre asegurándose de que todos los que estaban a su alrededor tenían suficiente para comer. Incluso algunos de estos jugadores.

Moore dijo que cuanto mejor le fuese al equipo, más potencial habría de conseguir patrocinadores con dinero. Nos encargó a mí y al resto del equipo de entrenadores que buscáramos potenciales jugadores de aquí a Nueva York, y luego se ponía en contacto con las familias en persona para invitar a los chicos a Promise. Incluso les daba dinero si necesitaban ayuda para llegar aquí. Ese hombre ayudó a muchísimas familias.

Después de unos años, empezamos a competir de verdad, en lugar de solo perder todos los partidos. Entonces llegó este chico, Brandon, y las cosas empezaron a enderezarse bastante.

Y después llegó Trey.

Ese chico me recuerda muchísimo a mí, pero con más talento. Eso es lo triste. Hay demasiados chicos con mucho potencial que caen víctimas de la presión del sistema. Un peso invisible que los derriba a todos. Y ellos ni siquiera pueden verlo.

Pero la cosa es que Trey no hizo esto. Trey no le haría daño ni a una mosca. Trey es uno de los chavales más dulces que conozco. Por ejemplo, una vez, Moore se puso furioso con un chico... no uno de mis jugadores. Era un chico callado. Se llamaba... Omar, creo. ¿Omari? Bueno, el caso es que no llevaba cinturón y le iban a poner un parte. ¿Sabes qué pasó? Trey se acercó y le dio al chico su cinturón. Él llevaba la ropa de baloncesto, así que Moore no podía hacerle nada. Dio la cara por ese chico, así sin más. Ese es Trey. Así es como es con todo.

Aun así, aunque sea inocente, creo que esto lo destrozará. Creo que lo traumatizará, y creo que ese es el mayor defecto del sistema. Una vez que te toca, estás marcado para siempre, seas culpable o no. Es lo mismo que me pasó a mí.

Ahora Moore no está. Trey no está.

No sé, simplemente estoy jodido.

Antoine Betts

Alumno de Urban Promise Prep

Yo lo vi todo, sí. De principio a fin.

Trey llegó con el primer turno de comida, el Bloque A. Dicen que el Bloque A son los chicos más pendencieros, pero es mi favorito. Esos tipos son súper graciosos. Me parto de risa.

Estaba ahí porque estoy haciendo ICS: Iniciativa Culinaria Sénior. Me reconocen de manera oficial las horas pasadas en la cocina para que pueda tener la opción de trabajar en un restaurante cuando termine el instituto, ¿quién sabe?

Al parecer, ICS fue una idea sugerida por el tipo ese… Ramón. A las cocineras les encanta porque están escasas de personal y cuando los otros chavales de ICS y yo nos encargamos de nuestros bloques, su trabajo es mucho más fácil. Nosotros sabemos cómo tratar con los chicos.

Pero bueno, en cualquier caso, ese día fue intenso. Los chicos entraron en fila, uno por uno, las manos detrás de la espalda, las cabezas gachas, como siempre. Durante un rato fue un turno de comida bastante tranquilo, sin incidentes. Sin peleas, sin comida lanzada por los aires, sin chavales intentando saltarse la fila. Supongo que era porque había pizza.

Verás, si un alumno se mete en líos durante la comida, lo echan de la cafetería sin comer, así que los días que servimos un plato popular, se portan bien. A todo el mundo le encanta la pizza, ¿no?

Así que comieron en silencio, como de costumbre, la regla de no hablar siempre en vigor, hasta que unos chicos empezaron a reírse en una de las mesas. Me asomé desde la trascocina, porque nunca me pierdo una oportunidad para disfrutar de alguna broma.

Un profesor fue hasta la mesa y les dio un aviso, primero a todos y luego al chico que hacía las bromas. Trey. Después de eso, todos se asentaron. Trey nunca se portaba mal *de verdad*.

Sin embargo, pasaron unos cinco minutos y los chicos de la mesa empezaron a reírse de nuevo. Esta vez porque Trey había hecho algo con su comida, alguna payasada. Pero calculó mal el momento. Moore entró justo entonces.

El profesor volvió a acercarse a la mesa y le apuntó un demérito a Trey. Cuando volvió a su puesto, Moore fue hasta él a paso airado.

—¿Estás teniendo problemas con esa mesa? —preguntó.

—Ya los conoces —repuso el profesor.

Moore se quedó por ahí unos minutos más. Caminó entre las mesas, los brazos cruzados, el ceño fruncido. Todos los chicos se sentaron bien erguidos. Nos tenía hechizados. O más bien nunca queríamos meternos en líos con él si podía evitarse. Moore llevaba las cosas al máximo.

Pero bueno, al cabo de un rato, se levantó para marcharse. O al menos fingió hacerlo. Y cómo no, justo cuando salió, Trey hizo otra broma, en voz alta, sobre Moore esta vez.

—Su frente parece una pista de aterrizaje, colega.

Los otros chicos estallaron en carcajadas. Hasta que Moore asomó la cabeza de vuelta a la cafetería. Y entonces fue cuando las cosas se pusieron interesantes. Vi algo que no había visto nunca, algo que ni siquiera creía que fuese posible: Moore perdió los estribos por completo.

Cruzó la sala hecho un basilisco.

—¿Qué has dicho? —Trey sí que cerró la boca entonces—. No, quieres ser un payaso, pues venga, sé un payaso. Cuenta un chiste —ladró Moore. Pero Trey mantuvo la boca cerrada—. ¡Cuenta un *chiste*, Jackson! —gritó Moore otra vez.

Trey volvió a ignorarlo.

Cuando pensaba que las cosas no podían ponerse peor, Moore se inclinó sobre la cara de ese chico.

—¡He dicho que cuentes un jodido chiste! —le gritó literalmente en la cara.

Algunos chicos se rieron entre dientes, una risita de esas para evitar llorar. Otros se llenaron la boca de pizza, aterrados.

Trey parecía humillado. Sus ojos saltaban de un lado para otro.

—¡Apártese de mi jodida cara! —espetó de pronto.

—¿O qué? —rugió Moore.

—¡O lo mataré!

Toda la sala se quedó callada. Ni siquiera las cocineras se atrevían a moverse. Un escalofrío subió a toda velocidad por mi columna.

En aquel momento, no pensé que lo dijese en serio. Parecía más un mecanismo de defensa. Aunque ahora que sé lo que sé... supongo que el chaval hablaba muy en serio.

Después de que se le pasase la sorpresa, Moore agarró a Trey del cuello de la camisa y prácticamente lo arrastró fuera de la cafetería.

Y ya sabes el resto.

Sra. Hall

Profesora de Urban Promise Prep

Mis pobres alumnos. Mis pobres niñitos. Empecé a dar clase en Urban Promise el mismo año en el que se inauguró. Llevo aquí desde entonces.

Cuando las puertas se abrieron por primera vez, este lugar solía ser mágico. Chicos de toda la ciudad, chicos olvidados por el sistema y que por fin tenían un sitio al que llamar hogar. Un lugar donde la administración se preocupaba de darles una oportunidad justa. Moore lo hacía de verdad. Vale, siempre había sido un poco estricto, pero tienes que serlo con estos chicos, en serio. Pero no por miedo, ni por odio ni por falta de entendimiento, sino por amor.

Ese par de primeros años, Urban Promise no dio los resultados esperados, al menos no a ojos de Moore. Yo creía que habíamos hecho progresos. Vale, siempre podíamos mejorar, pero Moore quería ser el *mejor*.

Así que íbamos a visitar colegios, a conferencias, a talleres, a todo tipo de cosas para aprender las mejores prácticas. Un retoque aquí, un retoque ahí, y antes de darnos cuenta siquiera, me percaté de que estábamos pastoreando a los chicos como si fuesen ganado. Ya no eran niños, eran prisioneros.

Hace poco, fui a ver a Moore para hablarle de mi malestar con la cultura del colegio y ¿sabe lo que me dijo? Que recogiese mis cosas y me marchase si no me gustaba. Había cambiado, un ser humano completamente distinto al hombre para el que yo había aceptado trabajar. Enfadado. Frío. Todo el tiempo, toda la energía, el esfuerzo, la sangre, el sudor y las lágrimas que yo había dedicado a ese sitio, y él tenía la sangre fría de… de ¡¿darme una patada en el culo?!

Me estoy alterando solo de pensarlo.

Oh, y ¿lo de que Trey sea sospechoso? Ese chico no le haría daño ni a una mosca. Habla en tono agresivo, sí, pero yo veo a través de eso. Todos estos chicos hablan así. Dales un poco de amor y verás cómo se derriten. Son críos. Todo el mundo parece olvidar eso todo el tiempo. No importa el tamaño que tengan. No importa el color de su piel. No importa su actitud.

Trey nunca tuvo un trato justo, ni siquiera en Promise. Se determinó, legalmente, que necesitaba un auxiliar para aprender mejor. Pero Moore se negó en redondo a dárselo. Dijo que era demasiado costoso contratar a alguien así. Dijo que el instituto ya tenía bastantes problemas económicos de por sí como para endeudarse más. Yo no podía creerlo.

No sé qué fue exactamente lo que cambió a Moore. No paran de circular rumores: infidelidad y una esposa disgustada, un divorcio farragoso, se habló de una inversión fallida, de algunos problemas económicos a los que tuvo que enfrentarse…

En cualquier caso, los problemas de su vida personal habían empezado a filtrarse en su trabajo últimamente. Aparecía por el colegio desaliñado, e incluso llamó alguna vez para decir que estaba enfermo y no iba a ir. Lo pagaba con los chicos y con el personal. Y yo, desde luego, estaba cansada de que me gritase.

Estaba en Promise el día de los hechos. Fui a su oficina para entregarle mi carta de dimisión. No aguantaba más. Y cuando oí que Moore estaba muerto, mi primer pensamiento fue: *Oh, Dios, lo ha hecho. Se ha quitado la vida.*

Interrogatorio de Trey

(Transcripción del Interrogatorio Oficial de Trey)

INSPECTOR BO: Di tu nombre para que conste en acta, por favor.

TREY: Trey.

INSPECTOR ASH: El nombre completo.

TREY: Ese es mi nombre COMPLETO.

INSPECTOR ASH: ¿Crees que esta mierda es graciosa? ¿Quieres que te encerremos sin más ahora mismo?

TREY: Jackson. Trey Jackson.

INSPECTOR BO: ¿Dónde vives?

TREY: En el sudeste, cerca del Astillero Naval.

INSPECTOR BO: Oh, es verdad. Tu tío es el exmarine.

TREY: ¿Han hablado con mi tío?

INSPECTOR ASH: Las preguntas las hacemos nosotros. ¿Dónde estabas el diez de octubre hacia las seis y media de la tarde?

TREY: Ya saben dónde estaba.

INSPECTOR BO: Oh, ¿así que estabas en la oficina de Moore? ¿Apuntándole a la cabeza con una pistola?

TREY: No, estaba castigado. Como ya les he dicho un millón de veces.

INSPECTOR BO: ¿Por qué estabas castigado? ¿Eres un chico problemático?

TREY: Venga, hombre, ¿parezco un chico problemático?

INSPECTOR BO: De hecho, sí que pareces el tipo de chico al que le gusta meterse en líos.

INSPECTOR ASH: Según los profesores de tu instituto, lo eres.

TREY: Eso es porque a los profesores no les gusto.

INSPECTOR BO: Bueno, alguna razón tendrán, ¿no crees?

TREY: Lo que tú digas, colega.

INSPECTOR ASH: ¿Oíste algo mientras estabas castigado?

TREY: He oído que tengo derecho a un abogado.

INSPECTOR BO: ¿Para qué necesitas un abogado? No has hecho nada malo, ¿no?

TREY: No.

INSPECTOR ASH: Entonces habla con nosotros. Puedes confiar en nosotros. Podemos ayudarte.

TREY: No necesito vuestra ayuda. Necesito a mi abogado.

INSPECTOR BO: No importa. El otro ya te ha delatado, ¿sabes?

TREY: ¿Eh? ¡¿Qué os ha dicho?!

INSPECTOR BO: Nos ha dicho lo que hiciste.

TREY: ¡Pero yo no hice nada! ¿Qué han dicho?

INSPECTOR BO: Eso no es lo que hemos oído. Solo dinos la verdad, desde tu perspectiva. A lo mejor tú sabes algo acerca de uno de los otros chicos.

TREY: ...

INSPECTOR ASH: Si quieres jugar a ser duro, nosotros podemos jugar más duros, y no te va a gustar.

TREY: …

INSPECTOR ASH: Vale, como tú quieras.

UN DÍA ANTES DEL ASESINATO

Trey

CAPÍTULO CUATRO

Tarde

TREY

—¡CHIIICOOOO, te voy a poner a parir! —le grito a mi colega Brandon, mi base. Él juega de uno, yo juego de dos. Además, es el único de todo el equipo que soporta mis bromas. Debe de ser porque Brandon es el chico más guay del planeta, así que nunca se toma nada como algo demasiado personal—. Tienes cabeza de PT Cruiser.

El equipo se muere de risa, incluso el entrenador. Me encanta contar chistes y hacer bromas en los vestuarios. Algo en el eco hace que parezca que todo el colegio se está riendo conmigo. Me pregunto cómo sonaría eso... que todo el colegio pudiera reírse con mis bromas. Sería épico. Podría ser un humorista genial si no consigo triunfar en el baloncesto.

—Vale, venga, calmaos todos —dice el entrenador—. Mañana tenemos el partido más importante de la temporada. Nos lo jugamos todo. No estamos ni pensando en el campeonato todavía, ¿me oís? *Este* es nuestro campeonato. Nos dejamos la piel en la cancha porque si no ganamos, nos vamos a casa. ¿Me oís?

—¡Sí, señor! —gritamos al unísono.

—Gran entrenamiento hoy. Llegad a casa sanos y salvos, descansad y estad preparados para el partido mañana. Todos a una.

Nos reunimos y ponemos nuestras manos en el centro. Brandon es el capitán así que es el que lidera el grito de guerra como siempre.

—¡Lo tenemos!

—¡LO TENEMOS!

—¡Jugamos!

—¡JUGAMOS!

—¡Lo tenemos!

—¡LO TENEMOS!

—¡Lo prometemos!

—¡¡¡LO PROMETEMOS!!!

Nuestras manos vuelan por los aires y nos separamos para ir a las duchas.

—Eh, Trey, quiero hablar un momento contigo —me llama el entrenador.

Troto hasta él y nos retiramos un poco, detrás de la última fila de taquillas, justo fuera del alcance del oído de mis compañeros de equipo.

—Trey, te vamos a necesitar mañana, así que concéntrate, ¿me oyes?

—Sí, entrenador, entendido.

—Ese es mi chico, eso es lo que más me gusta oír. Ahora ve a lavarte.

Oír al entrenador decir que el equipo me necesita es la mejor sensación del mundo, sobre todo porque el baloncesto es lo único que se me da bien. Creo que nunca me había dicho nadie que me necesitara para nada.

Cruzo el vestuario azul y dorado hasta las duchas, donde están algunos de los otros.

—Eh, B —le digo a Brandon.

—¿Qué quería el entrenador? —contesta.

—Solo decirme que estuviera preparado para mañana.

—Más te vale, tenemos un partido que ganar.

—Cierto. Me voy antes de que se me escape el bus. 'Ta mañana, Goon.

—'Ta mañana, Slime.

Brandon y yo nos damos la mano a nuestra manera y me marcho saltándome la ducha porque no puedo perder el escaso tiempo del que dispongo para llegar al autobús que me llevará a casa. Mi tío T tiene una regla estricta con respecto a mis horas de llegada, y si llego tarde aunque sea solo un par de minutos, seguro que se cabreará. Y esta noche no quiero ningún problema con él.

Me paro en la primera fuente de agua que veo y salgo a la ciudad, la boca seca como la lija después del entrenamiento. Se supone que solo debemos quedarnos en la fuente tres segundos, pero como las clases han terminado, no hay nadie por ahí para meterme prisa.

Mi último colegio allá en el Bronx apenas tenía agua corriente. Las fuentes para beber no funcionaban nunca, en los cuartos de baño no se podía tirar de la cadena, y a veces la calefacción no funcionaba siquiera en invierno, en serio. Me cabreaba un montón. Aunque la ventaja era que a los profesores les importaba una mierda lo que hiciesen los alumnos, así que podía hacer casi lo que me daba la gana.

Urban Promise es justo lo contrario.

Todo está limpio y brillante, todo de primera calidad. Pero la cantidad de mierda que tenemos que tragar en este sitio casi hace que apeste.

En clase, ni siquiera podemos echarnos hacia atrás en nuestra silla. Y encima, tienen las agallas de tenernos en clase desde como las 7 de la mañana hasta las 17 de la tarde. ¡¿Quién puede estar sentado quieto de ese modo durante diez horas?! Yo no. Pero claro, cuando no me siento exactamente como quieren que me siente, recibo una advertencia. A las tres advertencias, me gano un demérito y mi cuenta baja. Una vez que eso ocurrió con la frecuencia suficiente, me convertí en el chico problemático que nadie quiere en su clase.

Esa es una cosa que tienen en común Promise y mi antiguo colegio: lo que opinan los profesores de mí. La forma en que me miran. La forma en que me hablan. La forma en que hablan sobre mí. Por alguna razón, Trey Jackson y los profesores no se llevan bien y yo soy el que se lleva las culpas siempre.

Dicen cosas como:

—Trey es uno de nuestros alumnos *especiales*.

—Buena suerte con *ese*.

O su comentario favorito...

—Necesita un poco de cariño *extra*.

Todo tipo de comentarios solapados.

Pero no soy tonto. Sé que hablan en jerga de profesores y lo que quieren decir de verdad es:

—Ojalá Trey no estuviese aquí.

—Ojalá Trey no existiera.

Me seco el agua de la barbilla y voy hacia mi taquilla para recoger mis cosas. Promise es mucho menos estresante después de clase. No hay otros chicos, no hay profesores para regañarte. Parece casi normal. Agarro el candado de mi taquilla cuando oigo mi nombre.

Me giro para ver al Sr. Finley asomado por la puerta de su aula, el cuello pálido todo estirado. Parece un condenado avestruz.

—¿Sí? —Intento hablar con educación.

—¿Por qué no estás andando por la línea? —pregunta el Sr. Finley.

Cuando la gente me hace preguntas estúpidas, siempre tardo más tiempo en responder, así que me cuesta un segundo hacerlo.

—Las clases han terminado. Ni siquiera hay nadie más en el pasillo.

—Así que ¿solo porque no hay nadie mirando decides hacer las cosas mal? ¿Cuál es el valor número cuatro? —Cruza los brazos delante del pecho. Yo suspiro.

—La integridad.

—¿De dónde vienes?

—De entrenar.

—Hala, pues vuelve al gimnasio e inténtalo de nuevo.

Suelto una exclamación ahogada.

—Sr. Finley, no puede hablar en serio. Voy a perder el autobús.

—Tienes que aprender a tomar mejores decisiones.

Suelto un gruñido sonoro que no le gusta y me alejo dando pisotones para molestarlo aún más.

Planto los pies en la línea y camino lo más deprisa que puedo por el pasillo. Correría, pero el Sr. Finley se limitaría a hacérmelo repetir una y otra vez.

El Sr. Finley es famoso por hacer repetir cosas a los alumnos muchas veces. Una tortura. Juro que a veces simplemente parece que no le gusto. Los profesores no deberían tener permitido que no les gustasen los chicos.

Miro atrás y, como era de esperar, el Sr. Finley todavía me está mirando, como si no tuviese nada más que hacer, ningún trabajo que corregir, ningún padre al que llamar, una manzana que comer o lo que sea que los profesores finjan hacer.

Camino la distancia suficiente como para ver el gimnasio y entonces doy la vuelta. Capto un atisbo del reloj del pasillo y veo que ya voy dos minutos retrasado, así que empiezo a estresarme. No he llegado a casa tarde ni una sola vez en dos semanas y no quiero cabrear al tío T el día anterior a un partido importante. No sé lo que podría hacer. No puedo tener ese tipo de estrés ahora mismo. Necesito jugar un partido perfecto mañana, así que debo tener la cabeza despejada.

No sé lo que le dijeron los tribunales a mi tío acerca de mí, pero parece creer que en Nueva York era una especie de alborotador permanente. Me expulsaron del colegio varios días un par de veces, pero no estoy en una banda ni nada. No vendo drogas como algunos de los chicos allá en casa. Soy solo un chico normal.

Me apresuro hasta mi taquilla. Paso por delante de la clase del Sr. Finley de camino. Parece que se fue a casa en el momento que me perdió de su vista.

Agarro mis cosas lo más deprisa posible y salgo del edificio a la carrera, con el corazón acelerado.

En el exterior, noto una sensación agradable cuando el aire fresco llega a mis pulmones.

Pero cuando doblo la esquina, mi pesadilla se hace realidad y veo que el bus está saliendo ya de la parada que hay un poco más allá.

—¡NO! ¡Espere, espere! —Echo a correr a toda velocidad hacia el 90, pero ¿me oye el conductor?

Por supuesto que no. El autobús sigue su marcha.

Se me cae el alma a los pies al pensar en lo que dirá el tío T… o lo que hará.

CAPÍTULO CINCO

Atascado

TREY

Llego a casa después de ponerse el sol, cosa que al tío T no le gustará.

El tío T vive en el sudeste, justo al lado del Astillero Naval. Es una zona bastante agradable, con un estadio cerca y todo. Tiene una casa independiente, así que debe de ser rico, aunque no actúa como si lo fuese. Siempre está hablando de cuánto dinero le cuesto. Me dice que apague las luces cuando salgo de una habitación, que ni me acerque al termostato, que no puedo repetir en la cena.

Contengo la respiración y entro en casa. Lo veo en el sofá del salón con una cerveza en la mano, una 211 como siempre. Intento pegarme a la pared y rezo por que, de algún modo, no se fije en mí. Pienso en esa parte de la peli de Peter Pan en la que Peter pelea con su propia sombra. Me concentro en convertirme en esa sombra.

Me dirijo en silencio hacia las escaleras cuando oigo su voz.

—¿Dónde has estado, Trey? —Suena como un demonio.

—En ningún sitio. Solo vengo de entrenar.

—El entrenamiento termina a las seis y media. Solo tardas una hora en llegar a casa. ¿Por qué son casi las nueve?

—Perdí el autobús.

—¿Por qué?

Agacho la cabeza.

—Pasó por la parada pronto.

—¡Ven aquí! —grita. Sabe que estoy mintiendo; siempre lo sabe.

Mis pies pesan como bloques de hormigón mientras voy hacia él. Odio cuando me dice que vaya con él. Se enfada cuando me muevo despacio, pero ¿por qué querría ir deprisa? Nunca entiendo a los adultos.

—¿Sí?

—¿Sí qué? —escupe.

—¿Sí, señor?

—¿Me estás mintiendo, chico?

—No, señ… —Antes de poder terminar siquiera, notó que todo el aire sale de mi cuerpo. Mi pecho parece tocar mi columna y mis pies dan tres pasos involuntarios hacia atrás.

Odio que me den puñetazos en el pecho.

Pero aún más que eso, odio que diga lo que diga, el tío T ya tenga una opinión sobre mí. Igual que esos profesores allá en Promise.

Mudarme al DC desde Nueva York e ir a Promise cambió mi vida de varias maneras. La mayoría buenas. En casa, allá en el Bronx, no veía a mi madre demasiado. La libertad fue guay durante un tiempo, pero entonces empezó a llevar a tipos extraños a casa todo el tiempo. La cosa se puso muy incómoda para mí un par de veces y quería salir de ahí.

Cuando la ciudad dijo que ya no podía vivir con ella, me sentí aliviado. Cuando descubrí que el tío T me iba a acoger, me alegré. Por las pocas veces que había visto al tío T, pensaba que era bastante guay. Tenía un Cadillac y eso era como droga para mí, pero cuando se convirtió en mi tutor legal, vi un lado diferente de él.

El tío T tiene un problema serio con la bebida. Sé que era un marine, y creo que a veces todavía cree que lo es. Hace lo mismo todos los días. Va a trabajar, hace ejercicio, bebe cerveza, ve la tele y limpia su pistola. Y cuando no está haciendo esas cosas, me está mangoneando a mí. Es casi como si me estuviese entrenando para entrar también en el ejército. Lo llama disciplina y dice que me está convirtiendo en un hombre.

A veces pienso en devolverle el golpe, pero siempre me rajo cuando veo sus músculos.

—Más vale que no estés mintiendo, Trey —me dice.

—No miento, señor. Perdí el bus.

—¿Por qué?

Busco una respuesta distinta de la verdad. No puedo decir que me metí en un lío por no caminar por el pasillo de la manera correcta, porque eso solo demostrará que fue culpa mía.

—El entrenamiento se alargó un poco. Tenemos un partido importante mañana.

Cuando le recuerdo mi partido de baloncesto, veo que su cara se relaja. Le gusta que sea bueno en baloncesto.

—Es verdad que es mañana, ¿no? —Asiento. Él suspira. Es lo más cercano a una disculpa que me ofrece nunca—. ¿Por qué no lo has dicho desde el principio, Trey?

—No lo sé, acabo de acordarme.

Sacude la cabeza mientras me mira.

—Siéntate un segundo. —Me instalo en el otro extremo del sofá. Lo más lejos de él que puedo—. Sabes que soy duro contigo por una razón. No quiero verte seguir el mal camino de tu madre.

Cuando está borracho suelta unos sermones terribles en los que dice cosas desagradables con muchísima facilidad, como si no fuesen a herir mis sentimientos.

—De hecho, incluso he invitado a un viejo amigo de la marina —continúa—. Viene a ver qué tal juegas. Por si puede conseguirte una beca para ir ahí.

Odio la marina. Sus colores son un asco.

—Gracias, tío T —le digo.

—Dame las gracias jugando bien mañana, ¿me oyes?

—Sí, señor.

—Bien. Hay algunos platos precocinados en la cocina. Come algo.

Salgo taciturno del salón y me voy a mi cuarto. Paso de la cena.

Cuanto antes me vaya a dormir, antes llegará mañana. Y lo único en lo que puedo pensar es en jugar ese partido de baloncesto.

Sí. Las cosas irán mejor mañana.

EL DÍA DEL ASESINATO

Trey

CAPÍTULO SEIS

¡Problemas!

TREY

Casi me salgo del pellejo cuando suena la alarma de mi teléfono.

Me levanto de la cama de un salto y me pongo el mismo uniforme que ayer, para ahorrar tiempo. Si llego tarde al instituto, tendría castigo después de clase de manera automática. Sería un desastre. No pienso perderme este partido de baloncesto por nada.

Miro a mi alrededor para buscar mi mochila, pero no la veo. En Promise, si llegas a clase sin una mochila llena de libros, ni siquiera te dejan entrar. Si pasa las veces suficientes, te expulsan.

Corro al salón y veo mi mochila al lado del sofá. La agarro de camino hacia la puerta. Por suerte, el tío T ya ha salido a correr como todas las mañanas.

Troto calle abajo rezando por no haber perdido el autobús otra vez, aunque después del día que tuve ayer, es imposible saber lo que puede pasar. Cuando doblo la esquina, la gente está subiendo al bus a unas dos manzanas de distancia. Empiezo a asustarme, hasta que veo a una anciana en una silla de ruedas al final de la cola. Eso me va a dar un poco de tiempo extra.

Aprieto el paso, cruzo en rojo un par de calles y en efecto, llego corriendo justo cuando están subiendo las últimas personas al autobús.

Algo de suerte en el día de uno de los partidos de baloncesto más importantes de mi carrera. Empiezo a ensayar jugadas en mi cabeza y repaso mentalmente todas las cosas en las que hemos trabajado Brandon y yo. Imagino la última jugada del partido: una asistencia de Brandon y una canasta mía para ganar el partido. O a lo mejor es al revés: quizás yo le pase el balón y él meta ese tiro final. Sea como sea, nos apoyamos el uno al otro y eso es agradable.

Cuando llegamos enfrente de Promise, presiono el botón de la puerta de atrás del bus y espero a que el conductor frene hasta parar del todo. Una vez que lo hace, las puertas se abren y me bajo.

Mientras ando hacia Promise, busco mi carnet escolar mientras pienso en cómo el entrenador me dijo que me necesitaba. Si lo hago bien hoy, estará orgulloso de mí. Pienso en el amigo de la marina de mi tío, y en cómo tengo una oportunidad de hacer que el tío T también esté orgulloso de mí. Pienso en cómo Brandon va a hacer que su madre y su padre estén orgullosos de él.

No encuentro el carnet en mis bolsillos, así que busco en mi mochila. Cuando miro dentro, me quedo boquiabierto.

Joder. Mierda.

En lugar de mi carnet escolar, o mi ropa de baloncesto, o mis libros de texto... estoy viendo la pistola del tío T. Recuerdo que dejé mi mochila al lado del sofá, justo al lado de la suya. Tienen el mismo aspecto y debo de haber agarrado la suya sin querer.

Se me hace un nudo en el estómago y siento como si mi corazón estuviese a punto de estallar.

¡Estoy jodido! No puedo entrar en el instituto con esto, ¡me detendrán en los detectores de metal!

No puedo volver a casa. Me perdería la mitad de las clases y no hay forma de que me dejasen jugar el partido si eso ocurre. Desearía poder simplemente llamar al tío T, decirle que me he equivocado y pedirle que me echara un cable. Pero esa no es mi vida. Va a pensar que me la llevé a propósito. Él nunca me da el beneficio de la duda. Él no acepta los errores ni las excusas.

¿Qué diablos voy a hacer?

PARTE TRES

Ramón

Presente

Rachel Barnes

Hermana mayor de Anthony Barnes, alumno de Urban Promise Prep

Sí que creo que uno de esos chicos es culpable. Y no son los negros.

¿Sabe que vivo en el mismo barrio que Ramón, en Columbia Heights? Lo veo de vez en cuando con algunos de los chicos del lugar, tipos de bandas *de verdad*. De las que dan miedo. Los Dioses del Humo.

Dioses del Humo es una banda grande en mi barrio, y no se dedican a jugar, eso seguro. El asesinato no es un problema. Cada dos por tres, pongo las noticias y ha habido algún tipo de violencia por parte de la banda. Durante toda mi vida he conocido a tipos que andan por las calles, pero estos son diferentes. Es como si les *gustara* matar.

En los últimos tiempos, había empezado a ver a Ramón juntarse con ellos cada vez más y más. Al principio no pensé mucho en ello, pero hace unas semanas, vi al primo de Ramón recogerlo del instituto cuando yo fui a por mi hermano.

El primo mayor de Ramón es uno de los líderes de la banda.

No soy ninguna chivata ni nada, pero soy un miembro de la comunidad que se preocupa y todo eso, así que pensé que sería buena idea decírselo a Moore, solo como precaución. Está claro que no necesitan nada de esa mierda en Urban Promise Prep. Quiero decir, mi hermano va ahí. Necesito que esté a salvo.

Moore dijo que lo investigaría. No volví a pensar demasiado en ello, pero entonces, el día anterior a que matasen a Moore, vi cómo detenían al primo mayor de Ramón delante del colegio.

Moore era de los que harían cualquier cosa por proteger a estos chicos. Y con eso me refiero a *cualquier cosa.*

Y al día siguiente, mataron a Moore.

Así que creo que lo hizo Ramón como represalia. A un hombre que intentaba salvarlo de sí mismo.

Como he dicho, con ellos, el asesinato no es un problema.

Anthony Tony Barnes

Alumno de Urban Promise Prep

Esta es la cosa de Promise: o te encanta o lo odias. Si te encanta, cumples las reglas y todo va bien. Si lo odias... bueno, no sé. Yo soy del tipo de persona que intenta usar lo que tiene para lograr lo que quiere. Y aunque al final no vaya a la universidad, graduarse de Promise da buena imagen en esta ciudad. En realidad, quiero hacer algo con mis manos: soldar como mi padre. No le diga a mi hermana Rachel que he dicho eso. Ella está obsesionada con la universidad, igual que Promise.

—¡Es la única manera de conseguir lo que quieres, Tony! Tú cuida de Promise, y Promise cuidará de ti. —Y supongo que tiene razón... El director Moore sí cuida de nosotros, a su manera. Pero hay más de una forma de obtener lo que uno quiere.

Ramón es el ejemplo perfecto, aunque Rachel crea que es una mala influencia. Una cosa es verlo por el barrio. A veces es duro. Pero si Rachel asistiese de verdad a Promise, podría ver lo que no puede ver en casa.

Lo llamamos Chef Ramón. Quiero decir, ¡no sabe cómo cocina el tipo! Si no fuese por Ramón, habría que ir a la parte alta de la ciudad para probar las pupusas de su abuelita, pero Ramón vio la oportunidad y las vende en el colegio. Por debajo de la mesa, como es obvio, porque Moore no tolera nada de eso.

Pero joder, queremos comer bien, y al personal de la cafetería le faltan manos. Todo ese dinero de donaciones de personas ricas y de políticos... pero aun así, lo único que Moore no ha cerrado todavía es la iniciativa culinaria en la que los chicos de último curso ayudan en la cocina. Incluso Rachel admite que es porque Moore no quiere gastar dinero en contratar a más personal para la cafetería.

Los otros profesores siempre se están quejando de ello. Los oí cuchichear sobre cómo hay otras cosas en las que se supone que el colegio debería estar gastando dinero también, pero Moore cree que los fondos deberían ir a otro sitio. Y el tipo tiene la sartén por el mango, nadie más. Eso sí, no tengo ni la más remota idea de a dónde está yendo todo ese dinero.

El Chef Ramón no solo hace pupusas picantes, hace también otras cosas. Siempre está experimentando. A veces te pasa algo con disimulo en la línea azul. Parece un buen negocio. Además, tiene a su amigo Luis para ayudarlo. Si yo estuviese ganando todo el dinero que está ganando Ramón, llevaría playeras nuevas todo el tiempo. Pero Ramón me dijo que el dinero era para su abuelita y su tienda, además de los *fondos* del propio Ramón. Signifique lo que signifique eso.

Sea como sea, nunca pensé que fuese tan malo como piensa Rachel.

Ramón y yo salíamos del instituto un día a la misma hora y ella básicamente me agarró de la oreja, convencida de que me estaba uniendo a los Dioses del Humo ahí mismo, en las escaleras de Promise. La cosa ni siquiera funciona así.

Rachel tiene un montón de responsabilidades. Nuestros padres tienen dos y tres trabajos, así que ella acaba haciendo muchas de las cosas que hacen los padres: asistir a reuniones y cosas así. A veces creo que es un poco demasiado seria.

Aunque a lo mejor en esto tenía razón. Ahora, con el director Moore muerto, me siento raro de estar de vuelta en Promise. Todo lo que ocurrió antes parece significativo: como lo de que Moore prohibiese todas las ventas de comida de Ramón. «¡Estamos construyendo hombres, creando reyes, no gamberros!». No sé por qué hizo eso Moore.

Desde que murió, he pasado mucho tiempo atando cabos. Cuando pienso en lo que dijo Ramón ese día, que estaba ahorrando dinero para sus fondos, me pregunto a qué se refería. ¿Estaba vendiendo drogas? Alguien dijo que el asesino había escondido la pistola en Promise.

¿Quién sabe para qué quería esos fondos Ramón? ¿Y si lo ayudé a comprar una pistola a base de comprarle pupusas? ¿Me convierte eso en cómplice de asesinato?

Por favor, no se lo diga a Rachel.

César
El primo de Ramón

No tengo nada que decir.

Porque sé cómo tergiversa la gente mis palabras. Si digo que quería a mi primo, lo convertirán en que *Usé su amor para obligarlo a hacer…* Si digo que no teníamos mucha relación, lo convertirán en *Miente por Ramón porque están en una banda juntos. Los pandilleros siempre se cubren los unos a los otros.*

Quién soy no es ningún secreto. ¿Quiere que lo diga? No necesito hacerlo. Mis tatuajes hablan por sí mismos. Por eso me los hice: para que se me conociera. Solo hace falta un día en este mundo para aprender que la gente te verá como quiera verte, y luego hará lo que quiera. Al menos con estos tatuajes, algunas cosas son cristalinas. Sé quién está conmigo, y quién está contra mí.

Eso es más de lo que puede decir mi primo, ¿no cree? Su abuela lo metió en ese colegio para mantenerlo a salvo, ¿verdad? ¿Cree que está muy a salvo ahora? Ha acabado metiéndose en problemas del mismo modo que hubiese podido pasarle de haber estado en la calle. La única diferencia es que todo el mundo está mucho más consternado porque todo eso pasó en *un sitio como Promise.*

He visto cámaras nuevas en mi barrio. Recorren la calle para mostrar ventanas rotas y tipos en las esquinas. He visto el mismo tipo de imágenes en la tele sobre los pasillos de Promise. En los dos casos, nos ven como a animales; solo que a unos los ven como a animales domesticados.

Sin embargo, por ricos que puedan parecer esos pasillos, esa gente no entiende que cuando pones a chicos pobres en un colegio, no puedes esperar que se conviertan en lo que no son. No soy ningún director elegante, pero incluso yo sé que eso no tiene sentido. Cuando necesitas dinero, cuando necesitas sobrevivir, hay violencia. La única diferencia entre esos chicos de Promise y yo es el uniforme que llevamos. Ellos tienen el suyo y yo tengo el mío, pero somos todos iguales. Leones en una selva, luchando por ser el rey.

Doña Gloria

La abuela de Ramón

Mi Ramón no hizo esto.

Cuando les pasan estas cosas a los chicos de color, siempre muestran sus rostros en televisión y encuentran la única foto entre otras mil que los hace parecer criminales. Pero si eso fuese cierto con respecto a Ramón, significaría que no conozco a mi nieto en absoluto.

Pero sí lo conocía. Lo conozco. En lo más profundo de mi corazón.

Mi nieto es más blando que la masa de un pastel. Mi nieto es dulce como la miel. Él no hizo esto. Se levanta sin que se lo pida para ayudarme a hacer pupusas. Me pregunta cómo hacer todos los platos que recuerdo de mi infancia sin que yo se lo diga. Todos los niños tienen sueños hasta que el mundo se los arrebata. Pero el mundo aún no le había arrebatado los sueños a mi Ramón. No, todavía no, por mucho que lo haya intentado.

La gente tiene sus creencias acerca de lo que es emigrar. Hay esta idea de que es fácil, que recoger todo y marcharte de tu hogar y empezar de cero en un sitio nuevo es fácil; que aprender inglés es fácil. No lo es. Dejar El Salvador y venir aquí fue algo muy duro. Y es aún más duro con un niño crecido, como lo era Ramón cuando llegamos aquí. Luchamos por aprender este idioma, sobre todo él. Yo veía la presión que eso ejercía sobre él, incluso cuando era pequeño. La vergüenza. La vergüenza puede convertirse en ira.

Sí, lo habían castigado. Pero esa es siempre la palabra que se extiende deprisa: *castigo. Problemas. Suspensión. Expulsión.* Lo que se extiende más despacio es la verdad: castigado por vender pupusas en el colegio. Problemas por *reírse*. Suspensión por vender comida sin permiso. Sí, le habían dicho que no lo hiciera. Así que montó su venta en la cafetería. Encontró la manera de hacer lo que le gustaba sin infringir las normas. Promise siempre dijo que recompensaban la innovación.

De donde yo vengo, los hombres ríen y bailan y se abrazan los unos a los otros. Es nuestra cultura. ¿Por qué quiere arrebatársela el director Moore?

Seré sincera: he pensado largo y tendido en sacar a Ramón de ese sitio. Estaba muy tenso últimamente. Mi dulce niño, enfadado como podía estarlo su tío. No veíamos a su tío a menudo. Pero Ramón veía bastante a César, y creo que sabía que ese era un camino del que debía mantenerse alejado.

Nunca tuve que decírselo. Él simplemente lo sabía.

Pero eso no impidió que César siguiese insistiéndole a Ramón para que se uniera a los Dioses del Humo. César debía haberse dado cuenta de que los Dioses no iban a dejar en paz a Ramón. En ocasiones, un lobo solo puede proteger a otro lobo si están juntos en una manada. De otro modo, la manada se vuelve contra ti. Pero esa es la cosa... mi Ramón no es un lobo. ¡Es un chico amable! Incluso tuve que ser yo la que le dijera que estuviese listo para defenderse contra cualquiera que le hiciese daño.

Había días en los que estaba furioso y molesto con ese colegio. Estaba ahorrando dinero para un local. Sus sueños ni siquiera caben en esta casa, ni en toda esta ciudad. Estaba haciendo lo que tenía que hacer para alcanzarlos. Un día, llegó a casa con la cara roja, los ojos anegados de lágrimas. Le pregunté qué había pasado y todo lo que dijo fue «Moore...», pero entonces se calló. Me dijo que yo ya tenía bastantes preocupaciones.

¿Por qué no se dan cuenta los niños de que lo único que nos importa son ellos? ¿Que todas las demás preocupaciones son pequeñas y pueden dejarse a un lado con facilidad? No pude sonsacarle nada más, y ahora aquí estamos.

Le dije que se defendiera, sin importar quién le hacía daño.

Magdalena Peña

La prima de Ramón

La cosa de ser la hermana de un chico como César es que todo el mundo te trata también como a su madre. «¿Por qué no puedes hacerlo parar? ¿Por qué no hablas con él?». Si la gente conociese a César como lo conozco yo, sabrían que ha construido una fortaleza a su alrededor con todas las cosas que le han hecho daño, y no hay nada en el mundo que lo vaya a hacer salir de ella hasta que esté preparado. Ni su madre, ni su padre, ni yo. Así que me mantengo lejos de él, lo cual me entristece. Pero siempre le escribo por el móvil y le digo que estoy aquí para él, cuandoquiera que esté listo para hablar.

Creo que Ramón sabe muy bien cómo es eso. Aparte de mis padres, Ramón es el único que quiere a César tanto como yo. Sabe lo que es que alguien a quien quieres te haga daño por dentro. La gente ve a César y ve a los Dioses del Humo. Cuando ven a los Dioses, piensan en pistolas, en cuchillas. Pero las pistolas y las cuchillas son rápidas y brutales. Existen otras formas, más lentas y más agónicas, con las que puedes hacer daño a la gente.

A veces, Ramón volvía a casa tarde de ayudar a Abuelita en la tienda. Cuando no estaba en Promise, siempre llevaba una camiseta negra, y solía estar sucia, cubierta de trocitos secos de masa. Tenía que pasar por delante de nuestra casa para llegar a la suya, y ahí es cuando César y él solían pararse a hablar durante un rato. Esos eran unos de los únicos momentos en que estaban a solas el uno con el otro. Por lo general, cuando César habla con cualquier persona, los otros Dioses están con él, así que esa intimidad hacía las conversaciones muy diferentes.

Esas noches son algunas de las únicas veces que veía a César relajado y riéndose. Ramón siempre podía hacerlo reír. A veces, nuestro vecino, Don José, asomaba la cabeza y los llamaba, y se reían los tres juntos. Don José nos conoce desde hace años. Es una de las pocas personas fuera de nuestra familia que no muestra miedo alrededor de César.

Sin embargo, por mucho que Ramón admirase a César, a veces discutían. Una noche, cuando salí ahí a escuchar, César no hacía más que decir: «¿Por qué crees que haría algo para llevarte por el mal camino? ¡Sé los esfuerzos que estás haciendo! ¡Déjame ayudarte!».

Ramón solo sacudía la cabeza una y otra vez, hasta que César estalló y preguntó: «¿Crees que soy mal tío? ¿Crees que mis hermanos son malos tíos?», y al final Ramón gritó: «¡Sí, lo creo!».

Esa noche discutieron, pero eso fue antes de que Moore hiciese detener a César. Se corrió la voz por aquí y de repente todo parecía diferente cuando veía a Ramón. La presión ya era inmensa, pero ahora daba la impresión de que Ramón estaba en un punto de ruptura. Don José le dijo a mi madre que había visto a Ramón en la esquina con unos cuantos Dioses el día que detuvieron a César. Dijo que parecía que estaban animando a Ramón, y que por primera vez, parecía que se sentía cómodo.

El último mensaje que recibí de Ramón el día antes de que matasen a Moore fue:

¿Qué haces cuando te quedas sin opciones? ¿Cuando parece que todas las personas en las que se supone que debes confiar te han demostrado que no puedes confiar en ellas?

Hoy, todavía no sé si hablaba de Moore o de César.

Nadie

Alumno de Urban Promise Prep

Dicen los rumores que el asesino había estado mostrando signos de estar a punto de estallar.

Pero nadie está mirando nunca hacia la persona correcta. Todo el mundo está distraído por todo ese otro ruido.

Interrogatorio de Ramón

(Transcripción del Interrogatorio Oficial de Ramón)

INSPECTOR BO: Di tu nombre para que conste en acta.

RAMÓN: Ramón. Ramón Antonio Torres Zambrano.

INSPECTOR BO: Esos son muchos nombres.

RAMÓN: Sí. Supongo, si no eres latino.

INSPECTOR ASH: Te has mostrado muy cooperativo hasta ahora. Te lo agradecemos. Queremos que sepas que puedes decirnos la verdad, que estás a salvo.

INSPECTOR BO: No importa lo que hicieras, nosotros podemos asegurarnos de que te traten bien.

RAMÓN: Ya se lo dije: no hice nada.

INSPECTOR BO: Ramón. Ramón. No pasa nada. Nosotros estamos de tu lado. El director Moore estaba encima de vosotros todo el rato.

INSPECTOR ASH: Yo no podría soportar que alguien estuviese encima de mí de ese modo todo el rato. Seguramente saltaría.

RAMÓN: Yo no maté al director Moore. Estaba en la sala de castigos. Yo jamás mataría a nadie.

INSPECTOR BO: Corta el rollo, chico. ¿Que no matarías a nadie? No creo que uno acabe por ahí con los Dioses del Humo a menos que lo contrario sea cierto.

RAMÓN: ¡No soy un Dios! No hablen de cosas de las que no saben nada.

INSPECTOR BO: Ese temperamento. Estás sonando un poco como tu primo ahora.

RAMÓN: No saben una mierda acerca de mi primo.

INSPECTOR ASH: Ya te dije que podía calentarse un poco, Bo, ¿no es así?

INSPECTOR BO: Sí que lo dijiste, sí. Cuidado con lo que dices, chico. Ahora mismo los dos estamos siendo amables, pero eso puede parar en cualquier momento. Y créeme, chaval, no quieres que eso pase.

RAMÓN: No voy a decir nada más.

INSPECTOR ASH: Mira, vamos a relajarnos todos, ¿vale? Nos aseguraremos de que cuiden bien de ti. Tú quieres asegurarte de que tu abuela esté a salvo, ¿verdad?

RAMÓN: ¿Qué pasa con mi abuela?

INSPECTOR BO: Nada… todavía. Pero ya sabes cómo son las cosas con los Dioses. Nadie está a salvo. Si se enteran de que estás aquí, hablando con nosotros, puede que se hagan una idea equivocada.

RAMÓN: Pero no estoy hablando. No estoy diciendo nada.

INSPECTOR BO: Así que sabes algo.

RAMÓN: ¿Eh? ¡Me están liando! ¡Dejen de hablar conmigo!

INSPECTOR ASH: Mira, si puedes darnos lo que necesitamos, a lo mejor podemos llegar a un acuerdo contigo acerca de lo de Moore. Asegurarnos de que salgas antes para que puedas asegurarte de que tu abuela también esté a salvo.

RAMÓN: ¡Yo no hice nada! ¿Por qué cree todo el mundo que soy un Dios? ¡No hice nada con ellos y no le hice nada a Moore! ¡Apártese de mí!

INSPECTOR ASH: ¿O sea que no te importó que Moore hiciese detener a tu primo?

RAMÓN: No he dicho que no me importase. ¡Y ya les dije que no hablo de mi primo!

INSPECTOR BO: ¡Ahí está ese temperamento otra vez! Estás bastante enfadado; debiste enfadarte bastante también esa vez.

RAMÓN: Estaba enfadado, pero…

INSPECTOR ASH: Yo no sé tú, Bo, pero cuando yo me enfado, a veces hago cosas de las que no estoy demasiado orgulloso después.

INSPECTOR BO: Oh, a mí me pasa lo mismo. Estabas enfadado, Ramón. Es humano. Entonces, ¿qué dijeron los Dioses del Humo? ¿Te ayudaron ellos a conseguir el arma o lo hiciste tú solo?

RAMÓN: Jamás he disparado una pistola. ¡Jamás he tenido una pistola en la mano siquiera!

INSPECTOR ASH: Venga ya, Ramón. Me cuesta mucho creer eso. ¿En tu barrio?

RAMÓN: ¡¿Por qué no habría de creerme?!

INSPECTOR ASH: Chico, encontraron cosas tuyas en la escena del crimen. Es hora de que confieses.

RAMÓN: ¡Estaba castigado!

INSPECTOR BO: Podemos hacer esto todo el día, Ramón. Y créeme, averiguaremos la verdad, cueste lo que cueste.

UN DÍA ANTES DEL ASESINATO

Ramón

CAPÍTULO SIETE

Culpable

RAMÓN

Bip bip.

Mis sueños siempre se quedan a medias. Es porque no duermo bien. Las noches son ruidosas en mi barrio. Coches de policía, ambulancias, camiones de bomberos, bocinas de coches, helicópteros, lo que se te ocurra. Nunca hay silencio, y desde luego que no hay ninguna paz. De hecho, donde más paz encuentro es en el instituto. En Promise.

Mi abuela se alegró muchísimo cuando consiguió meterme en ese colegio. Cuanto más lejos de mi primo César, mejor. Lo quiere tanto como me quiere a mí, pero es un amor como desilusionado. Tal vez si él tuviese una relación tan cercana a ella como la tengo yo, esa desilusión podría cambiar algunas de sus decisiones. Yo sé que jamás podría hacer nada que la incitase a mirarme del modo que mira a César. Sea como sea, somos familia. La abuela nos quiere a todos.

Pero Abuela y yo siempre hemos tenido la relación más estrecha. Tenía que ser así, supongo. No es solo porque vivamos juntos. Es porque tenemos muchas cosas en común.

¿Dónde estaría yo si no estuviese cocinando con mi abuela? Todos mis sueños de futuro están hechos de masa.

No obstante, los pitidos de mi alarma me despiertan justo cuando me estaba sumiendo en un sueño profundo, lo cual acaba con toda posibilidad de soñar hoy. Mientras me levanto despacio, tengo que sacudirme de encima la frustración que se va colando en mis huesos. En lugar de eso, recuerdo por qué me despierto tan pronto: para pasar más tiempo con Abuela y ayudarla a preparar cosas para la tienda. Todas las mañanas la encuentro esperando en la cocina, ya en marcha.

Pero hoy no quiere que la ayude. Me echa de la cocina.

—No, no, hoy no —me dice—. Va a llover. Tu autobús siempre llega tarde cuando llueve, así que tienes que tomar uno más temprano.

—Abuela…

—¡Vete ya! No puedes llegar tarde a clase. ¡A lo mejor te pierdes algo!

Abuela se toma el colegio muy muy en serio. Ella no tuvo la oportunidad de ir a la universidad en El Salvador. Considera que Promise es una oportunidad para mí, una que debería aprovechar. Supongo que yo también lo veo así, siempre que me gradúe.

Quiero decir, no me entiendas mal, me va bien en Promise. Pero he oído de chicos a los que han echado en su último año porque no podrían pasar el corte. A veces me siento culpable por las cosas que le oculto a la abuela. Como cuando me ponen mala nota en un examen o si me castigan después de clase. En ocasiones incluso evito decirle que hay reunión de padres para que el colegio no pueda darle un informe sobre mí. Mentirle me duele, pero lo hago de todos modos.

Por ejemplo, le dije que era el autobús el que me hacía llegar tarde a clase, pero eso no es verdad para nada. Es solo que a veces me bajo en otra parada y doy una vuelta por Adams Morgan para contemplar mi futuro restaurante. Quiero decir, es solo un sueño ahora mismo, pero mientras el local esté vacío, casi parece como si solo me estuviese esperando a mí. Esperando a que me gradúe. Esperando a que asista a una buena escuela de cocina. Esperando a que haga realidad todos mis sueños.

Le doy un beso en la mejilla a Abuela, al tiempo que siento que la culpa se asienta en mi estómago. Porque ella tiene razón: debería ir directo al colegio. Pero los locales me llaman. Camino hacia la parada del autobús y la culpabilidad empieza a diluirse, sustituida por entusiasmo.

Biip biip.

Un autobús cercano, no el mío, está bajando la rampa para que un anciano pueda subirse sin demasiado esfuerzo. Es probable que sea el abuelo de alguien y necesite ayuda; ojalá tuviera tiempo de ayudarlo. Sacudo la cabeza para sacar de ella los *biips*. Y entonces oigo que alguien dice mi nombre.

—Primo, ¿es que no me oyes?

Se me cae el alma a los pies. Conozco esa voz. Solo que aquí fuera en la calle, suena muy distinta a cuando hablamos a solas en la privacidad de nuestra casa.

—Eh, César —digo, y me giro hacia él. Se acerca a mí por la acera, con las manos en los bolsillos. No sonríe demasiado estos días. Sin embargo, lo recuerdo súper alegre cuando éramos niños.

—Deberías saber que no te interesa ignorarme —comenta. Su boca sonríe, pero la sonrisa no le llega a los ojos. Noto que exige saber la verdad: ¿lo estaba ignorando? Este es en quien se convierte mi primo durante el día: en el líder de los Dioses primero, mi primo después.

—No te he oído —miento—. Solo pensaba en llegar a clase.

—Entonces, ¿a dónde vas andando? ¿La parada de tu autobús no está hacia el otro lado? —Hace un gesto con la barbilla calle abajo.

—Ehh, solo iba a dar un pequeño rodeo. Hay algo que quiero ver.

—¿Una chica?

—No, no es una chica.

Mi primo mira a su alrededor.

—Bueno, pues ten cuidado. Hubo movida el otro día y puede que haya represalias.

Me limito a asentir. Odio que las acciones de César afecten a toda la familia, pero sé que haría cualquier cosa por protegernos a todos. Y con eso quiero decir *cualquier cosa.*

Me mira con atención y siento que todos mis músculos se ponen en tensión. Me lo va a pedir. Siempre me lo pide.

—Estás solo aquí fuera —dice, el ceño fruncido—. Estarías más a salvo con nosotros. Tienes que ser listo y unirte a mí y a los Dioses.

—No te preocupes por mí, primo. Solo voy al instituto.

—Dijiste que *no* ibas al instituto —me corrige, y sus ojos centellean.

—*Sí* voy al instituto. Solo voy a ir a otro sitio antes.

César me mira, los ojos guiñados como cuando mira a alguien en quien no confía.

—Vale, solo me estoy asegurando de que no te metas en líos. Somos familia.

Somos familia. En muchos sentidos, César ha sido más como mi hermano mayor que mi primo. Y del mismo modo, Magda, la hermana pequeña de César, también es como mi hermana. Esa es una cosa que César y yo tenemos en común: los dos somos muy protectores con respecto a Magdalena. Una vez le dije a Magda que creo que esa es parte de la razón de que César esté tan involucrado con los Dioses, porque sabe que todos los tipos de la banda defenderían a Magda. Yo también lo haría.

—¿Qué llevas en la mochila? —pregunta.

—Cosas de clase.

—Huelo pupusas. ¿Sigues moviendo ese tipo de cosas?

Noto que me pongo rojo. No es que me avergüence de cocinar, sobre todo no con César. De hecho, él solía cocinar conmigo cuando éramos pequeños. Pero a él le gustaba hacer cosas dulces. Y se le daba bien. Es solo que creo que pensará que cocinar es una cosa más a la que dedico tiempo en lugar de unirme a él y a los Dioses.

—Sí —admito. César sonríe.

—¿Tienes también algo de horchata ahí dentro? —pregunta, y agarra mi mochila.

—No jodás —le digo, tirando en dirección contraria.

Cuando ve que no estoy de broma, se endereza. Los tipos como César respetan que defiendas tu terreno. Demuestra que tienes agallas.

—Vale, vale. Ya veo que tienes tu pequeño negocio —comenta y, durante un breve instante, noto que César está orgulloso de mí. La forma en que me mira me hace sentir que estamos solos él y yo en la calle. En cualquier caso, el momento solo dura ese breve instante, porque aquí fuera, siempre hay ojos observando.

—Sí que lo tengo. De hecho, voy a abrir mi propio local…

No pretendía decir eso en voz alta. Me he visto arrastrado por el momento, estaba demasiado cómodo. En cuanto las palabras salen por mi boca, César estalla en carcajadas.

—¿Un local? ¿Como un restaurante?

—Sí —admito, avergonzado ahora—. Con el tiempo.

Se ríe aún más. Eso solía molestarme antes, pero ahora estoy acostumbrado a que la gente se ría de mis sueños. Compartir tus sueños con la gente del barrio siempre es arriesgado, porque la mayoría de las personas no creen en las mismas posibilidades que yo. Aun así, viniendo de César duele un poco más. Una mueca de disgusto se apodera de mi boca.

—Piensa lo que quieras —digo—. Me largo. —Empiezo a alejarme, pero me doy cuenta de que tengo más que decir, así que me doy la vuelta de nuevo—. ¿Sabes?, podrías estar ayudándonos a Abuela y a mí. Ella *siempre* necesita ayuda para vender la comida. Yo voy al instituto y aprendo la manera correcta de hacer negocios…

César me corta antes de que pueda seguir.

—¿Crees que ir al instituto te hace mejor que yo? ¿Cuál es la manera correcta de hacer negocios? Porque tengo algo de información que el colegio no te enseñará, pero las calles sí, y es que no existe ninguna «manera correcta» en este mundo. Todo el mundo va a lo suyo. Ese colegio para blandengues te hace creer que el mundo es bueno y que si trabajas lo suficiente, tus sueños se harán realidad. —Niega con la cabeza—. La gente que viene de donde venimos nosotros no tiene restaurantes, primo. ¿Conoces a alguien en el barrio con el dinero suficiente para comprar un edificio? ¿Dinero legal? Sí, vamos a ayudar a doña Elena y a don Marco porque tuvieron ese incendio, y a quienquiera más que lo necesite en el barrio. Pero no estamos aquí fuera tratando de ser ángeles. Solo estamos tratando de sobrevivir.

Noto el pecho comprimido. Me aseguro de evitar que me tiemble la voz.

—¿Y quién dice que no podamos ser propietarios de cosas, eh? ¿Por qué crees que no puedo tener mi propio restaurante?

Noto las mejillas más calientes que nunca. César es como un hermano mayor para mí y siempre me he sentido como un niño pequeño cuando hablo con él. Hoy, sin embargo, me siento como un señor mayor que trata de razonar con otro señor mayor… como si solo estuviésemos aferrados cada uno a nuestras costumbres.

—Sí podemos —contesta—. Pero no es como ir al colegio e intentar encajar en una mierda de sistema que nos odia ya de entrada. Tenemos que trabajar unidos para construir nuestro propio sistema. Esta es la única opción que *ellos* nos dejan.

Comprendo las palabras que está diciendo. Solo que no estoy de acuerdo. Yo no veo la vida como una sola opción. Aunque, claro, tampoco estoy en su pellejo. Quizá para él, de verdad exista solo una opción.

—Si te dices que solo hay una opción, eso es todo lo que verás, primo. Y eso es algo que he aprendido en el colegio.

Un Dodge Hellcat rojo rueda por nuestro lado y frena con un chirrido. Por un segundo, mi corazón da un vuelvo, pero César parece tranquilo, así que me relajo. La ventanilla baja y aparece la cara de Ever, el segundo al mando de César.

—Eh, colega, empieza a haber movida.

Miro a Ever, pero noto cómo los ojos de César me taladran. Ever asiente en mi dirección y yo le devuelvo el gesto.

—Podemos terminar esta conversación más tarde —dice César.

Contengo la respiración y deseo con todas mis fuerzas que de verdad haya un más tarde.

Siempre he mirado hacia otro lado cuando César y los Dioses hacen lo que hacen. He oído los rumores de lo que pasa cuando arreglan sus problemas. Sé cómo miran los otros Dioses a César... y lo que ha tenido que hacer para ganarse ese respeto.

—Sí, claro, ya te veré —digo, antes de apresurarme calle arriba.

Intento olvidar lo que acaba de ocurrir y me concentro en llegar a mi futuro local.

Sin embargo, cuando llego delante del edificio, me quedo boquiabierto. El cartel de EN VENTA ya no está en la ventana. De hecho, hay un cartel de VENDIDO. Se me cae el alma a los pies. Veo un cartel más pequeño en la puerta delantera y me acerco para leerlo.

PRÓXIMA APERTURA: ¡LA FUSIÓN ASIÁTICO-MEXICANA ESTÁ EN CAMINO! ESTE CHEF DE SAN FRANCISCO ESTÁ ENTUSIASMADO CON SU NUEVO LOCAL.

La imagen del cartel muestra a un tipo blanco con un gorro de chef. Sonríe, con unos palillos en una mano y un taco crujiente en la otra. Eso es todo lo que necesito para que mi alma deje de caer y empiece a arder. Ni siquiera es que estuviera convencido de que yo sería el que alquilase ese sitio y abriera mi propio restaurante. Aunque... en cierto modo sí que lo estaba. Los sueños no tienen sentido. Miro al tipo de la foto. *Fusión asiático-mexicana*. Como siga mirando, voy a hacer añicos este jodido escaparate. Así que opto por marcharme lo más deprisa que puedo.

Llega mi autobús, saco mi abono transporte y me subo, sintiéndome aún más cansado que antes. El autobusero refunfuña y me dirijo hacia el fondo, los ojos clavados en el asiento que he fichado. Sin embargo, algo llama mi atención mientras voy hacia atrás. Un rostro conocido.

El Sr. Reggie.

Es uno de los guardas de seguridad del instituto y, sin pretenderlo, oigo en mi cabeza *bip bip bip*. Casi como si pudiera darme un demérito aquí en el autobús. Diablos, a lo mejor puede. Con este estúpido uniforme de Promise que llevo puesto, sé que se fija en mí. ¡¿Cómo podría empeorar este día?!

El Sr. Reggie y yo tuvimos un encontronazo ya antes. La semana pasada, alguien tuvo las narices de chivarse de que estaba vendiendo pupusas. No podía creérmelo.

En cualquier caso, el Sr. Reggie tuvo que registrar mi taquilla y entregarle el supuesto «contrabando» al director Moore, aunque no parecía querer hacerlo. De alguna manera, Moore tenía ese poder sobre los profesores y el resto del personal: conseguía que hicieran cosas en las que ni siquiera creían, solo para satisfacerlo a él. Yo no odio Promise como otros chicos, pero en ciertos momentos puede ser demasiado.

Voy al fondo del autobús, donde el Sr. Reggie no puede mirarme durante todo el viaje. Saco mi teléfono y escribo a Magda.

Ramón: Me acabo de encontrar con César en la parada del bus.

Magda: Buf. Ya estoy de camino a clase. Si no, le hubiese chillado que te dejara en paz. Lo siento.

Ramón: ¿¿Te ha dicho algo alguna vez sobre tener solo una opción??

Magda: ¿Eh?

Ramón: No sé, estaba un poco raro. Como si quisiera hablarme de algo, pero no tuvo la oportunidad de hacerlo. No sabría decir si era algo malo o no.

Magda: Bueno, con él nunca se sabe. ¿Tú estás bien? He oído que te pillaron vendiendo pupusas y cosas en el insti.

Ramón: ¡¡Joder, todo se sabe en Promise!! ¿Cómo te has enterado siquiera?

Magda: ¿De verdad quieres saberlo?

Ramón: Claro.

Magda: Esa pequeña rata de Becca lo estaba comentando ayer en clase.

Magda también va al Mercy, un colegio solo para chicas que no está lejos de Promise. Las alumnas ahí son súper listas, más listas que los chicos de Promise. Pero a veces actúan de cierto modo, nos miran por encima del hombro. Por supuesto, Magda es muy distinta de las otras chicas de Mercy.

—¿No es esta tu parada? —dice alguien. Levanto la cabeza de golpe al darme cuenta de que me hablan a mí. Es el Sr. Reggie, el guarda de seguridad. Está de pie ante la puerta de atrás del autobús con una mirada ceñuda en la cara—. Porque no vas a faltar a clase, ¿verdad?

—N... no —balbuceo. La presión de la mirada del Sr. Reggie me pone nervioso. Si me ve con estas pupusas estoy acabado. Estaré castigado a quedarme después de clase incluso antes de llegar al instituto.

Espero que no confunda mi ansiedad por culpabilidad.

—Bueno, pues esta es la parada si *de verdad* vas al colegio —me informa.

—Sí que voy —me apresuro a decir—. Solo estaba ensimismado, supongo.

—Ya. Ese es el problema de los chicos hoy en día. Siempre pegados al teléfono o con la cabeza en las nubes. Venga, vamos —musita el Sr. Reggie. Espera a que me baje del bus antes de echar a andar—. Siempre estáis intentando saliros con alguna.

No tengo otra opción más que seguirlo todo el camino hasta el colegio. Y mi abuela tenía razón: empieza a llover. No tengo paraguas, pero me pongo la mochila encima de la cabeza para intentar mantenerme un poco seco. El Sr. Reggie se gira hacia atrás para mirarme desde debajo de su paraguas. No se le ocurre ofrecerme refugio. Claro, ¿por qué se le ocurriría algo así?

Para cuando subimos las escaleras de Promise, está jarreando, así que entramos a toda prisa.

—Ve directo al aula de estudio —refunfuña el Sr. Reggie, al tiempo que sacude su paraguas—. No sé para qué querías venir al colegio tan temprano.

No tiene ningún sentido discutir con él, así que doy media vuelta y me dirijo hacia el aula de estudio. De mi mochila caen gotas de lluvia. Miro atrás y veo un rastro de agua. A lo mejor soy mezquino, pero esbozo una sonrisilla. Miro a mi alrededor para asegurarme de que estoy solo antes de abrir la cremallera de mi mochila. Me asomo al interior y confirmo que mi remesa de pupusas está intacta a pesar del mal tiempo.

Casi he llegado al aula cuando oigo a alguien maldecir. No se dirige a nadie en particular, sino que maldice como lo hace mi abuela cuando no puede encontrar las llaves de su coche. Excepto que esta persona maldice en inglés, en voz baja y gruñona, aunque no lo bastante alto como para que oiga lo que dice. Camino más callado, sorprendido de que haya alguien aquí. La oficina está oscura. Se me cae el alma a los pies al pensar que es Moore.

Me voy a llevar un demérito seguro como me vea gotear por todo el pasillo. Intento andar más deprisa.

Pero cuando paso por delante de la oficina, el decano Hicks sale por la puerta y se topa directamente conmigo.

—¿Dónde se supone que debes estar tú? —me grita. Su voz es casi tan imponente como la de Moore. Me encojo un poco—. ¿Por qué estás aquí siquiera a estas horas?

—Lo siento, señor —empiezo—. Tomé el autobús equivocado. El Sr. Reggie me dijo que podía ir a...

Odio cuando me ocurre esto. Sé lo que quiero decir, pero cuando me pongo ansioso, es como si todas las palabras inglesas saliesen volando de mi cabeza.

—¿Ir a dónde? —exige saber.

—Uhm, ir a... a...

—¿SÍ?

—Al aula de estudio —digo. Tan sencillo como eso. ¿Cómo puede desaparecer?

—Bueno, entonces ¿qué estás haciendo aquí? —pregunta—. ¿Merodeando por el pasillo? Eso es un demérito.

Bip bip bip.

No conozco la palabra «merodear», pero suena como una de esas palabras cuyo significado tiene que ver con su sonido. Me recuerda a «malear». O a «pelear». Yo no hago ninguna de esas cosas, y noto que empiezo a enfadarme. Pero aquí no hay opción de enfadarse, así que me limito a asentir y me alejo de la oficina oscura.

En el exterior, la lluvia cae con ganas y suena ruidosa contra el tejado ahora que el instituto está tan callado. Cuando me siento y me quito la americana, lo único que oigo es la lluvia. Puesto que el techo es muy alto, suena lejana. A lo mejor consigo secarme antes de que empiecen las clases dentro de una hora. A lo mejor consigo trabajar un poco, o al menos soñar despierto con mi restaurante sin que nadie me moleste.

Creo que quizás este día pueda mejorar.

CAPÍTULO OCHO

Policía

RAMÓN

Después de la mañana que había tenido, sentí algo de esperanza cuando vendí todas las pupusas del día. Mi mochila estaba ligera, tenía los bolsillos llenos y, aparte de sentirme un poco húmedo durante todo el día a causa de la lluvia, las cosas no iban mal. Me dirijo a mi taquilla, guardo lo que no necesito, agarro lo que sí, y salgo afuera, donde la lluvia por fin ha cesado. Todo va bien, hasta que veo un coche que reconozco.

El coche de César, plateado y brillante, con César asomado a la ventana sonriéndome mientras bajo las escaleras de Promise. ¿Por qué está *aquí*? Una mezcla de preocupación y sorpresa bullen en mi interior. Miro a mi alrededor en busca del director Moore. Entre sus muchas reglas había algunas que prohibían la presencia de miembros conocidos de bandas callejeras en el recinto del instituto. Toda la comunidad se las toma muy en serio. Nunca pensé que volvería a verlo tan pronto. Hace unas semanas, César vino a recogerme y me percaté de que Moore tomaba nota de ello, así que le dije a mi primo que no volviera a venir. No necesitaba tener más ojos puestos sobre mí.

—Primo —me llama mientras me acerco al coche despacio. Veo a los otros chicos tomar buena cuenta del coche, nos miran con atención también a César y a mí. Sé que saben quién es César. Algunos de ellos se limitan a mirar, otros fruncen el ceño, otros parecen asustados. Mi corazón martillea en mi pecho. Espero que Moore no nos vea.

—¿Qué estás haciendo aquí?

—Te dije que te vería más tarde. ¿Qué tal el negocio? ¿Has vendido todas esas pupusas?

Asiento, pero no hago nada por rodear el coche para meterme dentro. César percibe mi vacilación y su sonrisa se diluye.

—¿Cuál es el problema?

—Yo solo... ¿qué estás haciendo aquí, César?

César se queda callado unos instantes.

—Solo quería que me enseñases ese local —dice—. El sitio para ese restaurante soñado tuyo del que me hablaste antes. Pensé que sería más rápido ir en coche que tomar el autobús.

Dejo caer la cabeza, abatido, y me invade la desilusión por la venta de mi local.

—A lo mejor tenías razón. A lo mejor no podemos ser propietarios de cosas así. El local se ha vendido. A un tipo blanco de la Costa Oeste.

—Bueno, de eso es de lo que te quería hablar —me dice. Mira su volante en lugar de a mí, casi enfurruñado—. Tal vez estaba equivocado. He pensado en lo que dijiste. Tal vez haya otra opción. Otro local, ¿sabes?

Me invade una sensación de calidez. César, el hermano mayor que nunca tuve. Él siempre sabe decir lo correcto cuando me encuentro en una situación desagradable.

—Claro. —Sonrío, nervioso de pronto—. Vayamos a Adams Morgan. Podemos dar una vuelta y ver qué más hay por ahí disponible.

—Suena bien, primito. Venga, sube.

Justo cuando alargo la mano hacia la puerta del coche, el aire se llena del sonido de sirenas. Luces rojas y azules centellean desde todas direcciones. Veo mi cara reflejada en la de César: los dos sorprendidos, confusos, asustados.

Tres coches de policía vienen hacia nosotros, uno por cada extremo del coche de César y otro justo por el centro. Este último para a escasos centímetros de chocar con el carro.

—¡Las manos donde podamos verlas! ¡Fuera del coche!

Salen policías de todos los coches; algunos llevan pistolas incluso. No creo que la gente sepa lo aterrador que es que te apunten con una pistola. Es incluso peor cuando es un poli, porque a diferencia de un robo o algo, sabes que la persona de uniforme puede hacer lo que quiera y nadie dirá nada. Cuando *esa* pistola te apunta, da más miedo porque *esa* pistola no tiene que seguir las mismas reglas.

—¡Fuera del coche! ¡Ahora apártate! ¡Las manos sobre la cabeza!

Todo pasa muy deprisa. Y también muy despacio. Tiran a César al suelo. Uno me aparta de un tirón y me arrastra hacia la hierba de Promise. Se abalanzan sobre el coche en un instante, registran todos los bolsillos y los asientos. César está en el suelo con una rodilla sobre la espalda y una mano apretando su cara contra el asfalto.

—¡¿César, qué pasa?! ¡Suélteme! ¡César! —Forcejeo entre los brazos del madero.

—¡He encontrado algo! —grita uno de los polis que registra el coche de César. Saca la mano del lado del copiloto, algo metálico y brillante entre los dedos.

Una pistola.

—¡Eso no es mío! —chilla César.

—Pues a mí me parece que sí —dice el poli que tiene la rodilla clavada en su espalda. Le da un empujón a la parte de atrás de la cabeza de mi primo y su mandíbula impacta con fuerza contra el suelo. César forcejea y el poli vuelve a hacer lo mismo. Debería estar gritando, pero todas mis palabras se me han secado.

Me hacen preguntas y también me registran, pero es obvio que han venido a por César. No estoy seguro de cómo sabían que estaría aquí. ¿Lo estaban siguiendo? ¿Lo delató alguien?

Observo cómo meten a César a rastras en la parte de atrás de un coche patrulla. Veo sangre en su barbilla. Doy un paso tembloroso hacia él, pero un poli me empuja hacia atrás con ambos brazos.

—¡No se lo digas a Magda! —me grita César antes de que den un portazo en sus narices.

Me quedo ahí plantado mientras todos los maderos se meten otra vez en sus coches. Una grúa de la policía llega en algún momento y levanta el coche de César por los aires. En unos pocos minutos, es como si nunca hubiésemos estado ahí.

No me importa quién pueda verme… mis ojos se llenan de lágrimas. Sin embargo, cuando levanto la vista hacia el colegio, veo a través de ellas con gran facilidad. El director Moore está en las escaleras, los brazos cruzados delante del pecho. Asiente, como si dijera «Perfecto».

EL DÍA DEL ASESINATO

Ramón

CAPÍTULO NUEVE

Algunos se vengan

RAMÓN

Pasé la noche entera haciendo planes.

Me quedé despierto hasta tarde para organizarlo todo, tratando de concentrarme en la ira que ardía en mi interior como una hoguera. Abuela incluso me ayudó. Mejor cuatro manos que dos, me dijo. Y tenía razón. Con su ayuda para las proporciones, hice el cuádruple de pupusas de las que solía llevar al instituto y las guardé todas en mi mochila, además de llevar una fiambrera extra.

Entre esto y lo que pueda traer Abuela a casa después de trabajar en la panadería, deberíamos poder juntar nuestro dinero con el del tipo y pagar la fianza de César. Abuela no aprueba lo que hace César, pero le conté todo lo que había pasado, cómo el director Moore había llamado específicamente a la pasma por César cuando mi primo no estaba haciendo nada malo. Abuela rara vez critica a un profesor o al personal del colegio, pero esto la hizo incluso apretar los labios. Y desde luego que no va a dejar que su sobrino se quede en la cárcel.

De camino a la parada del autobús, mi mochila cuelga pesada a causa de toda la comida que llevo. No pienso tomar el otro bus hoy y arriesgarme a que me vea el Sr. Reggie. Me dedico a escudriñar las ventanas de todos los que pasan. Ir a Promise empieza a hacerme sentir paranoico.

Sigo ahí de pie, igual de furioso, cuando alguien me agarra del hombro, y estoy tan enrabietado que me giro en redondo, dejo caer la bolsa de pupusas y levanto el puño.

—Tranqui, chaval —dice el tipo que me ha agarrado. Levanta las manos para demostrar que no pretende hacerme daño, pero pone cara de pocos amigos para que sepa que no debo enredar con él—. No pretendo robarte los libros de texto.

Es Ever. Rara vez veo a César por el barrio sin Ever a su lado. Ahora va acompañado de otros tres hombres, y todos ellos me miran con intensidad.

—He oído que estabas ahí ayer —dice Ever—. Cuando atraparon a César.

Asiento, el corazón desbocado. No creerán que fue mi culpa, ¿verdad? Mi abuela no me crio para tener miedo de nadie, pero sé bien que Ever y los Dioses no son gente con la que pueda mostrar una actitud casual. Siempre debo tener cuidado con ellos. Puede que César sea intimidante, pero es familia. Ever no lo es. Empiezo a sudar.

—He oído que fue Moore el que hizo la llamada —continúa Ever, los ojos brillantes.

—¿Dónde has oído eso? —pregunto.

—En muchos sitios. —Se encoge de hombros. Pienso en toda la gente que pasó por mi lado y por el de César al salir de clase. Nunca se me había ocurrido que algunos de ellos pudieran pertenecer ya a los Dioses del Humo. La sensación de paranoia aumenta y me doy cuenta de que Ever no es alguien al que deba mentir.

—Sí. —Asiento—. Estoy bastante seguro de que fue Moore.

—Moore ha sido un problema desde hace años —sentencia uno de los otros tipos, Jorgito—. Encerró también a mi tío. La gente como él cree que son policías, es todo un tema de poder.

—Director, poli, no importa —comenta otro cuyo nombre desconozco. Tiene una cicatriz en la cara y sus ojos parecen tristes. El mismo aspecto que tenía César en el asiento de atrás del coche patrulla—. Nos enfrentamos a quien haga falta.

—Razón por la cual tú y yo tenemos que hablar —dice Ever. Clava la mirada en mí con una intensidad que me deja clavado donde estoy. Es como mirar a los ojos de una serpiente—. César dice que ya ha hablado contigo antes para que te unas a los Dioses. Este podría ser el momento perfecto para hacerlo. Estás dentro. Si le pasara algo a Moore... a lo mejor podríamos considerarlo como tu iniciación.

Se me para el corazón. De repente, el mundo parece muy ruidoso. El autobús llega rugiendo hasta la parada y nos envuelve en una nube de humo del tubo de escape. Todos agitamos las manos para quitarnos el humo de la cara y, cuando desaparece, descubro que Ever me mira directo a los ojos.

—Piénsalo —insiste Ever, al tiempo que mira a nuestro alrededor para asegurarse de que no nos observa nadie—. Te daremos lo que necesites, solo tienes que pedirlo.

Nos miramos a los ojos unos instantes. Casi puedo oír mi pulso en los oídos, la inquietud y el miedo tamborilean en mi corazón. Pero aun así, estoy interesado en lo que dice. La ira es como un pequeño fuego en mi estómago, y crece por segundos. La idea de la venganza.

—Sube al bus —dice Ever, y da un paso atrás para que sepa que tengo permiso para marcharme—. Ya nos dirás lo que decides.

—Ya... ya os diré algo —musito.

Y entonces estoy en el autobús, que circula por el barrio de camino a Promise. Sin embargo, cuando miro por la ventana de atrás, descubro que Ever tiene los ojos aún clavados en el bus. Noto algo diferente dentro de mí. Como si un volcán hubiese empezado a despertar. No sé durante cuánto tiempo lograré evitar que entre en erupción.

Luis se reúne conmigo en mi taquilla.

—Intenté llamarte ayer por la noche —me dice—. Estoy cabreadísimo por lo que le pasó a César. Lo siento, amigo. ¿Estás bien?

Sacudo la cabeza. Hace mucho que Luis es mi mejor amigo. Últimamente ha estado ocupado con el baloncesto, y yo he estado también como en mi propio mundo, concentrado en el futuro, tratando de mantener un perfil bajo en el barrio, pero algunos amigos son para toda la vida, sin importar lo que ocurra. Y noto que aunque todo mi barrio me mira de soslayo y da por sentado que soy igual que mi primo, Luis no es así. Él sabe quién soy.

Pero ¿acaso sé yo mismo quién soy? No parezco capaz de quitarme de encima la sensación que sentí cuando Ever me dijo que me daría lo que necesitase para vengarme del director Moore. Esa breve chispa que había dicho «Sí» cuando me imaginé con una pistola en la palma de la mano. La idea del tipo que ha hecho que arrestaran a mi primo sin razón, del hombre que siempre nos está gritando, que nos hace disculparnos y balbucear todo el rato... la idea de obligarle a *él* a disculparse por una vez.

—Madre mía, ¿qué es todo *esto*? —exclama Luis al echar un vistazo dentro de mi bolsa caliente.

Me sacudo los desagradables pensamientos sobre pistolas y Moore, y consigo sonreírle a mi mejor amigo.

—Esto es el dinero de la fianza de César —afirmo, y trato de sonar confiado. Nunca he intentado vender tanto hasta ahora. Va a ser difícil, visto que además me metí en líos la semana pasada, pero los tiempos desesperados requieren medidas desesperadas, y no puedo tolerar que César esté en la cárcel. Justo empezábamos a ser sinceros el uno con el otro. Y ahora, necesito ser el primo mayor por una vez.

—Vas a necesitar ayuda —dice Luis, y ya sé lo que está pensando. Cuando has sido amigo de alguien desde hace tanto tiempo como los somos Luis y yo, simplemente lo sabes. Va a hacer como ya ha hecho otras veces: va a vender todas las pupusas que pueda. Se lleva bien con los deportistas y sé que esos tipos comen más que nadie en todo el maldito mundo. Es probable que pueda venderles cincuenta él solito. Pero no puedo permitir que lo haga.

—Nah, Luis —digo, y niego con la cabeza—. Si alguien te ve hacerlo, tú también te meterás en un lío.

—Relájate —me tranquiliza—. No van a hacerme nada con el partido esta tarde. Saben que quieren mis jugadas espectaculares para que las vean los donantes. Si me pillan solo me pondrán un demérito y enredarán con mi cuenta. Lo que sea. No te preocupes, sobreviviré. Dame unas cuantas. Y no olvides ir al aula de la Sra. García. Es como la única persona a la que no le importa que vendas comida. Apuesto a que comprará unas pocas.

Luis tiene razón. La Sra. García siempre es una apuesta segura. Igual que algunas de las que trabajan en el comedor. Así que le doy un tercio del producto y nos separamos. Va a ser un día estresante y llevar encima tantas pupusas por el recinto me hace sentir como un traficante. *Bip bip bip*. Ya puedo oír los deméritos. Todas esas cuentas alteradas.

En cualquier caso, esto es por César. Él no estaba haciendo nada malo. ¿Quién sabe si no fueron los polis los que pusieron esa arma ahí? Lo hacen todo el rato. ¿Y qué hay de malo en vender pupusas?

Se supone que no debemos hablar, pero siempre encontramos una manera de comunicarnos. Algunos chicos incluso utilizan un lenguaje de signos de Promise. Sea como sea, se corre la voz de que estoy recopilando dinero para la fianza de César y, antes de darme cuenta, las pupusas están volando de mi mochila. Un chico de mi zona compra las suficiente para alimentar a una familia entera.

Me pregunto para mis adentros si será un dios, pero no le digo nada. Me limito a entregarle la mercancía con disimulo y él me entrega a mí el dinero con el mismo disimulo.

A lo mejor me lo estoy imaginando, pero a mediodía todo el colegio huele a la receta secreta de mi abuela. Y todo va bien hasta que a un chico, Victor, se le rompen los pantalones en la cafetería en el mismo momento en que el director Moore la está recorriendo para hacer una inspección.

Victor estaba sentado como todos los demás, pero cuando hace ademán de levantarse, una trabilla del cinturón debe engancharse de alguna manera porque oigo el *rasss* dos filas más allá. La trabilla y el bolsillo se rasgan y algo cae al suelo. Ya sé lo que es y se me hace un nudo en el estómago porque Moore está pasando justo por delante de él.

El director oye el ruido y gira la cabeza a la velocidad del rayo. Veo cómo sus ojos se clavan en Victor, cuya expresión es una de absoluta consternación. No tiene tiempo de disimular. Moore se planta ante él al instante.

—¿Qué está pasando aquí? —espeta cortante—. ¿Quién está haciendo el tonto? Lo veo en tu cara. ¿Estás liándola? ¿Conducta desordenada?

Sigue echándole la bronca a Victor, y yo no hago más que rezar por que no se fije en lo que hay en el suelo. Pero justo entonces Moore se queda muy callado. Veo que mira abajo, se asoma por encima de la montura de sus gafas. Mierda.

Es una pupusa envuelta en papel de aluminio. Moore la mira durante lo que parece una eternidad, y después sus ojos recorren la cafetería. Sé que me está buscando. Y cuando me encuentra, viene hacia mí a la velocidad del rayo.

—¿Crees que estaba de broma cuando te dije que no quería volver a ver esto por aquí? —grita—. ¿Crees que nuestros donantes quieren ver esta mierda en nuestro colegio? ¿Esta basura de comida callejera? Todo el edificio apesta a fiesta de barrio. Debí saber qué tramabas. ¿Dónde está esa bolsa? Sé que la tienes.

—Yo... yo... —Pero no encuentro las palabras. Todo el inglés sale volando de mi cabeza. El español también. Lo único que siento es ira. Una ira intensa que vibra por todo mi cuerpo.

—Y ahora te quedas ahí plantado balbuceando —se burla—. No sé por qué te hemos mantenido en este colegio. Las clases de inglés no están funcionando demasiado bien, ¿verdad? Ahora dame esa...

No puedo hablar, pero cuando lo veo moverse para meter la mano debajo de mi silla, me apresuro a detenerlo, aparto su mano de un empujón y agarro mi mochila. Sin embargo, él cierra el puño sobre la parte de atrás de mi chaqueta y me levanta de la silla antes de empujarme hacia un lado. Entonces agarra la bolsa. Todavía tiene un puñado de pupusas. Moore la sacude y escucha.

—Justo lo que pensaba.

Hago ademán de recuperarla, la ira bullendo en mi interior, pero el chico que está a mi lado me agarra del brazo y me contiene. Observo cómo Moore va hasta una de las basuras. La cafetería entera lo observa en silencio. Una por una, toma las pupusas restantes y las tira a la basura. Me entran ganas de chillar y de vomitar al mismo tiempo. Cuando termina, agarra una botella de zumo de un chico cercano y vierte todo su contenido en la basura. Después se apodera del dinero que había obtenido con mis ventas y se lo guarda en el bolsillo. Nadie dice ni una palabra.

—Esto es mío ahora, por vender en el recinto del colegio. En cuanto a ti —continúa, y me señala con el dedo—, estás castigado después de clase durante las próximas seis semanas. Y si crees que esa iniciativa de cocina con los chicos de último año va a continuar durante un solo día más, olvídalo.

Se gira hacia la fila de alumnos que aún no se han servido, donde un par de chicos que forman parte de la iniciativa observan la escena. Veo a la cocinera Adams fruncir el ceño como si desease reducir a Moore a polvo.

—Este es el último día de eso, chicos —les grita a los chavales con redecillas en el pelo—. Gracias a este amigo vuestro. El Chef Ramón, ¿no? A lo mejor eres chef en la cárcel algún día.

Agarra la bolsa y se marcha. Cuando se ha ido, la gente empieza a hablar poco a poco en voz baja otra vez. Pero yo no. En lo único que puedo pensar es en el dinero que no tendré ahora para pagar la fianza de César. La ira me invade y se extiende hasta del último rincón de mi cuerpo. Necesito algún sitio donde meterla. Ha llegado el momento de hacer algo con ella. Voy al cuarto de baño y saco mi teléfono. Marco el número de Ever.

PARTE CUATRO

Mentiras

Después del asesinato

CAPÍTULO DIEZ

Castigado

J.B.

Creo que nunca había visto a mi madre llorar en público. En Benning Terrace necesitas llevar tu cara de póker en todo momento, y mi madre es una profesional en cuanto a caras de póker. Siempre tranquila, siempre a lo suyo. Siempre he admirado eso de ella. Sin embargo, cuando salgo de la sala de interrogatorio, sus ojos están muy rojos y ni siquiera se ha molestado en secarse las lágrimas. Es desgarrador.

—Vamos a soltar a su hijo para que quede bajo su custodia —la informa uno de los inspectores. Pone voz de preocuparse por nosotros.

—¿Por qué no me permitieron estar con él? —exige saber mi madre, haciendo caso omiso de lo que le han dicho—. Mi hijo es menor. Se supone que debo estar con él para algo como esto.

—Señora, estamos del lado de su hijo. Solo queremos ayudar.

La mentira me da ganas de agarrar su pistola, apuntarle a la sien con ella y obligarlo a disculparse. No por tratarme a la patada cuando me arrestó, ni por encerrarme en esa habitación con una sola bombilla y una ventana oscura. Ni siquiera por gritarme a la cara y tratar de hacerme confesar un crimen que no he cometido.

Quiero obligarlo a disculparse por mentirle a mi madre. Por tener la audacia de tratarme como lo ha hecho, de mirar a la cara a mi madre y soltarle una patraña.

Pero me trago la ira y mi estómago empieza a hervir.

Quiero decirle a mi madre la verdad, pero eso solo empeorará todo este lío. Así que me quedo ahí en silencio e intento no parecer tan asustado como me siento.

Para cuando mi madre termina todo el papeleo con la policía, es tarde y apenas logro mantener los ojos abiertos. Me adormilo, el cristal frío de la ventana del coche una almohada bienvenida después de estar en esa sala de interrogatorio y en esa celda. Pero el fuerte ruido de la puerta del coche de mi madre me despierta de golpe.

—J.B. —me dice en voz baja, tan callada que apenas la oigo—. Si alguna vez ha habido un momento para ser sincero conmigo, es ahora. Necesito que me mires.

Hago lo que me pide. Miro a mi madre a los ojos y espero a que me haga la pregunta, pero es demasiado difícil para ella.

—Yo no lo hice, mamá —digo con suavidad, para ayudarla a salir del apuro.

Mi madre suelta un gran suspiro, como si hubiese estado conteniendo la respiración desde que saliéramos de la estación de policía.

—Por supuesto que no lo hiciste, cariño. Por supuesto que no.

Me invade un alivio profundo al saber que no cree que yo haya matado al director Moore. Con todo lo que ha pasado hoy, con sangre aún incrustada debajo de mis uñas, me alegro de que todavía me mire y vea a un niño inocente. Soy inocente.

—Sé que tu relación con el director Moore era complicada —murmura.

Toda la ira vuelve a mí de golpe. Los sentimientos que he estado reprimiendo desde que todo se fue al garete.

Había estado enfadadísimo con Moore. La injusticia de que me quitase el teléfono y me obligara a dejar a Keyana colgada, lo cual arruinará nuestra relación. La forma en que había pegado su cara a la mía, cómo me había agarrado del cuello de la camisa como si fuese un perro al que iba a castigar, poniéndome en ridículo delante del colegio entero. Pero nunca deseé que nadie matara a Moore. Nunca quise verlo muerto. Y ¿ahora soy sospechoso?

He visto a los suficientes chicos ir al reformatorio para saber que todo lo que necesitan los maderos es un motivo, un cuerpo y un arma. Casi lo tienen todo. Pueden forzar a la gente a hacer confesiones y declaraciones solo por miedo.

Es probable que darle un puñetazo a mi taquilla no dé muy buena imagen de mí. Pero lo peor de todo es... esa pistola.

No puedo dejar de pensar en ella. Los sucesos del día se repiten en un bucle retorcido y desordenado. No puede ser una coincidencia que el mismo día que encuentro una pistola en el instituto, disparen al director Moore. Una pistola que cambié de sitio para mantener a otras personas a salvo, ¡en la que dejé mis huellas! Me siento como un idiota.

Tengo que recuperar esa arma y averiguar de quién era antes de que la encuentre la poli... y descubra que mis huellas están por todas partes. Eso les daría el caso en bandeja. Condena fácil.

Aprieto el puño contra la boca para evitar que salga ningún sonido por ella. Tengo ganas de llorar. Mi mente da vueltas como loca. Se me aparece ante los ojos un futuro terrible: voy a la cárcel, dejo a mi madre sola, me quedo encerrado hasta que es vieja. Se me cierra la garganta.

Mi madre dobla en la siguiente esquina.

—J.B., la verdad es que no sé qué decirte. Te envié a ese colegio para que te mantuvieras alejado de problemas, pero de algún modo aún los encuentras.

¿Cómo decirle que busque o no busque problemas, ellos me encuentran a *mí*? Que ser un joven negro me convierte en un imán para los problemas. Lo único que he hecho es tratar de pasar desapercibido y no es suficiente. En especial cuando hay alguien como Moore por ahí cerca, alguien que lleva los problemas encima como un cubo de pintura, dispuesto a volcarlo sobre quien él quiera.

Pienso en ese chico, Solomon, sobre el que saltó Moore por no llevar corbata. E incluso en los otros dos chicos sospechosos: Ramón y Trey. Dicen que Moore los avergonzó también el día del asesinato. Diablos, debe de haber al menos cien chicos en Promise que deseasen apuntar a Moore a la cabeza con una pistola.

Y ahí es cuando me doy cuenta.

Alguien mató a Moore, eso es un hecho. ¿Y sabes lo que también es un hecho? Que hay un montón de personas que debían querer verlo muerto. Yo soy un sospechoso obvio, pero ¿y si la persona que lo hizo no es un sospechoso tan obvio?

La mejor manera de limpiar mi nombre, quizá la única manera de limpiarlo, sería averiguar quién lo hizo. Aprieto los puños. El reloj corre. Tengo que averiguar quién hizo esto antes de que la gente empiece a intentar en serio acumular evidencias contra mí.

Mi madre me mira de reojo. Por un instante, su expresión se suaviza.

—¿Estás bien?

—Sí —respondo, pero sale un poco demasiado deprisa, demasiado forzado.

—Vamos a salir de esta —musita. Casi suena como si se lo estuviese diciendo a sí misma tanto como a mí—. Vamos a salir de esta.

No lo digo en voz alta, pero lo pienso, con fervor: *Dios, eso espero*. Entonces pienso en alguien más: Keyana.

—Mamá, ¿puedo usar tu teléfono para…?

Me sorprende cuando me interrumpe con una sonora carcajada sarcástica.

—Chico, si crees que vas a usar *cualquier* teléfono para llamar a *cualquier* persona, has perdido la cabeza. Puede que no seas un asesino, pero estás de lo más *castigado*, ¿me oyes? Hasta nuevo aviso.

Ni siquiera intento discutírselo. No puedo culparla. Al menos no cree que lo hice. Solo puedo rezar por que Keyana piense lo mismo.

En casa, mamá parece mucho más calmada, pero noto que su cerebro da vueltas. No solo ha dejado de ganar dinero al tener que ir a la comisaría a buscarme, es probable que esté pensando en todo el dinero que *va* a perder con este fiasco. Puesto que estamos solos los dos, el tiempo y el dinero perdidos valen mucho.

Pasó lo mismo con mi padre. Abogados, multas, comparecencias ante los tribunales y vistas y toda esa mierda. Razón de más para limpiar mi nombre. Mi madre ya ha estado cargando con bastante peso durante bastantes años. Algo como esto podría acabar con ella. No puedo permitir que eso ocurra.

Recalienta las sobras de un pastel de carne y las compartimos a la mesa. Comemos en silencio. Mi pastel desaparece en un abrir y cerrar de ojos. No me había dado cuenta del hambre que tenía, pero aun así, me noto vacío por dentro. Me da la sensación de que podría comerme también el plato y no me llenaría. La preocupación me corroe.

—La verdad es que no sé cómo ha pasado esto —dice mi madre en voz baja—. Lo he hecho lo mejor que he podido.

—No es culpa tuya, mamá —le digo. *Tampoco es culpa mía,* quisiera añadir, pero lo único en lo que puedo pensar es en la voz de Moore tronando por el pasillo, en Hicks y sus ojos mezquinos. Demérito tras demérito. Todas esas cuentas que no paraban de subir. Todos esos castigos después de clase. Todo es tu culpa en Promise.

—No lo odiabas, ¿verdad? —me pregunta. Me mira a la cara, sus ojos brillantes. Y esto duele más que todo lo demás, porque aunque cree que soy inocente, noto que está aterrada de poder estar equivocada.

Y lo peor es que no sé si puedo decir que «no» sin que sea una mentira. Por suerte, sigue hablando.

—Tú nunca harías algo así. Uno de esos otros chicos, quizás. No sé cómo educan a sus hijos otras personas. Chicos que no respetan la autoridad…

El pastel de carne se agría en mi estómago. Mi madre no lo entiende. Me miro los nudillos, aún magullados después de darle ese puñetazo a la taquilla. Moore me miró como si fuese un criminal por hacer eso. ¿Era un criminal? ¿O era solo humano? En Promise, es como si mostrar emociones fuese casi otra manera de infringir las reglas.

—¿Qué les ha pasado a tus nudillos, J.B.?

Me ha visto mirarlos y ahora observa mi mano con los ojos como platos.

—Me… me… enfadé —consigo balbucear.

—¿Le has pegado a alguien?

—No, mamá —respondo. Me mira con intensidad a los ojos.

—¿Me lo prometes?

—Lo prometo.

Pero mientras lo digo, lo único que oigo es el himno:

En Promise prometemos.
Somos los jóvenes de Urban Promise Prep.
Estamos destinados a la grandeza.

Suena tenebroso en mi mente. ¿Estoy destinado a la grandeza o a algo mucho peor?

Más tarde, estoy tumbado en la cama y contemplo el techo con las luces apagadas. Me siento igual que cuando llegué a casa, como si me hubiesen drenado toda la energía. De repente, mi puerta se abre y entra mi madre.

—¿J.B.? ¿Estás despierto?

—Un poco.

—He llamado a Ross, mi supervisor. Dice que, si voy ahora, tiene unas horas extras para que recupere lo que he perdido. Volveré por la mañana.

Se me cae el alma a los pies. Saber que estaré en casa yo solo me hace sentir aún más pequeño y aislado que nunca.

—Vale —digo.

—Recuerda que estás castigado.

—Sí, mamá.

La casa ya había estado silenciosa, pero cuando se va parece que estoy en otro planeta. Uno en el que todo está callado y yo estoy muy solo.

Ojalá Keyana estuviera aquí.

Me pregunto qué rumores ha oído. Me pregunto si los cree. Su casa está muy cerca. A lo mejor está mirando por esa ventana por la que salté y se está preguntando qué estoy haciendo. Si estoy bien.

O quizá se esté preguntando qué tipo de chico dejó que la besara. Quizá se esté arrepintiendo. Quizá piense que eligió al chico equivocado…

Me incorporo de golpe. Mi madre dijo que estaba castigado, pero sobre todo no me quería conectado al ordenador o al teléfono que no tengo. Y necesito hablar con Keyana. A lo mejor ella me puede decir lo que está diciendo la gente del barrio, si hay algún rumor que pueda ayudar a limpiar mi nombre.

Después de eso, no lo pienso dos veces. Me pongo los zapatos y salgo por la puerta.

CAPÍTULO ONCE

Sospechosos

TREY

Nunca pensé que diría esto, pero me alegro de que mi madre esté aquí.

Bajó de Nueva York en cuanto se enteró de lo que había pasado, y parece limpia... lo más cercana a limpia de verdad de lo que la he visto nunca. Es duro verla cuando está drogada, pero en cierto modo es aún más duro verla limpia. Querría estar con ella, pero la ansiedad que eso supone... estar siempre preocupado por que todo desaparezca de sopetón. Pero bueno, sea como sea, me alegro de que esté aquí, porque enfrentarme al tío T yo solo hubiese sido demasiado.

No creo que me ponga las manos encima con ella aquí, aunque estoy encerrado y vigilado. Las puertas bien podrían tener cerrojos. Si voy al cuarto de baño, lo encuentro en el pasillo mirándome. Si voy a la cocina, está ahí sentado, como si me estuviese esperando. Incluso miré por la ventana y lo vi al lado del buzón con los ojos clavados en mi habitación. No voy a ir a ninguna parte. Y la verdad es que lo prefiero así. Parece que no hay más que problemas fuera de esta casa.

Y luego está el abogado. Un tipo que estuvo en el ejército con el tío T y ahora está acampado en nuestro comedor. No hace más que hablar en voz baja y revolver papeles. Lleva zapatos grandes y ruidosos por los que me gustaría tomarle el pelo, pero sé que no sería apropiado.

Nunca me piden que participe en esas conversaciones. Mamá no dice gran cosa, solo escucha en silencio. El tío T se queda ahí sentado con la mandíbula apretada como una roca, registrando toda la información. No he preguntado de qué hablan. Me da miedo lo que puedan decir. Me da miedo lo que preguntarán y cuál será la respuesta.

Hasta ahora, las únicas palabras que me ha dirigido mi tío son «Ya te lo dije, idiota. Ya te lo dije. Después de todo lo que he hecho por ti…».

Él cree que lo hice.

Cree que me llevé su pistola y maté al director Moore.

Y lo peor es que, en cierto modo, a lo mejor sí que maté al director Moore. ¿Y si alguien agarró la pistola y decidió que ese día era el día? Es culpa mía que la pistola estuviese ahí. Debí limitarme a llevarla a casa de vuelta y haber sufrido el castigo que el tío T hubiese podido decidir infligirme. En Promise y en casa, no hay lugar para el error. Da igual dónde vaya, soy culpable hasta que se demuestre lo contrario.

El tío T no me ha preguntado por la pistola, pero no hay forma de que no se haya percatado de que ha desaparecido. No hace más que limpiarla. Sin embargo, el hecho de que no haya sacado el tema significa que cree que me la llevé a propósito. Puede que incluso esté intentando protegerme. Con su silencio.

—¡Trey, sal aquí fuera! —grita el tío T desde el comedor.

Me levanto de la cama de un salto. Abro la puerta de mi cuarto y todos los músculos de mi cuerpo se rebelan. Parte de mí quiere esconderse debajo de la cama como si fuese un niño pequeño que huye del hombre del saco. Parte de mí quiere esprintar hasta el comedor y rogarles que me digan que ha sido todo un gran malentendido. Lo que solía hacer siempre en las situaciones serias era bromear, pero ahora no soy capaz de encontrarle la gracia a esto. Me da la sensación de que no voy a volver a bromear en la vida.

Entro en el comedor y todos los ojos se clavan en mí.

—Trey, voy a ser sincero contigo —dice el abogado. Se quita las gafas y me mira con atención—. Esto va a ser difícil. No tienes coartada.

Me siento como si fuese a atragantarme.

—¿Lo hiciste tú, cariño? —susurra mi madre. Tiene aspecto de no haber llorado todavía, pero de poder hacerlo en cualquier momento. La expresión de su cara me da ganas de llorar también a mí, no solo debido a este lío, sino por todo lo que nos ha llevado hasta aquí. Todo lo que pasó en el Bronx. Cómo la perdí. Venir aquí. Clavo los ojos en el suelo.

—No —digo.

—La policía está intentando reconstruir los hechos —explica el abogado. Parece triste—. Y no tenemos gran cosa para darles. Estabas ahí después de clase. Estabas cerca del lugar del disparo. Amenazaste al hombre y hay testigos que lo han declarado. Lo único que no tienen es… el arma.

No puedo evitar ver al tío T encogerse un poco. El arma. La pistola del tío T que escondí en el sótano del colegio, con mis huellas por todas partes. Las huellas del tío T por todas partes. Es solo cuestión de tiempo que la encuentren. Necesito llegar hasta ella primero.

—Pero yo no era el único que estaba ahí —protesto, las palabras atropelladas—. Había otros dos chicos. Uno de ellos se había peleado más pronto ese día. Me fui al cuarto de baño. ¡Quién sabe lo que hicieron ellos mientras yo no estaba!

—Bueno, esa es la cosa. Al parecer, ninguno de vosotros sabe nada de dónde estaban los otros, lo cual añade toda una capa de complejidad al asunto —dice el abogado.

—No siempre puedes echarle la culpa a otra persona —gruñe el tío T—. No les va a interesar lo que otra persona *podría* haber hecho.

—¡No le estoy *echando la culpa* a nadie! —grito—. ¡Estoy diciendo que yo no lo hice!

El tío T se aparta con brusquedad de la mesa, su silla chirría por el suelo. Mi madre pone una mano sobre el puño del tío T y el rostro de este se ablanda. Se gira hacia mí.

—Nosotros tres tenemos que seguir hablando —me informa mi tío, los ojos entornados en mi dirección—. Vuelve a tu cuarto. Te llamaremos cuando tengamos más preguntas.

Salgo al pasillo y vuelvo a mi cuarto. Me tiro sobre la cama antes de comprobar el teléfono para ver si tengo alguna notificación. Brandon me había escrito una o dos veces, pero de repente interrumpió la conversación. Me da la sensación de que su madre puso fin a eso de inmediato. Me soltaron de la custodia policial ayer por la noche y estoy suspendido del instituto hasta que todo este asunto se aclare.

Imagino a Brandon y a los otros chicos sentados en clase en silencio, caminando por la línea azul, las manos cruzadas a la espalda. Me alegro muchísimo de no estar ahí. Estar fuera de Promise me ha quitado un peso del pecho. Solo que lo ha sustituido un peso nuevo en forma del cuerpo del director Moore. Salgo de una solo para meterme en otra peor.

Echo un vistazo a las redes sociales en un intento por distraerme, pero hay poca cosa con la que hacerlo. Sin pretenderlo siquiera, encuentro pequeños comentarios aquí y allá sobre lo que ha sucedido en Promise.

Entiendo que no les gustara el tipo, pero joder… ¿acabar con él?

Los han arrestado a los tres. Deben de haber estado compinchados.

Nah, he oído que uno se había marchado solo. Que se la ha jugado a los otros dos castigados para que se coman el marrón.

Se me revuelven las entrañas al leer las palabras. Todo el mundo está llegando a sus propias conclusiones basados en casi nada. Aunque supongo que no es nada... después de todo, sí que nos arrestaron a los tres. Está claro que la gente además va a inventar cosas. Pero venga ya, vi a un chico cubierto de sangre: J.B. ¡Tienen que saber que fue él y no yo! Si han matado a un fulano y hay un tipo que huye lleno de sangre, creo que es bastante obvio quién lo hizo.

Me pregunto qué opinan los profesores. Me pregunto si la Sra. Hall se ha enterado de que me detuvieron. Era una de mis profesoras favoritas antes de que se tomase esa baja de maternidad.

¿La principal razón por la que me encantaba la Sra. Hall? Es la única profesora a la que vi alguna vez plantarle cara al director Moore. Todos los demás profesores, incluso el decano Hicks, actúan como si tuviesen miedo de Moore. Pero la Sra. Hall no. Es muy menuda comparada con él, pero una vez la vi encararse con él y gritarle que se sacase la cabeza del culo y recordase por qué había abierto ese colegio en primer lugar. Recuerdo que él se limitó a mirarse los pies cuando ella lo dijo.

Decido ver si tiene redes sociales. He encontrado a un par de profesores ahí antes. Siempre intentan mantener un perfil bajo, pero aunque sean profesores, siguen siendo personas. Al cabo de un rato, encuentro a la Sra. Hall en las redes, con *posts* que se remontan hasta hace unos diez años o así. La mayoría no son públicos, pero sí encuentro una foto en la que la etiquetaron hace dos semanas. Está sentada en un bar, brindando con alguien que lleva un birrete de graduación.

La bebida que la Sra. Hall tiene en la mano capta mi atención. Me hace sentarme bien en la cama. No soy ningún experto ni nada, pero estoy bastante seguro de que las mujeres no deberían beber alcohol cuando están embarazadas. No parece algo propio de ella.

Ahora siento curiosidad, así que empiezo a rebuscar. A lo largo de los últimos meses, no hay ni una sola mención de que esté embarazada.

¿Podría haber mentido acerca de lo de estar en cinta? Pero ¿por qué?

Dejo caer el teléfono en la cama. No sé por qué querría mentir. Pienso en cuando insultó al director Moore ese día. La Sra. Hall es una mujer muy agradable… ¿Qué haría él para enfadarla tanto? ¿O fue ella la que lo enfadó a él? ¿La despediría? Tomo la decisión de seguir indagando.

Al otro lado de mi puerta, oigo las voces amortiguadas de mi tío y mi madre y el abogado. Parte de mí quiere irrumpir ahí y exigir que me incluyan en la conversación. Después de todo, es mi vida. Solo que parte de mí también quiere esconderse en esta habitación para siempre.

Haga lo que haga, todo el mundo cree ya que soy culpable. Pero ¿qué hay de nuevo en eso? En este mundo, parece que siempre llevo la palabra «culpable» pintada en la espalda. Solo que esta vez está escrita en sangre.

Nadie

Alumno de Urban Promise Prep

Dicen los rumores que «obvio» no siempre significa «visible». En ocasiones, lo que es obvio tarda un poco en verse. La persona que aprieta un gatillo no se limita a desaparecer en la oscuridad. Está ahí mismo entre nosotros una vez que decidimos que estamos dispuestos a cuestionar todo lo que creemos saber. Siempre está más cerca de lo que crees. Dicen los rumores que la persona que puede matar sabe que la mirarás a la cara y luego seguirás buscando.

Dicen los rumores que la verdad no siempre está preparada para que la cuenten.

CAPÍTULO DOCE

La trampa

RAMÓN

Estoy sentado ante la mesa de madera de nuestra cocina con los ojos cerrados mientras Abuela hace rodar con ternura el huevo suave por toda mi cara y hacia abajo por mi cuello. Es un huevo moreno normal y corriente, pero Abuela lo purificó con sal y limón y ahora lo rueda y lo desliza por mi piel para realizar una «limpia» por cuarta vez esta semana. Llevo en casa y sin ir a clase cuatro días ya y, cada vez que mi abuela termina de vender sus pupusas, esto es lo que quiere hacer.

Musita mientras lo hace, y sus oraciones se unen al zumbido de las luces de la cocina.

—Padre nuestro que estás en el cielo, santificado sea tu Nombre, venga a nosotros tu Reino…

Mantengo los ojos cerrados cuando el huevo llega a mi corazón. Abuela tiene oraciones especiales para esa zona: reza por que mi alma esté inmaculada, por la elevación de mi espíritu. Reza y reza, y yo rezo también; ella en voz alta, yo en mi cabeza.

Jamás quise que ocurriese esto. Jamás pensé que fuera posible. Pero aquí estamos.

Cuando me recogió del interrogatorio policial, no dijo nada. Yo tampoco. Se limitó a llorar en silencio y yo miré por la ventana del coche mientras trataba de encontrar las palabras apropiadas para decir. Para cuando llegamos a casa, me di cuenta de que no había palabras apropiadas. Lo único que había era la fealdad del día, y de los días anteriores a ese, y detrás de todo ello el *bip bip bip* de los deméritos de Promise, combinados con el estampido del disparo. No puedo quitármelo de la cabeza. Y dicen que lo hice yo.

Las oraciones de Abuela se suavizan y yo me quedo callado. Solo entonces abro los ojos. Está mirando el huevo, como si tuviese miedo de lo que podría haber absorbido. Alarga la mano hacia el cuenco de cristal cercano y, con dedos temblorosos, rompe el huevo para echarlo dentro.

Los dos soltamos una exclamación ahogada.

La yema amarilla está salpicada de puntitos rojos de sangre, coágulos brillantes. Aprieto los ojos con fuerza, siento náuseas.

Desearía poder dar marcha atrás. Retroceder en el tiempo. Pero ¿a dónde? Para evitar el incidente con Moore que acabó conmigo castigado, tendría que no haber hecho esas pupusas nunca. Y si no las hubiese hecho, sería porque César no estaba detenido. Para que a César no lo hubiesen detenido nunca, yo no podía ser su primo pequeño. Y así sucesivamente. ¿Cómo deshago toda mi vida?

A lo mejor tendría que haberme limitado a unirme a los Dioses hace mucho tiempo, haber dejado Promise. Mi abuela se habría disgustado mucho conmigo, pero no tanto como lo está ahora mismo, al ver esa sangre en la yema.

Tira el huevo por el inodoro, luego purifica este último con sal.

—Ramón —dice cuando regresa. Se sienta a mi lado y aprieta mi rodilla con las manos—. Sé que tú no puedes haber hecho esto.

—Yo no lo hice, Abuela, yo…

—No necesitas explicármelo. Sé quién eres. Pero esto es algo muy gordo. Es malo. ¿Ocurrió algo más? ¿Algo con César? ¿Les dijiste algo a esos chicos de los Dioses para que se sintieran...?

—No —insisto, interrumpiéndola antes de que pueda preguntarlo siquiera. No puedo decirle la verdad. No puedo decirle lo que le pedí por teléfono a Ever que hiciera ese día, después de que el Sr. Moore me avergonzara delante de todos.

Abuela me mira con tristeza.

—No puedes salir de esta casa —me dice—. ¿Me has entendido? Estos son tiempos peligrosos para estar fuera de casa. Tanto la policía como la gente de este barrio están tejiendo sus propias historias. Necesitas mantenerte al margen y mantener la cabeza gacha hasta que todo se haya aclarado. Hasta que estés a salvo.

Noto que hay muchas cosas que no me está diciendo. Mi abuela, siempre tratando de protegerme. Con lo rudo que es César, ella siempre ha intentado mantenerme a mí suave. A veces lo intentaba con tanto ahínco que me enfadaba. Me pregunto por primera vez cómo se sentía César al respecto, con el hecho de que lo viesen siempre a él como el rudo. Pienso en sus ojos en los instantes previos a que la policía se detuviese a nuestro lado en Promise. No parecía rudo entonces. Parecía el primo al que yo conocía.

—¿Qué pasa, Abuela? —le pregunto—. ¿Qué estás oyendo?

Ella sacude la cabeza. Por frustrado que esté, sé que no hay nada que pueda decir para convencer a mi abuela de soltar lo que se está guardando para sí misma.

Meto la mano en mi bolsillo en busca de mi cepillo, mi habitual acto reflejo cuando necesito relajarme.

Sin embargo, el cepillo no está. Aunque ahí es donde está siempre. No está por ninguna parte. Ni en mi mochila. Ni en la mesa de al lado de la puerta. Y entonces lo recuerdo. De algún modo, la policía lo encontró en la escena del crimen. No estoy seguro de cómo llegó ahí mi cepillo, pero parece una trampa en todos los sentidos. Debía de haber estado en mi bolsa cuando Moore se la llevó.

Abuela me ve buscando y chasquea la lengua.

—Ven a ver la novela conmigo —me dice.

Pero apenas puedo mantener los ojos abiertos; todo el estrés me ha dejado sin energía. Vemos la tele durante un rato, pero la abuela me dice que debería descansar. Cuando llego a mi cuarto, recibo un mensaje de Luis:

Luis: ¿Estás bien?

Ramón: Supongo. ¿Qué está pasando en el insti?

Luis: Colega, no sabría decirte. Todo el mundo tiene su propia teoría.

Ramón: No fui yo.

Luis: Ya sé que no fuiste tú. Tuvo que ser ese tipo. J.B.

Ramón: Yo no lo creo. Creo que fue Trey.

Luis: No pudo ser Trey. Él nunca haría eso. Pero J.B.... No hablaba nunca con nadie. Son siempre los callados, ¿no crees?

Lo pienso un poco... «Son siempre los callados». Todo el maldito colegio era callado. Moore nos hizo así. Visto de ese modo, cualquiera de nosotros podría ser el asesino.

Recibo otro mensaje antes de poder contestar a Luis. Es Magda.

Magda: ¿Estás bien? Ojalá pudiese ir por ahí. Pero se supone que debo mantener un ojo puesto en César después de que los Dioses pagasen su fianza. Aunque tiene una pulsera de tobillo... no es como si fuese a ir a ninguna parte.

Ramón: Me alegro de que esté en casa. No puedo creer que esté pasando esto. Nada de esto.

Magda: ¡Deberías oír las cosas que dicen en Mercy!

Ramón: Deja que lo adivine: ¿Becca está liderando un círculo de oración por nuestras almas?

Magda: Joder, literal. Pero he oído también otros rumores.

Ramón: ¿Cómo cuáles?

Magda: ¿Conoces a un tipo llamado Nico que trabaja en la cocina de Promise?

Ramón: ¿El Sr. Martinez... quizás?

Magda: Ese, Nico Martinez.

Sé muy bien a quién se refiere. Es una de las pocas personas de la cocina con las que nunca he hablado. Es callado y no muy abordable, pero lo que más destaca en él es su tatuaje de los Dioses.

Ramón: Sé quién es. Creo que creció aquí. Tiene un tatuaje de Humo.

Magda: Sip. La gente está diciendo que ha sido una represalia por lo de César.

Dejo caer el teléfono en la cama y me froto los ojos. Jesús. Esto empieza a ser demasiado para mí. Les dije a los chicos que se mantuviesen al margen. Pensé en decirles que le hiciesen algo a Moore, pero no lo hice. Y ahora me entero de que podrían haber hecho esto de todos modos. Si tenían un tipo dentro tendría sentido.

Abuela quiere que mantenga la cabeza gacha y lejos de todo, pero ¿y si quienquiera que hiciese esto está haciendo lo contrario? Es probable que esté paseando por el mundo como si fuese inocente, y mientras yo estoy aquí escondido como si fuese culpable. Quienquiera que lo hiciese, apuesto a que los polis no encontraron nada de su propiedad en la escena del crimen como hicieron conmigo. Menudo estúpido.

Abro una conversación a tres bandas con Luis y con Magda.

Ramón: ¿Podríamos vernos mañana? Necesito ayuda con esto. Hay muchas cosas en las que pensar.

Magda: ¿Estás seguro de que a Abuela no le importará?

Ramón: No pasará nada. Podemos hacerlo cuando esté fuera vendiendo.

Luis: ¿Dónde quieres que nos veamos?

Magda: ¿Y por qué?

Ramón: No puedo limitarme a quedarme aquí sentado y esperar a que me encuentren culpable.

Luis: ¿Tienes un plan?

Ramón: Más o menos. Os veo mañana a las 17:30. Mi casa.

Doña Gloria

Les rezo a todos los santos que conozco. Enciendo una docena de velas. Debería estar cortando la lechuga para el encurtido, pero lo único que puedo hacer es rezar.

Mi nieto no es esta persona, aunque estén listos para pintar murales enteros con su foto policial. Cuentan historias sobre él como si estuviese muerto, como si la verdad fuese algo que hubiera que hacer más interesante, con colores chillones.

Hace años, tal vez hubiese culpado a César. Sé que todavía hay quien lo hará de todos modos. Y muchos culparán a Ramón pase lo que pase. Después de todo, es posible que recuerden al antiguo Ramón; el que estaba tan enfadado que abrió un agujero en la pared de nuestro primer apartamento de un puñetazo. Con trece años y en un país nuevo, donde la gente fruncía el ceño al verlo farfullar en un idioma nuevo. La frustración se convirtió en ira, y esa ira podría haberlo quemado de no haber empezado a cocinar conmigo. Algo que ocupó sus manos, apaciguó su espíritu. Ahora veo cómo la injusticia del mundo lo convierte otra vez en el chico enfadado que solía conocer. Me llena de miedo, y de tristeza.

Pero estoy más allá de las culpas. Busco comprender. La última «limpia» me mostró la verdad: que el alma pura y buena de mi nieto más pequeño está siendo inyectada con sangre. Mil heriditas sangrantes, consecuencia de vivir en un mundo como este, e incluso de ir a un colegio como Promise. No era la sangre de Moore lo que vi en ese cuenco, era la de mi nieto.

Todos los días enviamos a nuestros hijos al mundo exterior y les infligen millares de cortecitos. Y ni todos los ritos de purificación del mundo podrían limpiarlos, porque la herida está abierta.

Así que ahora, mientras pienso en quién hizo qué, y cuándo, y a quién, pienso en heridas. ¿Quién es el más herido? ¿Quién fue herido por este hombre que ahora está muerto? ¿Quién infligió un millar de cortecitos? ¿Quién disparó la bala que lo mató?

¿Era la suya una herida en el orgullo? El único orgullo que ha mostrado mi nieto nunca es el orgullo de fabricar algo con sus manos para alimentar a su gente. Un corazón como ese no lleva el tipo de orgullo que puede empujar a arrebatarle la vida a alguien.

Al menos eso es lo que me digo.

Cuando guardo las velas, cuando saco la masa y el queso, veo el correo sobre la mesa. Todo facturas que tenemos que pagar, facturas que pagarán estas pupusas, facturas que mi nieto espera pagar con sus sueños. Y entre todo el correo, hay relucientes postales de PROMISE PREP en las que piden donativos, nos dicen que SRC a la subasta anual, anuncian nuevos mecenas, dinero que fluye dentro y fuera del colegio, que lo hace más grande y más brillante. Mejor, dicen, para mi nieto.

Yo solo quiero que mi nieto sea grande y brillante. Quiero que salga de esta.

CAPÍTULO TRECE

Traidora

TREY

Se supone que no debo estar fuera de casa. Pero llevo cinco días sin ir al instituto, encerrado en mi cuarto. He renunciado a seguir viendo las redes sociales; lo único que consiguen es hacerme sentirme peor. Odio cómo las mentiras se propagan más deprisa que la verdad.

Es como si todo el mundo se considerase ahora un jodido poli: inventan escenarios, crean todas estas tramas elaboradas sobre mis planes para matar al director Moore. ¿Por qué nadie dedica esa energía creativa para, no sé… elaborar teorías sobre cómo *no* lo hice? Y la cosa es aún peor porque no he tenido noticias de Brandon. Sé que es probable que sea por culpa de su madre, pero estar atascado en la casa con pesadillas y el tío T para hacerme compañía hace que todo sea mucho peor. Aunque al menos tengo a mamá. De momento.

Antes, solía dar largos paseos para despejarme la mente. Daría cualquier cosa por hacer eso ahora mismo. Y cuanto más lo pienso, menos ridículo parece. La tienda de Rocky no está lejos y ni siquiera iré a ningún sitio después de eso. Solo ahí y vuelta. Eso más un cigarrillo será suficiente para poner en orden mi cabeza.

Salgo por la ventana antes de poder convencerme de no hacerlo y, como era de esperar, caminar y sentirme libre ayuda al instante. Mantengo la capucha bien calada, solo para evitar que alguien me reconozca a primera vista, y camino rápido, pero aun así es agradable estar fuera. Está oscureciendo y eso también ayuda. Tal vez no debería. Pero las sombras parecen reconfortantes.

Estoy a punto de pasar por delante del bazar cuando oigo unas voces airadas. Me quedo paralizado; de entrada pienso que van dirigidas a mí. Pero es alguien discutiendo y aunque mi madre siempre me dice que no me meta en los dramas de otras personas, ralentizo el paso y echo un vistazo de soslayo desde debajo de mi capucha.

Casi me tropiezo conmigo mismo. Es la Sra. Hall.

Y está discutiendo con el inspector Bo.

Me da un vuelco al corazón, pero mis instintos se hacen cargo de la situación y me escondo detrás de un contenedor cercano. Sus voces llegan hasta mí mientras van de camino a su coche.

—¿No tenéis ninguna otra pista? Te lo repito: ninguno de esos chicos hizo esto —exclama la Sra. Hall.

—Sabes que debo tener mucho cuidado con…

—¡Bo, soy *yo*! ¡Tienes que hablar conmigo sobre esto! ¡Hay demasiado en juego!

—¡Ya conoces las reglas, Carla! El asunto tiene mala pinta. Hay cosas que debo considerar…

—¡Eso es justo lo que estoy haciendo: pedirte que lo consideres! —grita ella. Me arriesgo a echar una miradita por el borde del contenedor y veo su enjuto cuerpo agitando los brazos. La verdad es que no tiene ninguna pinta de estar embarazada. Han pasado varios meses. ¿No debería tener al menos una barriguita *pequeña*? O, si ya había tenido al bebé, ¿por qué no había fotos de ellos en sus redes sociales?

—Carla, Carla —dice el inspector Bo bajando la voz. Todavía puedo oírlo, pero apenas—. No hay más sospechosos por el momento, pero hay un empleado en Promise con antecedentes policiales. Trabaja en la cafetería. A lo mejor puedo echar un vistazo por ahí.

Su voz se pierde entonces y aguzo el oído durante unos minutos antes de arriesgarme a echar otra miradita. Me asomo justo a tiempo de ver a la Sra. Hall abrazar al inspector y darle un beso en la mejilla. ¿Será *él* su marido? ¿Cómo es posible que mi profesora favorita, la que siempre parecía entenderme... entendernos... pueda estar casada con el tipo de tipo que haría y diría el tipo de idioteces que utilizó durante mi interrogatorio? Me invade una intensa sensación de inquietud.

Necesito salir de aquí. Si me ve Bo, estoy acabado... y no soporto ver a la Sra. Hall mostrándose amistosa con ese tipo. A lo mejor ni siquiera sé quién es la Sra. Hall. Puede que resulte ser una traidora.

Tomo el autobús a casa para llegar antes, con el deseo de conseguir un cigarrillo donde Ricky olvidado ya. A cada segundo que pasa, se está formando una idea en mi cabeza. En las redes sociales, la gente no hace más que hablar sobre cómo le grité a Moore en la cafetería «O lo mataré». Esa es la razón de que crean que yo soy el asesino. Menuda cosa más estúpida para hacer. Me pusieron un parte grave por ello, como es obvio.

Pero ahora, después de oír a la Sra. Hall y al inspector Bo, he empezado a pensar más cosas: ¿A quién más le ha puesto un parte Moore? ¿Quién más podía haber tenido problemas con él? ¿Qué empleado del colegio tiene antecedentes policiales?

Sé que todos los profesores entran en no sé qué programa informático para hacer un seguimiento de nuestras suspensiones y deméritos y toda la pesca. Si consiguiese entrar, podría ver también todo eso... y quizás averiguar quién más había tenido un problema con Moore la semana del asesinato.

En casa, camino de un lado para otro en mi cuarto. ¿Quién me puede ayudar a entrar en el sistema? Que yo sepa, en la oficina trabajan dos chicos: Solomon y el dominicano callado. Creo que su nombre es Omar. No puedo pedírselo a Solomon. Él me odia a muerte. No sabe encajar mis bromas. Supongo que no se da cuenta de que le hago bromas a todo el mundo. Es solo como diversión. Daría parte de mí en el mismo momento que le pidiera la contraseña, pero Omar podría ser más fácil de convencer. A lo mejor se acuerda de cuando le presté un cinturón aquella vez.

Sin embargo, antes de empezar a escribir a Omar, rebusco en mi memoria y de repente recuerdo una vez que ayudé a la Sra. Hall con su ordenador. La tecnología nunca fue su fuerte. Tenía su contraseña escrita en el dorso de una nota pegajosa sobre su escritorio. A lo mejor puedo intentar hackear el sistema por mi cuenta. ¿Cuál era esa contraseña?

Pruebo con CarlaHall y cuando eso no funciona, pruebo HallCarla. Después añado 123 al final de ambas. Nada. Pero los números refrescan mi memoria; había números, seguro. ¿Un número de teléfono? ¡No! ¡El número de la clase!

CarlaHall222

No, espera.

HallCarla222

Y así sin más, estoy dentro.

Intento tragarme mi emoción y mi nerviosismo. Después empiezo a explorar la base de datos. Tengo que realizar una pequeña curva de aprendizaje, pero cualquier aplicación de las redes sociales es más complicada que esto. No me sorprende que los adultos tengan problemas para manejarse con las redes sociales. Voy directo a «historial disciplinario» y, así sin más, tengo acceso a la información acerca de todo el personal de Promise: profesores, conserjes, todo el mundo. Es mucha información, pero una vez que entiendo cómo funciona, es fácil abrir cada archivo y luego bajar hasta el mismo sitio: los antecedentes.

El inspector Bo tenía razón: hay un par de personas con antecedentes policiales.

El entrenador Robinson es uno. Ya conocía su historia y sus antecedentes. Siempre hablaba de su vida pasada; la usaba para advertirnos a mí y a los otros chicos de que nos mantuviésemos en el buen camino. No pierdo ni un segundo con él. Estaba en el partido del gimnasio cuando se produjo el asesinato. No pudo haber sido. Además, él jamás haría algo así.

Pero luego hay un tipo llamado Sr. Martinez, que trabaja en la cafetería. Lo conozco de vista. En su archivo aparece marcado como criminal. Maldita sea. No puedo evitar pensar que podría ser yo. ¿Cómo puedo juzgarlo, sabiendo a lo que me enfrento? Sin embargo, como no sé nada más sobre él, tomo nota mental de su nombre y de su cara. Odiaría señalar a otra persona, pero lo único que sé es que no fui yo y necesito demostrarlo.

Salgo de los archivos sobre el personal y me meto en los del cuerpo estudiantil. Busco a cualquiera que recibiera una amonestación en los últimos treinta días, aunque ni siquiera necesito tanto tiempo. Solo necesito ver la última semana.

Veo mi nombre, por supuesto. Y un puñado de nombres más de otros chicos por cosas como violaciones del uniforme y por hablar en clase. Por chorradas. También veo los otros nombres que esperaba encontrar: Ramón y J.B. Las notas en la base de datos son algo ridículas. Para J.B. dice «Altercado físico, destrucción de propiedad del colegio, expulsión recomendada». Para Ramón dice «Posesión de contrabando, lenguaje vulgar, insubordinación». ¿Por qué suena todo tan… extremo? Ni siquiera quiero leer lo que dice de mí. Ahí están todos nuestros nombres, todos nosotros castigados después de clase ese día terrible. Pero hay otro nombre que aparece en el registro de castigados:

Solomon.

«Espera», susurro. «¡Espera…!».

«Solomon: lenguaje vulgar, conducta inapropiada». Y ahí mismo, en su expediente, me entero de que Solomon tenía que haber estado castigado ese día después de clase, igual que J.B y Ramón y yo. Pero lo que está claro es que no estuvo ahí. Entonces, ¿dónde demonios estaba? No lo sé, pero lo voy a averiguar. Y sé cómo hacerlo.

Keyana Glenn

Cuando J.B. aparece ante mi ventana y empieza a tirar tapones de botella, es casi como ver a un fantasma, aunque Moore es el que murió. Todo lo que ha pasado parece como si estuviésemos en una película mala, una en la que nadie confía en nadie y el asesino no hace más que cambiar de cara. Esperaba que J.B. fuese inocente, pero me cuesta confiar en la gente, en especial los chicos. Te sonríen a la cara y luego se convierten en otra persona cuando te das la vuelta.

Sin embargo, en cuanto veo la cara de J.B., sé que es inocente. Miro abajo, a través de la ventana, e incluso en la oscuridad veo su alma brillar desde el fondo de sus ojos.

—¿Puedo subir? —susurra, justo lo bastante alto para que lo oiga.

Asiento. Me falta el aliento.

J.B. y yo tenemos muchas cosas en común, pero una de las principales es que la gente cree que nos conoce solo por el aspecto que tenemos. Él le resulta intimidante a mucha gente, lo cual significa que lo tachan de inmediato de villano en esa película mala de la que hablaba. ¿Y yo? La gente me ve (negra, guapa, lista) y me tacha de alguien cuyos sentimientos no importan. Como si estuviese hecha de acero y pudieran hacerme lo que quisieran.

Cuando J.B. trepa hasta mi cuarto, me mira con sus ojos cálidos marrones y, en secreto, solo deseo fundirme en ellos.

Lo abrazo y él me lo devuelve. Nos quedamos el uno en brazos del otro durante un largo rato antes de oírlo susurrar:

—Necesito tu ayuda. —Me limito a asentir, pero entonces él se desenreda de mis brazos—. Pero primero, necesito solo mirarte.

Y eso hace. Al principio, me siento un poco incómoda con él ahí plantado, solo mirándome. Sin embargo, la expresión de sus ojos es como una de esas luces especiales que ponen sobre las plantas. Siento cómo crezco y me abro. Cuando me besa, siento que cada rincón de mi ser florece.

—He echado de menos tu cara —dice más tarde, cuando estoy en mi cama y masajeo su cuello—. También tu voz.

—Adulador —bromeo.

—No es adulación —dice muy serio—. Eres especial para mí.

Ni siquiera sé qué decir a eso. Noto el corazón lleno a rebosar. Así que me limito a seguir acariciando su cuello.

—Bueno, ¿para qué necesitas mi ayuda?

—Para limpiar mi nombre.

Trago saliva.

—Están diciendo que hay otros dos sospechosos —consigo decir.

—Los hay. No sé cuál de ellos apretó el gatillo, pero tengo que averiguarlo.

Me animo al instante.

J.B. no sabe esto (no lo sabe nadie), pero quiero ser abogada. No del tipo que mete a la gente en la cárcel, sino del tipo que evita que la gente entre en ella. Abogada defensora. Sin saberlo siquiera, J.B. ha acudido a la persona correcta.

—Por supuesto —le digo. Y lo digo en serio.

Muchas personas no se dan cuenta de que gran parte de lo que hace falta para ser abogado es trabajo detectivesco. Hacer las preguntas adecuadas a las personas adecuadas en el momento adecuado. Así que cuando J.B. se marcha de mi casa, me pongo manos a la obra.

Yo no voy a Promise, como es obvio, pero conozco a un puñado de chicas que tienen hermanos, novios y primos en Promise. Y las chicas son siempre las que lo saben todo. La gente actúa como si solo fuese porque somos unas cotillas, lo cual es una idiotez. Todo el mundo sabe que los chicos son los mayores cotillas del mundo, así que no es por eso.

Las chicas tienen que fijarse en todo. Sobre todo las chicas como yo. Es un mecanismo de supervivencia. Es la forma que tenemos de mantenernos a flote en un mundo que es tan increíblemente peligroso para nosotras. Nos fijamos en todo, tomamos nota de posibles amenazas y lo guardamos todo bajo llave en nuestra memoria.

Para cuando llego al colegio al día siguiente, tengo una lista decente de personas con las que necesito hablar. Keisha, que conoce a Kendall, que sale con Bryan, que va a Promise. Jasmine, cuyo hermano juega al baloncesto con Brandon y Trey. Alexis, a cuyo novio echaron de Promise por sus malas notas. Algunas de las pistas parecen callejones sin salida, pero otras son como hilos conductores. Tomo notas de todo lo que oigo. Consigo números de teléfono. Anoto fechas. Todo esto mientras sigo prestando atención en clase, porque yo no juego con mis notas.

Aun así, como J.B. no tiene su teléfono, solo hay una forma de poder hablar con él sobre todo lo que he averiguado.

CAPÍTULO CATORCE

Omar

J.B.

Nunca pensé que Keyana fuese de las que se saltan las clases, pero hay algo especial en saber que no solo está faltando a clase… lo está haciendo para pasar tiempo conmigo. Y después de tantos días prácticamente solo, con mi madre que va y viene para trabajar turnos extra en el hospital, ver a Keyana aparecer a la puerta de mi casa es como sentir el sol sobre la espalda en pleno mes de enero.

Al principio, se muestra tímida, así que me aseguro de quedarnos en el salón para que no se ponga nerviosa ni crea que la voy a presionar a hacer algo. Todavía no puedo creer que sea mi novia. Estos días me he preguntado si aún querría serlo después de todo lo que ha pasado, pero sigue mirándome con esos ojos que dicen que siente lo mismo que siento yo por ella.

Nos sentamos en el sofá y nos miramos durante un minuto. Estar aquí lado a lado parece algo diferente. Lo ha hecho de verdad. Ha venido a ayudar. Me cree. Al menos lo suficiente para estar aquí.

—Me alegro de que hayas venido —digo de pronto para romper el silencio. Reprimo mis ganas de besarla mientras ella me mira con esos preciosos labios suyos.

—Yo también me alegro —responde—. No sería capaz de dejarte plantado así sin más, ya lo sabes.

—Eso es en parte por lo que fui a verte la otra noche —le digo—. Quería que supieras que pensaba en ti. Que no te había dejado plantada. Sé que eso es lo que pensaste el día del partido. Cuando yo... ya sabes.

—Bueno, cuando aparecieron los polis dejé de pensar que me habías dejado plantada —admite, los ojos clavados en la alfombra—. Pero antes de eso sí que lo había pensado.

—Fue Moore —mascullo enfadado—. Hubiese acudido de no ser por ese maníaco.

Keyana frunce los labios y abre mucho los ojos, pero los mantiene fijos en la alfombra.

—Suena como que todos teníais problemas con él —dice con suavidad. Aprieto los dientes.

—Esa es la razón de que todo esto sea tan jodido. Porque los teníamos. Después de ese día, de lo que hizo... lo odiaba. Pero jamás mataría a nadie. Por eso fui a tu casa. Porque no puedo hacer esto solo. Necesito que alguien me crea. —Se queda callada y se me comprime el corazón—. Porque tú me crees, ¿verdad?

—Sí —dice despacio—. Pero tengo preguntas.

—Lo sé —reconozco—. Yo también. Pero creo que sé cómo encontrar las respuestas. Alguien llevó una pistola al colegio ese día. Necesito averiguar quién fue.

Keyana abre los ojos como platos.

—¡¿Qué?! ¿Cómo lo sabes?

—La encontré en el cuarto de baño del sótano del colegio.

Keyana se levanta de un salto.

—¿Se lo dijiste a alguien del colegio cuando la encontraste?

—No.

—¿Por qué no?

—¿Para que la gente creyese que era un chivato? Esa es una sentencia de muerte. Y lo que está claro es que no puedo decírselo a la pasma a estas alturas.

Keyana ladea la cabeza.

—¿Por qué?

Me quedo callado.

—Tenía miedo de que alguien la utilizara, así que la cambié de sitio. Tiene mis huellas.

Keyana se queda callada durante largo rato. Creo que se va a levantar y se va a marchar, pero no se mueve.

—¿Dónde la pusiste? —me pregunta en voz baja.

—Detrás de un panel del techo en el sótano.

—Tenemos que ir a buscar esa pistola, pero habrá que esperar un poco. Lo más probable es que la policía esté vigilando el lugar.

—Vale, ¿qué hacemos mientras tanto? —pregunto.

—Bueno, estuve pensando en lo que dijiste la otra noche —dice, centrada. Se acomoda en el sofá—. Y he empezado a hacer preguntas por ahí. Porque tenemos que averiguar exactamente quién hizo esto. No solo para limpiar tu nombre, sino también para que los polis no puedan usarlo sin más como excusa para seguir acosando a todo negro o mestizo que se cruce en su camino.

Esta es la razón de que me guste Keyana: porque es listísima.

—Preguntando por ahí… ¿dónde? —le digo.

—Por todas partes. Por ejemplo a Rachel, una chica que va a mi instituto. Su hermano va a Promise y ella está convencida de que lo hizo ese Ramón. ¿Lo conoces?

Me limito a encogerme de hombros.

—No, no lo conozco. Solo sé que hace pupusas y que están buenísimas. —Entonces recuerdo algo—. Espera. Lo vi ir hacia el cuarto de baño donde estaba la pistola. No creo que la encontrase, pero es posible.

—Por supuesto que lo es. Rachel dijo que está metido en no sé qué mierda de bandas. No sé. ¿Qué te dice tu instinto?

Miro a Keyana a los ojos.

—Trey.

—¿Sí? —Mete la mano en su bolso y saca su teléfono—. Todo el mundo tiene una teoría, como supongo que imaginarás, pero algunas personas tienen más información que otras. Cosas que vieron u oyeron. Así que empecé a hacer una lista y a tomar notitas. Y de entre todo el mundo, Trey parece el más probable.

—¿Puedo verla?

Me pasa su teléfono y observo las notas que ha estado tomando. Ha hecho todo esto en solo un par de días desde que aparecí ante su ventana. Es asombroso.

LISTA DE SOSPECHOSOS

Trey: No estaba en la sala de castigo cuando se suponía que debía estarlo. Otros alumnos lo vieron amenazar a Moore más temprano ese día, dijo que lo mataría.

Ramón: Moore llamó a los polis para que detuviesen a su primo el día anterior al asesinato. Corre el rumor de que Ramón estuvo hablando con varios Dioses del Humo ese mismo día.

Omar: Chico extraño, la última persona vista en compañía de Moore.

Levanto los ojos de la lista.

—¿Omar? —pregunto, levantando la voz—. ¿Quién ha dicho *eso*?

Keyana guiña los ojos mientras trata de recordar.

—Estoy casi segura de que se lo oí a una chica cuyo hermano trabaja en la oficina de Promise. Un tipo llamado… ¿Sal? ¿Solomon?

—Solomon —repito, sorprendido—. Conozco a ese chico. ¡¿Cree que Omar mató al director Moore?!

—No, su hermana dice que está convencido de que fue Trey, pero sí dijo que Omar fue la última persona a la que su hermano vio con Moore. Lo anoté solo por si acaso. Creo que cuantos más sospechosos haya, mejor.

Me resultaba extraño no haber oído hablar de Omar y Moore. Omar era un chico callado, lo cual tiene sus ventajas en momentos como estos. Estoy seguro de que nadie en Promise se plantearía siquiera que Omar pudiese ser el asesino.

—Tengo que saber más al respecto. Podría escribirle a Solomon —me ofrezco. Luego mis esperanzas se desvanecen—. Maldita sea, no tengo mi teléfono. Ni siquiera tengo su número.

—Podría escribir a su hermana. Aunque ¿sabes cómo se llama en las redes sociales o algo? Puede que eso sea más rápido.

Me siento más erguido otra vez.

—Sí, está en las redes. ¿Le vas a escribir un mensaje?

Ya está en ello. Ni siquiera tengo que decirle su nombre de usuario... Keyana escribe *Solomon Bekele* y ahí está, aparece de inmediato. Le manda un mensaje rápido.

Estoy intentando demostrar que J.B. es inocente.
Dice que os llevabais bien. ¿Puedes ayudar?

—Vale —dice—. Ahora, mientras esperamos, analicemos a los otros sospechosos.

Nos sentamos más cerca, hombro con hombro, y miramos la lista de su teléfono. Sé que debería estar centrado en el caso, pero Keyana huele súper bien. Me hace querer cerrar los ojos y solo respirar.

Al parecer, ella siente lo mismo. Se inclina un poco más hacia mí, gira la cara en mi dirección. Parece ridículo pensar siquiera en cualquier otra cosa cuando me enfrento a cargos por asesinato, pero Keyana es especial.

—Espera —dice Keyana entusiasmada, y se echa hacia atrás de golpe—. ¡Solomon ha contestado!

Casi me siento desilusionado, pero reordeno mis prioridades. Esto es importante.

Keyana abre el mensaje a toda velocidad.

Estoy dispuesto a ayudar. J.B. es cool.
¿Qué puedo hacer?

Keyana sonríe. Joder, qué suerte tengo de tenerla de mi lado. Escribe:

He oído que trabajas en la oficina. ¿Viste algo?

Esperamos impacientes a que aparezca su respuesta.

Espera, tengo que ser discreto. Omar también
trabaja aquí y no quiero que me vea.

—¿Qué sabes de este Omar?

—Muy callado. Lo he visto grabando cosas para el colegio alguna vez.

Aparece un mensaje de Solomon

—Oh, joder, mira —exclama Keyana, encantada.

Solomon ha enviado dos fotos: el registro de los visitantes de la oficina el día del asesinato. No es demasiado larga, pero aun así hay unos cuantos nombres anotados.

—¿Reconoces alguno? —pregunta Keyana, el ceño fruncido por la concentración.

Reviso la lista, pero me salto a los que parecen padres porque reconozco los apellidos.

Mi vista se queda atascada en un nombre que sí conozco.

—La Sra. Hall. Es mi profesora favorita, pero este año ha estado de baja —explico. Pienso en cuando la vi comprando vino en la tienda de Mariano, pero es imposible que ella haya podido matar a nadie—. La vi el día anterior al asesinato y me dijo que había visto a Moore ese día. Parecía bastante disgustada. Es extraño que volviera al día siguiente, pero a lo mejor quería continuar la conversación o algo.

—Interesante. Suena sospechoso. No la descartemos todavía, pero ¿hay alguien más aquí que puedas creer que sería un sospechoso más viable?

—Stanley Ennis —digo.

—¿Quién es ese?

—Es un ricachón. —Frunzo el ceño—. Viene siempre a los partidos. Al parecer, hace grandes donativos a Promise. Le gusta que graben su nombre en cosas. Uno de esos tipos a los que les encanta sentirse como salvadores. Siempre me dio la impresión de ser agradable, pero me hacía sentir extraño, ¿sabes? El tipo de hombre blanco que tiene que sacar pecho de más cuando está en compañía de negros. Incluso de niños. Moore y él tenían muchos encontronazos. Pero no sé. Yo no practicaba deportes en Promise y a él le encantaban.

—¿Solomon practica algún deporte? —pregunta, dispuesta a escribir.

—No que yo sepa.

—¿Sabes de alguien con quien pudiéramos hablar de ello?

Me paro a pensar un poco. Entonces se me ocurre.

—Esto no te va a gustar.

—¿Qué?

—Trey. Él tiene que conocer a Ennis.

—¡¿Trey?! ¿El chico que mucha gente piensa que lo hizo *de verdad*? ¿El chico que *yo* creo que lo hizo?

—Lo sé, lo sé, pero a lo mejor podemos asegurarnos de que Trey no hizo esto y luego preguntarle acerca de Ennis. —Keyana me mira con expresión dubitativa—. Dijiste que debemos considerar todas las pistas, ¿no? —le digo, al tiempo que le doy un empujoncito juguetón.

—Sí… —Suspira.

—Bueno, pues hablemos con él.

CAPÍTULO QUINCE

Volver a escaparme duplica mi riesgo, pero el tío T está haciendo recados y tengo que hacerlo. No he pensado en otra cosa desde que me metí en la cuenta de la Sra. Hall en la base de datos del colegio. Necesito hablar con Solomon.

En ocasiones, juego al baloncesto con algunos de los chicos del equipo en el centro recreativo de Turkey Thicket. Es uno de los pocos sitios de la ciudad con una cancha cubierta. Casi siempre que voy veo a Solomon jugando al fútbol, así que empiezo por ahí.

Por suerte para él, no he ido a buscar problemas; si los hubiese buscado, se habría encontrado en un buen lío. En lugar de eso, cuando llego al parque, me quedo en la banda y escudriño el campo mientras intento que nadie se fije en mí.

Demasiado tarde.

En el momento en que veo a Solomon, sus amigos me ven a mí. Uno o dos de ellos va a Promise y veo que se ponen nerviosos. Le dan un empujoncito a Solomon para llamar su atención y, cuando me ve, se queda helado.

—¡Eh, ven aquí, solo quiero hablar contigo! —lo llamo. Al principio no se mueve—. Me estás haciendo perder el tiempo, colega. Nadie va a hacerte nada.

Se acerca a mí en contra de su voluntad, temeroso de parecer un macarra.

—¿Qué pasa?

—¿Dónde estabas ese día? —Intento no sonar como un poli, pero necesito saberlo a toda costa.

—¿Cuándo?

—El día que murió. El día que Moore murió. Se supone que deberías haber estado castigado con nosotros. Pero ahí estábamos solo J.B., Ramón y yo. Así que ¿dónde estabas tú?

Solomon mira atrás y da un paso hacia mí.

—¿Cómo sabes eso siquiera? —pregunta, mientras me mira con suspicacia—. ¿Y qué te importa?

—¿Que *qué* me importa? ¿Qué quieres decir con qué me importa? ¡Porque soy sospechoso de ese asesinato, por eso me importa! Y si no fui yo, que no lo fui, tengo que averiguar quién fue antes de que me acaben culpando a mí. —Lo fulmino con la mirada—. Y estoy pensando que a lo mejor fuiste *tú*.

Me mira con una cara que me indica que hasta este momento él creía que lo había hecho yo. Supongo que es solo porque está siendo mezquino conmigo por burlarme de él, porque la verdad es que no conoce al verdadero yo. Cualquiera que lo hiciese sabría que soy inocente.

—¡Solo porque no estuviese en la sala de castigo no significa que fuese yo, qué diablos! —exclama.

—Bueno, entonces ¿dónde estabas? ¿Tienes una coartada siquiera?

—No tengo por qué decirte nada, yo…

—¡Colega, si no me lo cuentas…! No tienes nada que ocultar, ¿verdad?

—El decano Hicks dijo que podía arreglar papeles en su oficina —espeta cortante—. Le dije que no me sentía cómodo en la misma aula contigo, así que dijo que podía cumplir mi castigo en su oficina. ¿Vale? ¿Contento ahora?

Lo miro pasmado. De repente me siento culpable. Creía que Solomon sabía que eran solo bromas, pero resulta que hice que este chico sintiese que ni siquiera podía estar en la misma habitación conmigo. Esa es una sensación muy desagradable. Pero bueno, necesito centrarme en lo que importa ahora mismo.

—Vale —digo—. Estabas en su oficina. O sea que él es tu coartada.

—Sí. Estuvo ahí conmigo hasta que recibió un mensaje de seguridad en el que le pedían que fuese a ver algo que estaba pasando, así que se marchó. Pero yo estaba metiendo todo tipo de cosas en el ordenador y las horas de todo eso quedan grabadas. Es probable que puedas averiguarlas, si fuiste capaz de averiguar que se suponía que debía estar en la sala de castigo.

Me mira como si tuviese ganas de pelea, pero sé que no quiere eso.

—Tenía que preguntártelo —mascullo. No es como si esperara que él lo hubiese hecho ni nada, pero sí esperaba que me ofreciera algo que me quitara presión a mí—. ¡Al menos yo he preguntado! Sé que tú estás aquí fuera extendiendo todo tipo de rumores. Vi tu *post* en insta'... ese en el que hablabas del equipo de baloncesto jugando partidos en la cárcel. ¿Crees que esa mierda es graciosa?

Parece avergonzado pero también enfadado, y se revuelve.

—¡De todos modos, estás perdiendo el tiempo! Si fueses listo, estarías hablando con ese otro chico: Ramón. Sí, al principio pensé que habías sido tú, pero luego oí que habían encontrado algo de Ramón en la escena del crimen. Tendrías que estar hablando con *él*. O, joder, con Omar. Lo vi salir de la oficina de Moore ese día. Se lo dije también al otro, a J.B. No vengas a verme como si yo hubiese hecho algo, porque no lo hice.

Entonces da media vuelta y regresa con sus colegas del fútbol, que me lanzan miradas asesinas mientras me voy del campo.

Menudo embrollo, joder. Nunca pensé que ese Ramón fuese una posibilidad real. El tipo siempre me pareció muy tranqui. Pero ¿quién sabe lo que ocurrió cuando me marché del aula ese día? ¿Y Omar? Eso ni siquiera parece posible.

Vuelvo a casa sintiéndome aún peor que cuando me fui. Cuando trepo otra vez por la fachada y me cuelo por mi ventana, me sorprende ver que mi cuarto no está vacío. Tropiezo y caigo al suelo de bruces.

Mi madre está sentada en mi cama con las manos en el regazo.

—¡Mamá! ¡Joder! ¡Me has dado un susto de mil demonios!

—Cuida esa boca —me dice con suavidad, pero apenas lo dice en serio. Me mira con atención. Sus ojos parecen cansados y tristes—. ¿Qué tal estás aguantando?

Ni siquiera me pregunta dónde he estado. No dice nada sobre el hecho de que haya infringido las reglas del tío T.

—Ni siquiera lo sé, mamá —murmuro. Apenas puedo mirarla. Me dejo caer en la cama y me tapo los ojos con un brazo.

—Elige dos sentimientos —insiste.

Se me comprime el corazón. Solía hacer esto cuando me disgustaba, cuando todavía vivíamos juntos. De pequeño, hiperventilaba, ni siquiera podía respirar. A medida que crecí, en lugar de hiperventilar, me limitaba a encerrarme en mí mismo. Callado como una piedra. Sin sentir nada. Pero oírla decir esas tres palabras hace que se me acelere la respiración.

—Elige dos —repite con dulzura.

Intento concentrarme en lo que está pasando dentro de mí. Es muy difícil cuando todo es una tormenta.

—Miedo —susurro—. Y desilusión.

—Lo del miedo lo entiendo —dice—. ¿Con qué estás desilusionado?

—Me da la sensación de que… de que todo se me está escurriendo entre los dedos. Todas mis esperanzas y mis sueños. La única cosa que se me da bien se me está escapando. Ese partido podría haberlo cambiado todo. Supongo que lo hizo en cierto modo… en el peor. Todo por culpa de ese tipo.

—¿Qué más? —pregunta. Incluso cuando ella lo estaba pasando mal, siempre podía presionarme un poco más. Siempre sabía cuándo me estaba guardando cosas.

—Y supongo… supongo… supongo que estoy desilusionado con… el tío T. Con Brandon, mi mejor amigo. Con la Sra. Hall. Toda esa gente se supone que debería respaldarme y simplemente… no lo hacen.

—También conmigo.

—¿Eh?

—Y también conmigo. Se supone que yo debo respaldarte. Y no lo he hecho.

—No es tu culpa, mamá —farfullo alrededor de mi brazo—. Tú estás lidiando con tus propios asuntos.

—Tú *eres* mi propio asunto —dice—. Mírame, Trey. —Tardo un poco en reunir el valor para retirar el brazo, pero cuando lo hago descubro que mi madre se ha acercado un poco más a mí. Cuando la miro a los ojos, esboza una sonrisa triste—. Siento que esté pasando esto —dice—. Desearía poder cambiar muchas cosas.

—Es lo que hay —murmuro.

—No, no lo es —me contradice, y me sorprende oír que levanta la voz. Desde que llegó aquí a casa del tío T, se ha mostrado muy callada y sumisa—. No vamos a aceptar esto sin pelear, ¿vale?

—Eso díselo al tío T —digo—. Lo más probable es que solo esté esperando a que me declaren culpable.

—Cuando salió más temprano, iba a una reunión con otro abogado —explica con suavidad—. Alguien que no crea de antemano que eres culpable. Y recuerda que todavía no te han acusado de nada. Vamos a seguir rezando y a seguir haciendo amigos. Estoy siguiendo a los ángeles en esto y tú deberías hacer los mismo.

No lo digo en voz alta, pero pienso *¿Qué ángeles están velando por mí? Lo único que tengo es a gente que me tacha de demonio.*

—Creo que está sonando tu teléfono —dice, y se mueve un poco. Saca mi teléfono de debajo de su pierna y me lo pasa.

—Sí, lleva sonando todo el día —musito mientras compruebo mis mensajes—. Todo el mundo me está dando la brasa con este tema de Moore.

Cuando llego al final de mis mensajes, veo uno de una cuenta que no sigo. De no sé qué chica llamada Keyana.

Estamos tratando de averiguar quién hizo esto de verdad. ¿Te apuntas? Reúnete con nosotros en Meridian dentro de una hora.

Miro el mensaje con los ojos como platos. Entro en el perfil de Keyana y tiene un *post* llamado *LIBERAR A J.B.* en su página. Justo la persona con la que necesitaba hablar, ahora que sé por Solomon que él también va por ahí haciendo preguntas. Mi madre se asoma por encima de mi hombro.

—Ángeles, como te había dicho —susurra.

—El tío T dice que no puedo salir de casa —digo, con los ojos aún clavados en el mensaje. Es como si buscase una excusa, pero entonces vacilo: ¿Y si es una trampa?

—Bueno, ya has infringido las reglas una vez —me dice con una sonrisita—. Iremos juntos. Tu tío puede echarme la culpa a mí, si quiere.

—Puede que sea peligroso, mamá.

Me mira con los ojos entornados.

—Chico, ¿quién es tu madre? Ponte los zapatos.

CAPÍTULO DIECISÉIS

Entrega

RAMÓN

Se supone que me voy a reunir con Magda y Luis pronto, pero tengo que hacer otra cosa antes. No se lo he dicho a Magda porque sé que se enfadaría, pero hay una sensación dentro de mí que no hace más que crecer, como las chispas antes de un fuego incontrolado. Un puñado de llamitas que se están convirtiendo en una fogata en toda regla. Y no hace más que aumentar más y más. Ira, miedo, resentimiento. Intento tragármelo todo, pero me estoy quedando sin espacio.

Ever camina justo delante de mí. Lo he estado siguiendo desde nuestro barrio. No puedo quitarme de la cabeza el día del asesinato. Fui al cuarto de baño furioso y llamé a Ever. Le dije que no tendría el dinero para la fianza de mi primo debido a lo que había hecho Moore. Él me dijo que no me preocupase por ello. Dijo que la banda lo pondría y que Moore recibiría su merecido.

¿Qué había querido decir con eso? Tenía que averiguarlo.

Ever dobla una esquina y me quedo a unos metros de distancia. Desde detrás de un arbusto, echo un vistazo al edificio al que va. Anoto la dirección en mi teléfono: calle Bosetti, 314.

Cuando llega a la puerta y está de espaldas a mí, me acerco un poco más. No sé lo que estoy buscando. ¿Y si me ve? ¿Me haría daño? ¿Intentaría matarme incluso? En cualquier caso, mis instintos me dicen que él es el mejor sitio por el que empezar a buscar respuestas, así que decidí seguirlo.

Mi corazón martillea en mi pecho con solo pensar en tener que vérmelas con Ever. Miro a mi alrededor con cautela y escudriño las caras de la calle para asegurarme de que no me ve ningún otro Dios. Si se corre la voz de que estaba siguiendo a Ever, podría parecer sospechoso.

Cuando me acerco al edificio, veo que sale un tipo a recibir a Ever. Está cubierto de tatuajes. Sobre todo con motivos de los Dioses. Se giran para mirar a un lado y otro de la calle, así que me apresuro a esconderme detrás de un árbol. Cierro los ojos, como si eso fuese a hacerme más invisible, y aunque esto está lejos de ser un juego, me recuerda a cuando jugaba al escondite con César.

Me asomo desde detrás del árbol para intentar echar un vistazo a Ever, pero lo que veo me hace empezar a sudar a mares.

El Sr. Martinez.

El Sr. Martinez, o Nico como nos dijo que lo llamáramos, era un tipo joven que trabajaba en la cocina de Promise. No podía ser mucho mayor que César. Es uno de los pocos miembros salvadoreños del personal de Promise, así que siempre tuvimos cierta conexión. Nico era callado. Ojos serios, rostro serio. Y sí, era intimidante, pero me daba la impresión de que quizás hubiese dejado atrás la vida de Dios hacía años. Pero ¿y si no?

Tengo que echar un vistazo mejor, pero es arriesgado. Trato de caminar lo más cerca posible de los escaparates, por si tengo que entrar a toda prisa en una tienda para evitar la mirada de Ever. Justo entonces empiezan a caminar alrededor del edificio hasta la callejuela lateral. Los sigo y me asomo por la esquina.

Ever saca un sobre abultado del bolsillo de sus vaqueros y se lo pasa al Sr. Martinez. He visto intercambios como este en otras ocasiones y no me cabe ninguna duda de que el sobre está lleno de dinero. Nico toma el dinero y entra por la puerta de atrás del edificio. Ever vuelve hacia aquí, así que me alejo deprisa y me escondo detrás de otro árbol.

Eso ha sido extraño.

Observo a Ever dirigirse hacia el cruce, donde dobla la esquina y desaparece de mi vista. Cuando se ha marchado, vuelvo al edificio de Bosetti, 314. Cuando llego, me fijo en que es un restaurante salvadoreño llamado *El Rincón*.

Se me comprime la garganta y todo ese fuego se extiende por mi pecho. Pienso en mi abuela y en lo que sentiría al estar lejos de ella si voy a la cárcel... todo porque alguien mató a un hombre al que yo odiaba y dejó que me culpasen a mí. Por lo que sé, podría haber sido Nico Martinez. Él tuvo la oportunidad, tiene un motivo. ¿Y ahora recibe algún tipo de pago de manos de Ever? Parece una pista sólida, pero necesito averiguar más antes de contárselo a Magda y a Luis.

Cambio de planes

Magda, Ramón, Luis

Magda: ¿Todavía nos vemos a las 17:30?

Ramón: Sip, y tengo algo de info.

Luis: Allí estaré. ¿Q info?

Ramón: Prefiero no escribirla.

Luis: Tipo Jason Bourne, me encanta. Vamos a tu casa, ¿verdad, Ramón?

Ramón: En realidad estaba pensando que deberíamos vernos en el parque. Los Dioses han estado rondando mucho por aquí. No los quiero ni cerca de nosotros cuando hablemos. Lo último que necesito es que vosotros dos os metáis en un lío.

Magda: Vale. ¿Qué le digo a César?

Ramón: Todavía nada. Iré a hablar con él a solas. Es solo que aún no sé qué decir.

Luis: ¿Qué parque?

Ramón: Meridian.

Luis: OK, os veo luego.

Magda: … traerás pupusas, verdad?

Ramón: por supuesto.

Luis: GENIAL!

SESIÓN INFORMATIVA DE LA CONGRESISTA FORD

Rara vez vemos un caso que afecta a tantas facetas de nuestra comunidad. Un héroe para muchos, un sirviente abnegado para aquellos de nosotros que más necesitamos una mano amiga, la pérdida del director Kenneth Moore es un suceso que reverbera por toda esta ciudad y no dejaremos de exigir que se haga justicia.

El caso continúa su progreso y mantendré un ojo puesto con atención en cómo se desarrolla. El decano Wilson Hicks ha informado de que por desgracia no han encontrado nada en las grabaciones de las cámaras de seguridad del colegio, pero he oído que unos correos incriminatorios procedentes de un remitente anónimo se harán públicos hoy, lo cual tal vez ayude a guiar el rumbo de esta investigación. La esperanza es que alguien reconozca algo en esos correos... información, una manera de hablar... que pueda ayudar a la policía a identificar al asesino.

A la vista de todo esto, en la pantalla verán un número de teléfono al que pueden llamar si alguien reconoce cualquier información en los correos cuando se hagan públicos. Mientras tanto, yo estaré trabajando en estrecha colaboración con otros legisladores, junto con el consejo escolar, para desarrollar nuevas leyes sobre policías escolares, cuya presencia podría evitar este tipo de sucesos terribles en el futuro.

Buenas noches, primo

Ramón: Primo.

César: ?

Ramón: No quiero ir a la cárcel.

César: …

Ramón: ¿No tienes nada que decir? ¿Te avergüenzo?

César: ¿Cómo podría avergonzarme de ti?

Ramón: No sé.

César: ¿Cómo?

Ramón: ¿Te lo contó Ever?

César: ?

Ramón: Lo que le dije que hiciera. O que no hiciera.

César: Sí, ya me enteré.

Ramón: Lo siento. No soy como vosotros.

César: Nunca quise esta vida para ti. Solo tu seguridad.

Ramón: ¿Quieres decir que no querías ver a Moore muerto?

César: No he dicho eso. Buenas noches, primo.

CAPÍTULO DIECISIETE

Confianza

RAMÓN

Me siento bajo el cenador en el centro del parque para esperar a Magda y a Luis. Solíamos venir aquí cuando éramos más pequeños. Estaba fuera del territorio de los Dioses, y de otras bandas, así que era un sitio seguro para pasar el rato y divertirnos.

Aun así, no puedo evitar mirar hacia atrás cada pocos segundos, como si Ever o Nico pudiesen aparecer a mi lado en cualquier momento.

Me siento fatal por estar sentado en este parque cuando se supone que debo quedarme en casa. No puedo ni imaginar lo mucho que se disgustaría Abuela si se entera de que me he escabullido, pero tampoco puedo quedarme de brazos cruzados y esperar a que me declaren culpable.

El parque está desierto, excepto por mí y por las siluetas de un chico y una chica que vienen hacia mí por la hierba. Luis y Magda vienen en mi ayuda, justo como dijeron que harían.

Pero a medida que se acercan, veo que no son Luis y Magda. La chica es demasiado bajita y el chico es demasiado alto. *Muy muy* alto.

Púchica. Es él. J.B. Williamson. No conozco a la chica, pero ella ya me ha visto y le da un codazo a J.B. al tiempo que señala hacia el cenador. Él está a punto de seguirla, pero entonces me ve y se queda paralizado. En el mismo momento, aparece otra persona desde el otro lado del parque, las manos metidas en los bolsillos. También viene hacia acá. ¿Ese es…?

Ni siquiera me percato de que Magda ha llegado.

—Eh, perdona, llegamos un poco tarde. —Se deja caer a mi lado en el banco del cenador y bebe un sorbito de su vaso de horchata para llevar—. Ha sido por culpa de Luis.

—Vaya, eso es interesante, porque yo creo que ha sido culpa tuya.

Siguen con su cháchara, pero yo tengo los ojos clavados en las figuras del otro lado del parque.

—Magda —digo, pero no me oyen.

—¿Igual que crees que es culpa mía que Reina no quiera salir contigo? —pregunta Magda.

—¡Eso *sí* que fue culpa tuya, Magda! Te dije que le dijeras que creía que era mona. ¡No que quería casarme con ella!

—Pues yo recuerdo que dijiste justo eso.

—¡¡Callaos!! —exclamo, y le doy una palmada en el hombro a cada uno—. Mirad. ¿Estáis viendo lo mismo que yo?

Por fin me hacen caso y los dos miran hacia donde señalo. A menos de cien metros están J.B. Williamson con la chica, y a cincuenta metros al este de ellos está…

—Ese es Trey —dice Luis, al tiempo que se endereza en el banco.

—¡¿Luis, les dijiste tú que se reunieran contigo aquí?! —exclama Magda, y le da un empujón en el hombro.

—¡No! ¡Joder no, eso sería muy raro! No le dije nada a nadie.

Observamos desde el cenador cómo J.B. y la chica caminan despacio hacia Trey. Se quedan a cierta distancia los unos de los otros, intercambian unas palabras y entonces todos miran en nuestra dirección.

—Deberíamos irnos —dice Magda en voz baja—. ¿Qué probabilidades hay de que estéis todos aquí al mismo tiempo? Parece una trampa.

—Nah, tiene que ser una señal —dice Luis.

—¿Una señal de qué? —digo en un susurro—. ¿De que si alguien nos ve, la gente creerá que es una conspiración? ¿De que de verdad planeamos matar a Moore juntos?

—Sí, en eso tienes razón —admite Luis—. A lo mejor Magda está en lo cierto y deberíamos irnos.

—Solo dadme un segundo —espeto en tono cortante otra vez.

Magda y Luis se quedan callados para que pueda pensar. Observo a los otros, que nos observan a nosotros, y me da la sensación de que están teniendo la misma conversación que nosotros.

Antes de que pueda decidir qué hacer, veo que Trey mira hacia nuestra dirección y levanta la cabeza a modo de saludo.

—Qué pasa, Luis —grita—. ¿Estás bien?

Luis hace una pausa. Me mira, luego a Magda.

—Sí, estoy bien. ¿Y tú?

Trey asiente. Después J.B. y él intercambian unas palabras más. Mi corazón se acelera cuando los tres, J.B, Trey y la chica, empiezan a andar hacia nosotros. De repente, me arrepiento de haber venido.

—Ramón, ¿verdad? —dice J.B. cuando llega. La chica que está con él es preciosa: piel marrón, pelo negro. Sus ojos lucen serios. No hace más que lanzar miraditas a Trey, que no hace más que mirar hacia atrás.

—Sí —confirmo, luego trago saliva—. ¿Qué estáis haciendo vosotros aquí?

Ninguno de los chicos dice nada de verdad, se limitan a musitar algo. La chica habla por ellos.

—¿Qué tal? Soy Keyana —se presenta—. Soy la novia de J.B. —Parece un poco tímida cuando lo dice, como si todavía se estuviese acostumbrando a ello—. Nosotros, mmm, decidimos reunirnos con Trey para ver si podemos averiguar qué está pasando. Porque ahora mismo, la cosa no pinta bien para nadie.

—Incluido tú, ¿verdad? —dice Trey, al tiempo que me lanza una mirada. Luego mira hacia atrás otra vez. No veo a nadie excepto a una mujer solitaria sentada en un banco al otro lado del parque.

—¿Creéis que es buena idea? —interrumpe Luis—. Quiero decir, hay gente que dice que los tres lo planeasteis juntos.

—Todo mentiras y rumores —espeta Trey—. Pero si yo ni siquiera os conozco.

—*Yo* sí te conozco —aporta Luis—. Eres mi compañero de equipo. Yo jamás pensé que lo hubieses hecho tú.

—Y parece que Ramón es amigo tuyo —masculla J.B.—. Así que eso significa... ¿qué? Que piensas que lo hice *yo*, ¿no?

Nos miramos todos con cara de pocos amigos durante un segundo. La tensión es tan densa que parece niebla. El rostro de Luis se está poniendo rojo de ira, pero antes de que pueda responder, intervengo yo.

—Bueno, ahora mismo ese ni siquiera es el tema —señalo—. Ahora mismo, tenemos que asegurarnos de que no nos vea nadie.

—Solo hay una mujer allí lejos —dice Luis, y señala a la que había visto yo.

Trey murmura algo.

—¿Eh?

—Es mi madre —dice—. Ha venido conmigo.

Nadie dice nada. No se me escapa que tanto J.B. como yo hemos podido contar con alguien de nuestra edad para ayudarnos, pero Trey no. Debe de sentirse muy solo.

—Bueno, pues analicemos la situación —sugiere Magda, y Keyana asiente—. ¿Qué sabemos?

—Sabemos que yo no lo hice —dice Trey a toda velocidad.

—Yo *no* sé eso —digo yo. J.B. se gira hacia mí antes de hablar.

—Y yo no sé que no fuiste *tú*. Saliste del aula para hacer una llamada y después, de repente, le pegan un tiro a Moore.

Tiene razón, pero tenía que volver a llamar a Ever antes de que fuese demasiado tarde. Noto los ojos de Magda sobre mí.

—Bueno, pero no cabe duda de que tú eres mucho más sospechoso que yo. ¡Tenías sangre de Moore por todas partes! —espeto de vuelta.

—¡Esa sangre no era suya! —me grita, y da un paso hacia mí.

Me pongo tenso. Supongo que quiere pelea. Con su tamaño, no estoy seguro de poder hacer nada contra él, pero tampoco puedo amilanarme. Keyana se planta delante de él de un salto, y no puedo decir que no se lo agradezca.

—Esto es lo que sabemos —comenta—. Trey estaba investigando el tema, igual que nosotros. Y encontró una pista creíble. Nosotros también, la misma persona. Así que confiamos los unos en los otros. Es de ti de quien no sabemos nada. Dicen los rumores que los Dioses del Humo podrían estar involucrados, por no mencionar el hecho de que tu cepillo estuviese en el lugar del crimen.

Trago saliva.

—¿Cómo sabéis eso? —pregunto.

—Las noticias vuelan.

—No sé cómo llegó ahí, pero Moore me quitó mis pupusas más temprano ese día. ¡Tenía mi mochila entera!

—Ya, lo que tú digas —masculla Trey, enfadado—. A *mí* me suena sospechoso.

El miedo repentino hace que mi ira se avive.

—Y yo he oído que tienen grabaciones de ti colándote en el colegio.

Frunce el ceño y yo hago lo mismo.

—¿No es tu primo un pandillero? —pregunta—. He oído que habéis contratado entre todos a un asesino.

—Solo porque mi primo esté en una banda callejera no significa que yo también lo esté —gruño.

—Rumores y más rumores —nos interrumpe Magda en voz alta y clara.

—Bueno, yo no lo hice —insisto. Necesito que me crean.

—Entonces, ¿quién fue? —pregunta J.B., con aspecto de estar más cansado que enfadado.

Me da la sensación de que J.B. y Trey quieren solucionar este embrollo tanto como yo. A lo mejor es verdad que ellos no lo hicieron y debería trabajar con ellos. E incluso si fue alguno de los dos, trabajar juntos significaría que podría vigilarlos de cerca al tiempo que investigaríamos a otros posibles sospechosos.

Pero no puedo hablarles de Nico. Sospecharían de mí, puesto que es posible que sea un Dios, o al menos lo fue en algún momento.

—¡Eh, mirad todos! —exclama Keyana—. ¡Acaban de publicar correos del asesino!

Keyana da unos golpecitos en su teléfono y todos acercamos la cabeza para leer.

CORREOS RECUPERADOS DEL ESCRITORIO DEL DIRECTOR MOORE

Remitente: darkgamble@anonmail.com
Para: Director Kenneth Moore

Sé lo que hiciste. Se suponía que ibas a estar ahí para mí y decidiste darme la espalda. No creas que voy a olvidar esto. Se te está acabando el tiempo.

Remitente: darkgamble@anonmail.com
Para: Director Kenneth Moore

Has ignorado mi último mensaje, así que me voy a expresar con un poco más de claridad. Si no arreglas esto, las represalias serán rápidas y furiosas. ¿Crees que eres inmune a las consecuencias? ¿Crees que esas son solo para todos los demás? Te equivocas. Sé lo que hiciste y mereces lo que se te viene encima. LO PROMETO.

CAPÍTULO DIECIOCHO

Coconspiradores

TREY

—Joder —dice la chica que está con Ramón—. Esto es serio.

Me gusta cómo frunce el ceño, pero no porque está enfadada, sino porque está pensando. Yo hago lo mismo. Mi madre también. Apuesto a que está sentada en ese banco del parque frunciendo el ceño ahora mismo. Se estará preguntando si esto ha sido buena idea, igual que hago yo.

—¿Cómo te llamabas? —le pregunto a la chica.

—Magda. —Me sonríe, pero antes de que pueda decir nada más, interviene Ramón.

—Esos correos podrían ser de cualquiera.

—De cualquiera que vaya a Promise, quieres decir —lo corrige J.B.—. ¿Ves cómo ha puesto «lo prometo» al final?

—No necesariamente *va* a Promise. Puede que trabaje ahí. O podría ser incluso un padre. Debía haber un montón de gente que tenía problemas con Moore —apunta Ramón.

—¿Quieres decir como Stanley Ennis? —pregunta J.B.—. Keyana y yo conseguimos el registro de visitas del colegio y resulta que él fue la última persona en estar en la oficina de Moore el día del asesinato.

—Oh, sí —interviene Luis—. No lo conozco bien, pero nos consiguió camisetas de baloncesto nuevas.

—J.B. dice que Moore y él tenían muchos enfrentamientos, ¿es así? —pregunta Keyana mientras lee las notas de su teléfono.

Conozco a Ennis. Me reclutó para el baloncesto. Incluso le dio al tío T un cheque sustancial por acogerme. Está claro que es un tipo interesante, y siempre se asegura de que sepas cuánto dinero tiene. No lo veo matando a Moore, pero a estas alturas no se puede confiar en nadie. Ni siquiera en los otros chicos que están en el parque conmigo.

—Sí, lo conozco —confirmo—. Moore y él discutieron una vez al fondo del gimnasio durante el entrenamiento. «Con todo el dinero que inyecto en este colegio, tienes que hacer lo que te digo». Podéis imaginar lo que opinó Moore de eso. Lo cual, la verdad, que le den a Moore, aunque ese día estaba de su lado, porque Ennis es un imbécil. Del tipo que quiere su nombre escrito sobre una pared o un banco.

—Ya me acuerdo —dice Luis con entusiasmo—. Fue hace un mes o así. El entrenador les pidió que salieran del gimnasio. Ennis actuaba como si el sitio fuese de su propiedad.

—En cierto modo lo es —dice J.B.—. ¿Esa idiotez del Fondo Promise? Encontramos un artículo que contaba cómo todo el dinero que entra en Promise proviene de sus bolsillos. Y cuando hay dinero de por medio, las cosas suelen ponerse turbias.

No creo que haya oído nunca a J.B. hablar tanto. A Ramón tampoco. Así es como funciona Promise: convives con desconocidos. Hasta que los conozca mejor, no puedo acercarme demasiado. Podrían haber participado en el asesinato del director Moore juntos.

—Oh, mierda, eso me ha hecho recordar otra cosa —comenta Luis—. Ocurrió más tarde ese día, cuando salía con Omar. Ennis estaba hablando por teléfono en el pasillo, pero cortó la llamada en cuanto nos vio. Eso sí, antes de vernos, le oí decir «No le voy a dar ni un centavo más si no empieza a darme algunas respuestas».

—Si acaso, el hecho de que Ennis dijera que no iba a darle a Promise ni un centavo más suena como un motivo para que *Moore* matase a *Ennis*, no al revés —apunta Ramón.

—Esperad, recordadme quién es ese Omar —dice Keyana, y nos mira por turnos a mí y a J.B.

—Oh, trabaja en la oficina —explica Luis—. Ennis lo utiliza para hacer vídeos promocionales de vez en cuando. Es muy callado, no habla con nadie.

—Excepto contigo, al parecer —comenta Magda, y sonrío al oírla. Es avispada.

—Solo estábamos hablando ese día porque quería asegurarme de que había grabado mi mate. —Luis se encoge de hombros—. Ya sabes que vuelo.

—Centraos —dice Keyana—. Ya habíamos oído hablar de Omar. Parece ser que fue la última persona a la que vieron con Moore.

—¿Omar? —se burla Luis—. Imposible de toda imposibilidad.

—Lo que no sabemos es qué motivo podría tener —insiste Keyana, el ceño fruncido.

—He visto al chico y no creo que hiciera esto, pero si nadie más lo está investigando, tendremos que hacerlo nosotros.

—En efecto —dice J.B.—. ¿Y qué opináis de alguien como Hicks? Él encontró el cuerpo, ¿no? O incluso…

—La Sra. Hall —suelto de golpe, antes de pensar siquiera en lo que estoy diciendo. Por mucho que me haga sentir ruin por pensar siquiera que ella podría haber matado a alguien, no puedo negar que estaba actuando de un modo de lo más sospechoso.

Tanto J.B. como Ramón me miran confusos.

—Vi una foto de ella en las redes sociales bebiendo vino —me apresuro a decir—. Creo que podría estar mintiendo sobre lo de estar embarazada.

J.B. abre los ojos como platos.

—Y... yo me topé con ella en la tienda de Mariano después de clase el día anterior a que dispararan a Moore. Estaba comprando vino.

—¿Por qué mentiría sobre estar embarazada? —pregunta Ramón, sorprendido.

—No lo sé —responde J.B.—, pero cuando la vi en la tienda, me dijo que había tenido una reunión con Moore ese día.

—No solo eso —añade Keyana—, volvió a Promise al día siguiente. Su nombre también estaba en el registro de visitas. Pero firmó su salida una hora antes del partido.

—Yo no la conozco —dice Magda—, pero si la Sra. Hall tuviese algo contra Moore y quisiera matarlo, hubiese sido astuto por su parte que la vieran salir del colegio antes del asesinato para no estar entre los sospechosos.

Sacudo la cabeza. No quiero creerlo. Pero no hago más que pensar en cuando la vi con el inspector Bo. No sé si debería decirles a los otros lo que vi, sobre todo, si están implicados de alguna manera. Pero si no lo están, saber que el inspector Bo y la Sra. Hall tienen algún tipo de conexión podría ser información valiosa. Esto es todo muy confuso.

—Hay algo más —les digo, aunque odie que estemos pensando siquiera en la Sra. Hall como posibilidad—. Yo, ehh... la vi discutir con el inspector Bo. Y ella, ehh, lo besó. Estoy casi seguro de que es su marido.

—¿Está casada con un *poli*? —exclama Ramón.

—No puede ser —musita J.B., al tiempo que niega con la cabeza—. ¿Y no un poli cualquiera, sino el poli del caso? ¿Qué diablos?

—O al menos su novio —añado.

—¡Qué barbaridad! —exclama Magda después de dejar escapar un pequeño bufido.

—Lo sé, los vi —insisto—. Los oí hablar. Ella le estaba preguntando acerca de los sospechosos. ¿Y si estaba intentando averiguar si tienen pruebas contra ella o algo?

—Eso sería una locura —murmura J.B.—. Uno de los correos decía «Se suponía que ibas a estar ahí para mí». Para ser sincero, eso podría haberlo escrito la Sra. Hall. Quiero decir, si no hemos sido uno de nosotros, un alumno, entonces suena más a un profesor.

—Joder —dice Ramón, asintiendo, mientras le da vueltas a todo en su cabeza—. La verdad es que eso tiene sentido.

Nos quedamos todos sentados en silencio y por fin recuerdo el otro nombre en mi cerebro.

—¡OH! Oí otra cosa que dijo el inspector Bo. Mencionó a un tipo de la cafetería de Promise que tiene antecedentes policiales. Nico Martinez.

En cuanto digo el nombre, veo que Ramón se mira los pies. El tío T se pasaba la vida observando mi lenguaje corporal para usarlo luego en mi contra. No estoy seguro de lo que significa que Ramón haya bajado la vista en este momento, pero tomo nota mental de todos modos.

—¿Ese Nico tiene un motivo? —pregunta Keyana.

—No que yo sepa, pero deberíamos hacer algunas indagaciones.

—¡Yo puedo hacerlo! —se ofrece Ramón al instante—. Creo que sé a quién te refieres. Lo he visto por los Heights.

—Genial. Bueno, si estamos repartiéndonos a los sospechosos, tenemos que hacer un repaso. ¿A quién vamos a investigar de verdad?

Keyana consulta sus notas.

—Bueno, la Sra. Hall sigue en la lista —dice, aunque parece disculparse por ello—. La verdad, sería ridículo que la mujer de un poli cometiera un asesinato, pero a lo mejor pensó que él la encubriría. No sería el primer poli corrupto del mundo.

—La Sra. Hall no vive lejos de mí; echaré un vistazo a ver qué puedo averiguar —me ofrezco.

—No sé dónde vive Omar, pero nosotros empezaremos por él —declara J.B., que mira a Keyana.

—Perfecto —asiente ella, antes de continuar—. Ennis sigue siendo sospechoso, aunque es dudoso. Donó mucho dinero y ya sabéis cómo es la gente con el dinero. Empecemos con la Sra. Hall, Omar y Nico, y mantengamos a los otros en segundo plano.

—Por mí, vale —dice Ramón.

—Por mí también —apunta J.B.

Me miran a la espera de que acepte el plan, aunque en el fondo todavía no sé si puedo confiar en ellos.

—Vale —digo al fin.

Nos quedamos todos ahí de pie en silencio durante un segundo, pensando en nuestro siguiente movimiento.

—Mientras tanto —dice J.B con voz queda después de un rato—. La vida en Promise sigue su curso. Arruinan nuestras vidas y no le importa a nadie.

Cierto. Asiento.

—Espero que pongan a alguien al mando que sea mejor que Moore.

—Estoy seguro de que será Hicks —comenta Ramón.

—No importa a quién pongan en ese puesto, siempre pondrán en entredicho nuestro carácter. ¿Jóvenes y negros? Nos odian en América —declara J.B. y, por la forma en que lo dice, sé que está casi citando una canción.

—¿Cordae? —pregunto. Nos miramos a los ojos y asentimos. Hace que el chico me guste un poco más.

—Este lío se pone cada vez más lioso —suspira Magda.

Me asomo y veo pupusas en la mochila de Ramón. Mi estómago se vuelve loco.

—Eh, Ramón —susurro—. ¿Te importa si agarro una de esas?

Ramón mira su mochila y luego a mí.

—Claro. —Saca una pupusa y me la tira. Mira todas las caras que lo observan—. Venga, vale. Tomad alguna todos.

Todo el mundo se levanta de un salto para sacar pupusas de la mochila de Ramón, y nos quedamos ahí en silencio mientras comemos y nos preparamos mentalmente para la siguiente parte de nuestra misión.

COMUNICADO DE PRENSA DE URBAN PROMISE PREP PARA PUBLICACIÓN INMEDIATA

Wilson Hicks nombrado director interino

Washington, DC. La comunidad de Urban Promise Prep se ha reunido para honrar el recuerdo de su fundador e intrépido líder, Kenneth Moore, y para anunciar su compromiso a continuar con la formación de los hombres de mañana como él hubiese querido.

Hasta que se decida un sustituto permanente, el decano Wilson Hicks ha sido nombrado director interino y afronta su nuevo deber con la solemnidad que su predecesor hubiese esperado y deseado. Hicks ha encargado un retrato de Moore que quedará colgado en la entrada de Promise a fin de conmemorar la vida de este poderoso líder.

«En Promise prometemos. Somos los jóvenes de Urban Promise Prep. Estamos destinados a la grandeza. Iremos a la universidad. Estamos preparados para tener éxito. Somos extraordinarios porque trabajamos duro. Somos respetuosos y abnegados, estamos comprometidos y centrados. Somos los cuidadores de nuestro hermano. Somos responsables de nuestros futuros. Somos el futuro. Lo prometemos».

PARTE CINCO

La verdad

CAPÍTULO DIECINUEVE

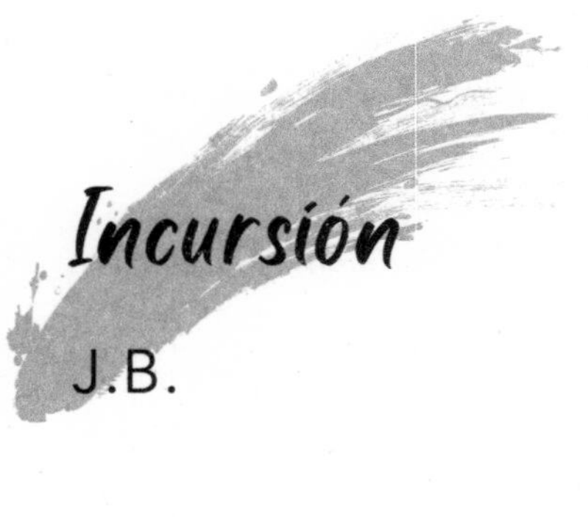

Incursión

J.B.

Comer algo que había hecho Ramón me inspira para intentar hacerle la cena a mi madre. En toda mi vida, lo único que he hecho es recalentar cosas de una caja o de un recipiente de plástico con sobras, pero hay algo especial en la comida casera. Así que escojo lo más fácil que se me ocurre: desayuno. Cuando mi madre llega a casa y descubre que le he hecho un sándwich de huevos revueltos, su sonrisa es tan grande y sorprendida que hace que limpiar yemas de huevo resbaladizas merezca la pena.

—Pero si incluso has colocado la fruta toda bonita —comenta cuando se sienta a comer.

—Lo he intentado —murmuro.

—¿Qué celebramos?

—No celebramos nada. Solo agradezco que estés ahí para mí.

Me siento mal por haber ido al parque antes sin decírselo, pero ella ya tiene suficientes cosas en la cabeza y sobre los hombros, y está trabajando un montón de horas extras por si al final resulta que necesitamos un abogado. Sin embargo, esa no es la razón de que le haya hecho la cena, no es porque me sienta culpable. Solo quiero que sepa lo agradecido que estoy de tenerla.

—Esto está muy bueno, J.B. —dice.

—¡No suenes tan sorprendida!

Nos reímos y comemos, pero no hablamos demasiado. Es difícil elegir algo de lo que hablar cuando estamos rodeados de miedo y de inquietud.

Después de un silencio largo, mi madre por fin lo rompe.

—¿Puedo preguntarte algo?

—Sí, mamá.

—¿Qué recuerdas… de ese día? —pregunta al cabo de unos segundos, los ojos fijos en su plato—. ¿Algo importante?

Conozco a mi madre. No quiere mirarme a los ojos para que no vea lo desesperada que está. Está buscando cualquier resquicio de esperanza al que aferrarse, algún tipo de prueba que garantice que su bebé seguirá siendo su bebé y no se convertirá en un hombre encerrado tras unos barrotes.

Trago saliva con esfuerzo. Puedo lidiar con todo esto cuando solo pienso en mí mismo, pero cuando pienso en ella… ahí es cuando la cosa se pone difícil de verdad.

¿Qué *es* lo que recuerdo?

Le cuento todo lo que puedo, pero me callo las cosas que sé que le harán daño. Para cuando llego al momento en que estoy sentado en el aula de castigo, me doy cuenta de todo lo que he tenido que no decir. Le cuento cómo estábamos castigados otros dos chicos y yo, cómo no conocía a ninguno de los dos, aparte de haberlos visto por ahí y de que sus nombres me sonaran. Sin embargo, *no* le digo que después de hoy en el parque, nos conocemos mucho mejor. Le cuento cómo Trey salió del aula para ir al cuarto de baño y cómo después de que el Sr. Reggie saliese para ir a buscar a Trey, Ramón también salió para hacer una llamada. Y luego le cuento que pasó *lo que pasó*.

El disparo. Después todo el mundo correteando por los pasillos como hormigas, incluido yo.

Suelta una exclamación, como si no se esperase esta parte de la historia. Pero los dos sabemos que este era el único final posible. Los hechos son los hechos.

—Así que cualquiera de esos chicos podría haberlo hecho —musita. Me encojo de hombros. *Ellos dicen que no lo hicieron—*. ¿Recuerdas algo más de ese día? —pregunta—. Cualquier cosa.

—No —contesto. Lo que no menciono es la pistola que encontré—. Era solo un día normal. Esa noche había partido, así que la gente estaba grabando vídeos y esas cosas. Había personas, como donantes y voluntarios, para decorar el lugar...

Dejo la frase sin terminar. Me había fijado en la gente que colgaba adornos. Banderines y serpentinas y cosas así. Algunos de ellos me sonaban vagamente... padres de algunos de los chicos, profesores, alumnos, incluido Omar, el chico de la oficina. Omar. Su rostro se me queda atascado como una semilla de palomita ahora que Trey me ha dicho lo que vio Solomon: a Omar saliendo de la oficina de Moore.

—¿Qué pasa? —pregunta mi madre. Ha debido de notar algo en mi cara.

—Solo estaba pensando en alguien.

—¿En quién?

—En Keyana. Es como una súper detective abogada —le explico. Me callo la parte de que Keyana es mi chica—. Ha estado tratando de ayudarme a limpiar mi nombre.

—¿Y cómo habéis estado haciendo eso sin tu teléfono? —pregunta, al tiempo que sus cejas suben más altas que la luna.

—Ehh...

—¿Sabes qué? No me lo digas —dice, y agita las manos por el aire—. Pero te diré una cosa: no te metas en problemas, ¿me entiendes? Necesitas hacerlo todo de un modo súper honrado y sincero. Un solo movimiento en falso podría acabar contigo en la cárcel.

Asiento en silencio mientras pienso. Noto que el sudor empieza a rodar por mi espalda. No puedo decirle a mi madre que tengo pensado salir a hurtadillas más tarde y hacer una incursión en el colegio. Regresar a la escena del crimen para buscar lo que podría ser el arma asesina.

Sé que es un riesgo enorme, pero tengo que hacer algo.

El aire en el exterior sopla frío contra mi cara. Siempre me han encantado las noches en el DC, en especial cuando hace este clima, que para mí es perfecto. Todo está en silencio, excepto por el ulular constante de las sirenas, que ya apenas oigo. Supongo que he aprendido a vivir con ese sonido.

Un coche patrulla pasa a toda velocidad y, por instinto, se me acelera el corazón. Es una pena que no haya nadie aquí para protegernos, solo para perseguirnos. Pienso en mi padre. En lo decepcionado que se sentiría si acabo en una cárcel a su lado. No decepcionado conmigo, sino consigo mismo.

Me quito ese pensamiento de la cabeza. No pienso ir a la cárcel por un crimen que no he cometido. Le doy una patada a una piedra de la calle para aliviar un poco la tensión. Por lo general, compondría una melodía, escribiría unos cuantos versos. O un poema incluso. Pero sin mi teléfono, no tengo nada con lo que ralentizar mi cabeza. Así que lo olvido e imagino cómo podría ser la vida cuando todo esto termine.

Keyana se reúne conmigo detrás del colegio. Lleva una sudadera con capucha y un gorro negro.

—¿Por qué vas vestida como un ladronzuelo? —pregunto. No puedo evitar sonreír un poquito.

—Este es un colegio de chicos —dice—. No puedo entrar ahí con aspecto de chica.

Odio tener que decírselo, pero esa sudadera y ese gorro no la hacen parecer un chico. Con esa figura esbelta y esa cinturita, no creo que nada pudiese hacerlo. En cualquier caso, doy media vuelta y me guardo ese pensamiento para mí mismo.

—Si nos pillan, dará igual si eres un chico, una chica, o cualquier otra cosa. Estaríamos jodidos. ¿Estás segura de esto? Siempre puedo entrar solo. De hecho, quizás debiera. No te quiero ver más implicada en esto de lo que ya lo estás.

Keyana lo piensa un momento. Es la primera vez que la veo dudar sobre algo. Me mira a los ojos.

—Estoy contigo, J.B. —declara.

Sin pensar, la abrazo y ella me abraza de vuelta. Es tan agradable tener a alguien en quien puedo confiar…

—Ahora, ¿cómo entramos? —susurra.

—Sígueme. Aunque debemos tener un cuidado extremo —digo. Le paso un par de guantes—. Póntelos, no podemos dejar ninguna huella.

La conduzco hacia la parte de atrás, donde hay una puerta rota, pero para mi sorpresa, ahora tiene una cadena con un candado.

—Mierda.

Debí imaginar que antes o después descubrirían que esta puerta estaba rota.

—¿Ahora qué?

Examino el candado.

—¿No llevarás horquillas, verdad?

—¿Cuántas necesitas?

—Dos.

Keyana mete las manos debajo de su gorro, hurga un poco en su pelo y saca justo lo que necesito.

—¿Valdrán estas?

—Perfectas.

Estiro una de las horquillas y me pongo manos a la obra para forzar la cerradura del candado. Es una destreza que aprendí abriendo taquillas en la piscina.

Después de unos cuantos empujones con la horquilla, el candado se abre con un chasquido. Miro a Keyana y ella sacude la cabeza.

—No quiero ni saberlo —dice.

Miro hacia atrás y abro la puerta. Keyana y yo nos colamos en el colegio y cerramos la puerta con suavidad a nuestra espalda.

En el interior, el edificio está oscuro y silencioso. Saco mi linterna para iluminar el espacio. No había vuelto a entrar en Promise desde el día del suceso y estar aquí ahora me da un miedo de muerte. Sobre todo porque la luz solo ilumina unos pocos palmos delante de nosotros. Cada paso parece más sonoro que el anterior y reverbera por los pasillos.

—¿Qué estamos buscando, exactamente? —susurra Keyana.

—303 —murmuro.

—¿Eh?

—Perdona, la taquilla 303. Luis escribió para decir que esa es la taquilla de Omar.

—Oh.

Mientras nos dirigimos hacia las escaleras de subida, pasamos por el cuarto de baño donde encontré la pistola. ¿De verdad la había utilizado alguien para cometer el asesinato? ¿O si entro ahí ahora mismo, estará donde la dejé? ¿Sin que nadie la haya visto o tocado?

Decido averiguarlo. Puede que no vuelva a tener la oportunidad de hacerlo.

—¿Recuerdas esa pistola de la que te hablé? —susurro.

—Sí.

—Pues la encontré en ese cuarto de baño —la informo, al tiempo que señalo hacia la puerta. Me paro y miro a Keyana—. Lo siento, tengo que saberlo.

Keyana asiente.

Cruzo hacia ahí y entro despacio en el cuarto de baño, con cuidado de no hacer ni un ruido.

Por dentro, el colegio tiene el mismo aspecto que aquel día. Aquel maldito día en el que la vida en Promise pasó de mala a peor. El cuarto de baño está silencioso, intacto. Voy al mismo cubículo de la otra vez, me pongo de pie despacio sobre el mismo inodoro y levanto la vista hacia el techo. Una de las baldosas está movida. Yo la había devuelto a su sitio, ¿verdad? Sé que lo hice.

Con manos temblorosas, la aparto. Meto la mano dentro del agujero y palpo por alrededor. Nada. ¿La había empujado tan adentro? Levanto la linterna y me pongo de puntillas sobre el asiento del inodoro.

Ha... ha desaparecido. Me quedo paralizado. Mi mayor temor se ha hecho realidad. Salgo corriendo del cuarto de baño para reunirme con Keyana.

—La pistola no está. ¡Alguien se la llevó! Tiene que ser el arma que utilizaron para matar a Moore. Y yo podría haberlo impedido, si solo hubiese dicho algo.

Me quedo ahí aturdido. Podría haber evitado la muerte de Moore. Fui un estúpido al pensar que con solo esconder la pistola, todo iría bien. Me apoyo en la pared y me deslizo hasta el suelo. Entierro la cara en mis manos.

—Joder, no puedo creerlo.

Keyana apoya una mano en mi hombro.

—No pasa nada. A lo mejor no la encontró el asesino, sino los polis.

—Eso no ayuda. ¡Mis huellas siguen estando en la pistola!

—Sí, pero si no es el arma del crimen, estoy segura de que lo sabrán, ¿no? Con balística o lo que sea.

En eso tiene razón, pero aun así, tengo mis dudas. Arma asesina o no, mis huellas en una pistola seguro que no darán buena impresión.

—Conclusión, no podemos parar ahora. Tenemos que seguir buscando.

En eso también tiene razón, así que dejo de darme pena a mí mismo.

—Tienes razón. Vamos.

Cuando llegamos a la taquilla de Omar, sé muy bien lo que hacer. He forzado la cerradura de mi propia taquilla un millón de veces y con la de Omar es igual de fácil. Saco el bolígrafo de mi bolsillo trasero, lo incrusto en el lado de la cerradura y lo giro en sentido antihorario tres veces. Cuando se abre, Keyana me lanza una mirada.

—No es lo que piensas —digo.

Arquea las cejas y frunce los labios. Tengo que hacer un esfuerzo por no volver a reírme. En lugar de eso, me giro hacia la taquilla de Omar y la ilumino con mi linterna.

—Menudo caos —susurra Keyana.

Sí que lo es. Papeles desparramados por todas partes, fotos y artículos en montones que podrían desbordarse hacia fuera en cualquier momento.

—Tenemos que ser rápidos —digo. Miro a un lado y otro del pasillo, como si alguien pudiese aparecer de pronto y atraparnos con las manos en la masa.

Saco un montón de carpetas mientras intento evitar que el resto se vuelque. Keyana se acerca para frenar la montaña de artículos escolares antes de que caiga, mientras yo echo un vistazo rápido.

Un fajo de papeles resbala de una de las carpetas y cae al suelo con un ruido sordo. Los dos nos quedamos paralizados y apago la linterna de inmediato.

—¿Oyes algo? —susurro.

—Solo a ti —espeta Keyana.

Cuando confirmamos que estamos solos, vuelvo a encender la linterna.

—¿Qué ha sido eso? —pregunta Keyana.

Me agacho para recoger lo que sea que se haya caído y me quedo petrificado del horror.

Son docenas de fotos extrañas del director Moore en los pasillos, fuera del colegio e incluso en su casa.

—Vaaalee —musita Keyana—, eso no es siniestro en absoluto.

—¿Por qué diablos tendría Omar estas fotos de Moore en su taquilla?

Keyana y yo nos miramos. Los dos pensamos lo mismo.

—¿Qué más hay ahí dentro? Quizás haya alguna prueba que lo vincule con el asesinato? Quizás haya incluso un arma... —Levanto la vista hacia Keyana cuando dice la palabra «arma»—. ¿Qué? Es solo una suposición. Si tuviésemos suerte.

Sacudo la cabeza y sigo buscando entre los montones de papeles hasta que algo capta mi atención.

—¿Qué? ¿Qué es?

—Mira —digo, y le doy la vuelta al documento.

—Es de Moore —comenta sorprendida—. «Tu solicitud de dinero del Fondo Promise ha sido denegada. Utilizar los fondos para material de fotografía sería un uso inapropiado de unos fondos destinados a proyectos para aplicar a universidades. El dinero del Fondo Promise no debe utilizarse para proyectos personales».

—Así que Omar pidió dinero del Fondo Promise y Moore se lo denegó —susurro.

Keyana me mira con expresión seria.

—Me pregunto qué estaría haciendo Omar en la oficina de Moore ese día. ¿Crees que...?

Justo entonces oímos que se cierra una puerta. Levantamos la vista y vemos un rayo de luz salir de detrás de la esquina.

—Oh, mierda, deben de tener guardas de seguridad. ¡Corre, escóndete!

Tiro de Keyana hacia un recoveco cercano delante de la sala de música. Pruebo a abrir la puerta, pero está cerrada con llave. Nos apretujamos aún más. Está tan cerca que puedo sentirla contra mí. Por difícil que sea ahí pegado a ella, intento concentrarme en no hacer ni un ruido.

El rayo de luz viene hacia nosotros y ahora puedo oír los zapatos de suela dura del guarda de seguridad acercarse. Miro a Keyana a los ojos y noto que está asustada. Ella tiene mucho más que perder que yo.

—Tengo una idea, solo confía en mí.

Meto la mano en el bolsillo y saco una moneda.

—Espera...

Antes de que pueda terminar, lanzo la moneda por el pasillo lo más lejos que puedo y tiro de Keyana hacia el suelo conmigo.

En cuanto la moneda aterriza con un tintineo, veo que la linterna del guarda vuela en esa dirección. Espero que se trague el cebo y empiece a caminar hacia ahí, pero entonces el guarda deja de moverse. Se queda muy quieto, como si buscara algo. O a *alguien*.

Por un segundo, lo único que puedo pensar es en que nos va a atrapar. En lo culpable que me va a hacer parecer cuando lo único que estaba haciendo era tratar de demostrar mi inocencia.

Justo cuando estoy pensando en agarrar a Keyana y salir corriendo, el guarda empieza a moverse otra vez. Sus pasos se aceleran y pasa por nuestro lado a toda velocidad.

—Se ha ido —susurro lo más bajito que puedo—. Agarra esas carpetas y larguémonos de aquí.

Nos hacemos con lo que podemos de la taquilla de Omar antes de salir a toda prisa. Empieza a parecer como que pudiéramos tener a un sospechoso número uno.

CAPÍTULO VEINTE

La charla

TREY

NICO MARTINEZ.

Escribo el nombre en internet para ver qué puedo averiguar.

Después de ver a la Sra. Hall con el inspector Bo, he pensado que quizá sea demasiado arriesgado seguir investigándola. Necesito pensar en otra manera de conseguir más información sobre ella. Pero mientras tanto, uno de los otros nombres me sorprendió: Nico.

Sabía de todos los otros sospechosos excepto Nico, así que he pensado que podría familiarizarme con él. Aparecen unos cuantos perfiles en la pantalla de mi ordenador, pero ninguno de ellos es el Nico al que busco. Abro unas cuantas páginas más, pero parece inútil. Pincho en la pestaña de «imágenes» y las voy pasando hasta ver un rostro familiar. Hago clic en la imagen para agrandarla. Es Nico.

Excepto que no es el mismo Nico que estoy acostumbrado a ver. Este tiene una mirada dura y el pelo rapado, lo cual deja a la vista la calavera tatuada en la parte de atrás de su cabeza. La imagen es de un juicio.

«Nico Martinez acusado de intento de asesinato en relación con la afiliación de Martinez a la banda los Dioses del Humo», susurro.

¡No puedo creerlo! ¡¿Nico es miembro de los Dioses del Humo?!

Me golpea un fogonazo de ira. Ramón tenía que conocer a Nico. La inquietud de Ramón tiene sentido ahora. Bajó la vista hacia sus pies cuando mencionamos el nombre de Nico, como si ocultara algo. ¿Por qué se callaría si no estuviese implicado de alguna manera?

Oigo los pasos del tío T acercarse por el pasillo, cierro el portátil de golpe y finjo estar dormido. Preferiría que no me molestara nadie si no es del todo imprescindible.

—Trey, ¿estás visible?

Eso me sorprende. El tío T no me ha preguntado nunca nada así. Por lo general, se limita a irrumpir en mi cuarto cuando le da la gana. Estoy tan sorprendido que olvido que se supone que estoy fingiendo estar dormido.

—Sí —contesto, al tiempo que me incorporo para quedar sentado en la cama.

El tío T entra y se sienta al pie de mi cama. Parece más cansado que de costumbre.

—Trey, acabo de recibir una llamada y creo que ha llegado la hora de que hablemos.

Se me cae el alma a los pies.

—¿Una llamada sobre qué? —pregunto.

—La policía dice que ha identificado el tipo de pistola utilizada contra tu director. Han investigado las armas registradas en esta dirección y han encontrado la mía, que al parecer concuerda con la marca y el modelo de la pistola utilizada contra Moore.

Ni siquiera puedo mirar a mi tío. Me limito a romper a llorar sin previo aviso.

La verdad es que es una sensación agradable. Un alivio. El secreto había pesado como una losa sobre mí y ni siquiera me había dado cuenta. Mi mayor miedo se ha hecho realidad. Soy, de algún modo, responsable de la muerte del director Moore.

Me consuelo un poco con la idea de que quienquiera que haya matado a Moore podría haberlo hecho de todos modos, con o sin la pistola de mi tío. Pero está claro que yo le di un empujoncito.

Mientras me observa llorar, la calma del tío T me aterra. Siento como si en cualquier momento pudiese simplemente girarse hacia mí y estrangularme hasta la muerte. Literal.

Librarme de mi agonía.

—Le he dicho a la policía que he buscado mi pistola y no la he encontrado —continúa el tío T—. También les he dicho que podrían habérmela robado y no haberme dado cuenta puesto que hace tiempo que no la uso. Claro que en verdad eso no se tendrá en pie. Está demasiado limpia. —No puedo mirarlo a los ojos—. Tú estás aquí, a tu director le han pegado un tiro y mi pistola ha desaparecido. Mírame, Trey.

Oigo algo que no he oído nunca en su voz. Un atisbo de preocupación. O incluso de miedo quizás. Lo miro.

—¿Dónde está la pistola, Trey?

—No lo sé. Me llevé tu mochila por accidente esa mañana.

—¿Por qué no volviste a casa?

—No quería llegar tarde a clase… me hubiesen castigado sin jugar el partido.

—¿Por qué no llamaste?

—No quería que te enfadases conmigo. Así que escondí la pistola por si hacían un registro de taquillas. Pero cuando volví a por ella, había desaparecido.

Mi tío aparta la mirada. Durante un buen rato además, como si estuviese o bien pensando en lo que decir, o bien ocultando la cara por vergüenza. No lo sé.

—Lo siento, Trey —murmura. Por fin me mira otra vez—. Yo… creo que te he fallado si crees que no puedes hablar conmigo cuando tienes problemas. Solo quería que fueses grande, hijo. Grande. No tienes tiempo, Trey. No tienes tiempo de ser un cabeza hueca. Y yo he estado intentando forzarte a ser un hombre de la única manera que sé. La manera en que me enseñó mi padre. Pero a lo mejor me equivoqué. Y ahora puede que te cuesta la vida. Lo siento. Ya se me ocurrirá algo.

Mi tío se levanta y se marcha. Cierra la puerta con suavidad a su espalda. Me seco la cara.

Pienso en el entrenador gritando «¡Concéntrate en el juego, Jackson!». ¿Volveré a jugar al baloncesto alguna vez? Pienso en lo que dijo ese imbécil de Solomon en internet: esa broma sobre mí jugando al baloncesto en la cárcel. ¿De verdad es ese mi futuro? ¿Que simplemente me tiren a la basura como hacen con tanta gente? ¿Toda mi vida? ¿Todo mi futuro?

Así que han relacionado la bala con el mismo tipo de arma que llevé por accidente al colegio ese día. Pero no han llegado a encontrar la pistola. Todavía. Y creo que podría saber dónde está.

CAPÍTULO VEINTIUNO

RAMÓN

La muerte puede parecer algo muy lejano hasta que ocurre justo delante de ti.

La gente da por sentado que porque creciste en territorio gánster eres insensible a cosas como lo que le pasó al Sr. Moore. Pues no es verdad. Desde que sucedió, siento como si mi cuerpo estuviese inundado por una crecida. Aprendí de pequeño a nunca caminar por esos océanos remansados: están llenos de porquería y a veces de electricidad, así que si no tienes cuidado podrías electrocutarte.

Se supone que no debo salir de casa, pero dentro no puedo estarme sentado quieto. Sé que debo investigar más a Nico, pero lo he estado retrasando porque me da miedo lo que pueda encontrar. Y me aterra lo que me harían los Dioses si me atrapasen haciéndolo. Así que paso el rato en el porche de atrás, alternando entre estar sentado y caminar de un lado para otro.

Acabo de sentarme cuando mi teléfono vibra de manera ruidosa contra el porche duro. Lo agarro al instante.

Es un texto grupal de Keyana.

Necesitamos encontrar el arma asesina. La única manera de demostrar quién lo hizo es encontrar la pistola, ¿no? Tendrá las huellas del asesino. Eso lo explicaría todo.

Intento tragarme mi ira. Respondo a toda prisa.

Haces que suene muy fácil. No es tan sencillo.

No contesta nadie, sin importar el tiempo que me quede mirando la pantalla. Vuelvo a dejar caer el teléfono sobre el porche, frustrado. Pienso en Ever y en ese intercambio con Nico en la calle Bosetti, 314. A lo mejor sí que es así de fácil. Hora de dejar de retrasarlo.

Me levanto a la velocidad del rayo y toda esa crecida electrificada sacude mi columna.

«¿Podría ser?», murmuro. Miro el reloj. Falta muchísimo rato para que Abuela llegue a casa. ¿Cómo se llamaba ese restaurante en el que vi a Nico? Escribo la dirección, Bosetti 314, en Google y ahí está: *El Rincón*.

Marco el número del sitio y después de un par de tonos una voz dulce contesta desde el otro lado de la línea.

—Hola y gracias por llamar a *El Rincón*. Al habla Anabel, ¿en qué puedo ayudarte?

Hablo con voz más grave de lo habitual para intentar sonar más mayor.

—Sí, ¿está Nico por ahí esta noche? Necesito entregarle algo.

—Sí, creo que sigue por aquí. Sé que su turno termina pronto. ¿Querías hablar con él?

Cuelgo el teléfono de inmediato. Este podría ser el tipo.

Ya tengo los zapatos puestos y el teléfono en la mano. Agarro mi navaja, solo por si acaso, y salgo corriendo por la puerta principal con la esperanza de que Nico me conduzca de alguna manera hasta el arma asesina.

La noche está inusualmente silenciosa. Decido que podría seguir a Nico hasta casa, para ver dónde vive. Y luego, en algún momento, hurgar un poco para ver qué puedo encontrar. Si encuentro un arma, ya está, sería libre. Si no, tal vez haya otra cosa que aporte algún tipo de pista acerca de lo que le ocurrió al Sr. Moore.

El restaurante está lo bastante cerca como para ir andando y el aire fresco me vendrá bien. A medida que me acerco al edificio, lo veo. Nico Martinez está saliendo del restaurante con su uniforme de cocinero, el delantal echado sobre el hombro después de un largo día de trabajo.

Por un breve instante, empiezo a sentirme mal incluso por el tipo. ¿Trabaja en Promise y luego viene a trabajar a otro sitio? Me recuerda a mi abuela, siempre trabajando. El ajetreo es real.

Nico camina calle abajo y yo hago lo mismo, con cuidado de mantener una distancia segura aunque esté oscuro y no vaya a verme.

Pasa por delante de una parada de autobús sin pararse, lo cual me hace pensar que vive por la zona. Mejor aún. Entonces gira de repente hacia la derecha por una callejuela.

No es el más seguro de los lugares para seguir a alguien que crees que es un asesino, pero no tengo elección. Si no resolvemos este caso pronto, es posible que nos culpen a todos nosotros.

Giro por la callejuela y me paro en seco. Nico ha desaparecido.

Guiño los ojos para ver mejor entre la leve neblina, pero no hay ni rastro de Nico.

«Imposible», susurro en voz baja.

Avanzo despacio por la callejuela mientras escudriño el edificio que me rodea. Todo oscuro y vacío, sin señales de vida, no digamos ya de Nico.

Llego a media callejuela cuando se me ocurre: Nico me ha dado esquinazo a propósito. Pero ¿por qué? ¿Qué oculta?

El miedo rueda por mi columna. ¿Y si me vio la cara?

Empiezo a dar media vuelta para apresurarme a volver por donde he venido cuando, de repente, me empujan con fuerza por detrás y caigo al suelo. Aterrizo con un golpe seco, pero al mismo tiempo saco mi navaja automática para defenderme del atracador.

Sin embargo, antes de que pueda levantarme, el cañón frío de una pistola se aprieta contra la parte de atrás de mi cabeza.

—¿Qué coño haces siguiéndome?

No es ningún atracador. Es un asesino. Es Nico.

—No, por favor. ¡Lo siento!

Me sorprende que me haya detectado tan deprisa. Aunque, bueno, las calles te enseñan a estar pendiente de tus alrededores. Debí saber que no tenía nada que hacer contra él.

—¡Habla! —grita, y aprieta la pistola con más fuerza contra mi cráneo.

—Yo... yo...

No sé lo que decir. ¿La verdad? ¿Es sensato decirle a un asesino en potencia que vas tras él? ¿En una callejuela estrecha donde nadie puede oírte? Me he quedado sin opciones.

—Nico —le digo—. Te llamas así, ¡¿verdad?! ¿Sr. Martinez?

Se produce un momento de silencio. De repente, noto que la pistola se aparta de mi cabeza y veo una mano que se alarga hacia mí. La agarro y Nico me ayuda a levantarme.

Espero verle apuntar el cañón de su pistola directo a mi cara, pero espera... ni siquiera tiene una pistola. Era solo su nudillo clavado en mi cabeza.

Nico guiña los ojos para tratar de ver mis rasgos en la oscuridad.

—Ramón. Ramón, ¿qué demonios estás haciendo? ¿Por qué estás aquí fuera a estas horas de la noche? ¿Por qué me estabas siguiendo?

Retrocedo despacio para poner algo de distancia entre nosotros.

—Lo… lo siento. Solo quería hablar.

—¿Sobre qué? —Nico mira a su alrededor como si le hubiese tendido una trampa. Veo que está cabreado.

Nunca lo había pensado pero, si Nico no es el asesino, es probable que sospeche de mí tanto como yo sospecho de él.

—No sabía que eras de los Dioses.

—Eso fue hace tiempo.

—¿Has cumplido condena?

—Sí, ¿y?

No puedo preguntarle sin más si es un asesino, así que rebusco en mi cabeza alguna manera de averiguar algo más.

—Es solo que te vi con Ever antes.

—¿Qué?

—Ever. Te dio un paquete. Parecía dinero.

—¿Cuánto tiempo llevas siguiéndome, chaval?

—Solo entonces… y ahora.

—¿Para qué?

—Bueno… quiero decir, estás afiliado. Moore consiguió que arrestaran a mi primo César y los Dioses querían venganza. Así que pensé…

Nico suspira y sacude la cabeza como si estuviese decepcionado por que lo hubiesen descubierto.

—No sabes una mierda, jovencito —dice, y da un paso hacia mí.

Me mantengo firme y lo miro a los ojos, a la espera de que diga algo más.

—Como tengo antecedentes y solía ser un Dios, ¿crees que maté a Moore?

Hasta ahí mis esfuerzos por disimular la verdad. Asiento, con una mano cerrada con fuerza en torno a mi navaja, por si acaso se tuerce algo.

Nico se frota la barbilla y suelta una risita antes de continuar.

—Por extraño que te pueda parecer, el dinero que me viste recibir de Ever era un pago inicial por *El Rincón*. Supongo que

César se enteró de que el local se iba a vender y quería actuar deprisa para mantenerlo en el barrio. La cosa no tiene nada que ver con Moore.

No puedo creer lo que oyen mis oídos. Ahora tiene sentido lo que dijo César justo antes de que lo detuvieran: «Tal vez haya otra opción. Otro local, ¿sabes?». Mi primo ya tenía el tema entero dilucidado.

Me siento orgulloso y triste al mismo tiempo.

Orgulloso de mi primo por plantearse en serio cambiar su estilo de vida. Orgulloso de mí por conseguir conectar con él. Pero me siento triste por sospechar siquiera de los Dioses en primer lugar. Muchos de ellos están tratando de encontrar su camino. Ellos no tuvieron la oportunidad de asistir a un Urban Promise Prep.

—Lo siento, colega. Yo... no sé qué decir. Empiezo a estar muerto de miedo, ¿sabes?

Siento el repentino y estúpido impulso de llorar. Me froto la cara extrafuerte para reprimirlo. Por alguna razón, Nico también se frota los ojos.

—¿Tienes un abogado? —pregunta.

—Sí, pero es difícil contactar con él.

Nico se limita a sacudir la cabeza otra vez.

—No dejes que te echen la culpa —me dice, al tiempo que empieza a dar media vuelta—. Haz todo lo que puedas. Y cuando ocurren cosas como esta, lo mejor es siempre seguir la pista del dinero.

—¿A qué te refieres?

—Mira, yo no sé gran cosa —responde Nico—. Pero el personal de la cafetería hablamos entre nosotros, y es imposible que el colegio necesite racanear como lo hace con todo el dinero que recibe en forma de donativos y subvenciones.

—¿Crees que alguien está robando dinero del colegio?

—Como te he dicho, yo no sé gran cosa. Pero si fuese tú, encontraría una manera de escarbar más profundo.

Y con eso, Nico termina de darse la vuelta y empieza a alejarse.

—Gracias —farfullo, pero ya está cerca de la boca de la callejuela. Casi está fuera de la vista cuando le digo en voz más alta—: Lo siento.

Hace una pausa y casi creo que me va a ignorar, pero gira la cabeza hacia atrás para mirarme.

—Yo también.

Y entonces desaparece.

NOTICIA DE ÚLTIMA HORA:

LA INVESTIGACIÓN DEL ASESINATO DE PROMISE

En la investigación en curso, la policía ha utilizado las evidencias balísticas para identificar el tipo de arma empleada en el crimen. Han podido concluir que el tipo de pistola utilizado coincide con el calibre de un arma propiedad del tutor de uno de los tres sospechosos.

Hemos tratado de ponernos en contacto con este individuo para averiguar qué tenía que decir al respecto del descubrimiento; sin embargo, la persona, que ha solicitado permanecer en el anonimato, ha declinado responder.

Quédense con nosotros para recibir todas las actualizaciones sobre el asesinato de Promise.

CAPÍTULO VEINTIDÓS

Confusión

TREY

Al día siguiente de reunirnos en el parque, recibo un mensaje de Ramón: quiere que volvamos a vernos, más tarde esta noche. Todo mi pecho se aviva. Por supuesto que quiero verlo. Porque ahora sé que se estaba guardando cosas sobre lo que sucedió ese día y desde luego que pienso averiguar toda la verdad.

El truco es esperar a que mi tío se vaya a dormir. Y mi madre también, porque lo de venir conmigo a esta excursioncita es algo que no va a suceder esta vez. Mi tío nunca se queda despierto hasta tarde. Se acuesta pronto y se levanta pronto. Vida de militar siempre. Pero esperar a que se instale para pasar la noche es como esperar a que el agua hierva.

Mientras tanto, soy yo el que bulle. Justo empezaba a confiar en Ramón. La peor sensación del mundo es que traicionen tu confianza. Sobre todo cuando eres como yo y no confías en muchas personas para empezar a hablar. Cuando Keyana escribe para decir que J.B. y ella ya están de camino a la reunión, estoy literalmente caminando de un lado para otro de mi habitación. Estoy impaciente por echarle en cara a Ramón lo de Nico.

Observo el reloj. Las 21:38. Las luces de mi madre están apagadas. Mi tío suele estar fuera de juego como un reloj a las nueve y media, así que paso a la acción.

Por fin salto por mi ventana y el frío de la noche trepa por mi cuello. Levanto mi capucha y me encamino hacia la bodega donde Ramón quiere que nos veamos. Troto suave, pero no demasiado deprisa. No quiero estar agotado cuando me encare con Ramón.

Espero encontrar a todo el mundo relajado y esperándome cuando aparezco, pero antes de doblar la esquina siquiera, los oigo gritar. Está demasiado oscuro para ver bien lo que está pasando, así que pongo el turbo y esprinto calle abajo, dispuesto a lanzarme a la pelea. A estas alturas, ni siquiera me importa contra quién.

—¿Qué está pasando aquí? —pregunto según llego hasta el grupo.

Todos se quedan muy quietos antes de girarse hacia mí.

—¡Deberíamos preguntártelo a ti! —exclama Ramón cuando se percata de que soy yo. Keyana y J.B. se encaran también conmigo.

—¿A qué diablos te refieres? —le grito de vuelta, atrapado por sorpresa.

—¡No te hagas el tonto! —chilla Ramón—. Alguien está mintiendo y no soy yo.

—Yo tampoco. Os presentaré a mi madre si queréis. Ella no ha tenido una pistola jamás —dice J.B.

—Mi abuela tampoco —aporta Ramón.

—¿Trey? —pregunta Magda con suavidad—. ¿Has visto las noticias?

Noto que se me para el corazón.

J.B. me mira con los ojos entornados. Keyana también.

—No las he visto. ¿Qué ha pasado? —me apresuro a preguntar.

A la misma velocidad que lo digo, Keyana busca un artículo en su teléfono. Finjo leerlo, pero ya sé lo que dice. Mi tío y yo acabamos de hablar de ello, pero no imaginaba que fuesen a hacer pública la noticia. No tan deprisa al menos.

—No... no sé...

—¡Mentiroso! Fuiste tú, ¿verdad? —Ramón se abalanza sobre mí, aunque J.B. se interpone entre nosotros para retenerlo.

No encuentro las palabras. La presión empieza a ser demasiada para mí y no creo que pueda contenerla más tiempo.

—Fue... fue un accidente... —balbuceo.

—¡O sea que *sí* que lo hiciste! —chilla Ramón, casi como si no pudiera creerlo—. ¡Tú lo mataste! ¡Mataste al director Moore!

—¡NO lo hice! —rujo—. ¡Ese no es el accidente al que me refiero! ¡*Llevar la pistola* fue un accidente! ¡Yo no maté a nadie! Intenté esconderla...

—¡¿Esconder el *qué*?!

—¡La pistola! —Explico cómo me llevé por accidente la mochila de mi tío—. Así que en lugar de volver a casa y que no me dejasen jugar el partido, entré en el colegio por la puerta del sótano para evitar los detectores de metal de la puerta principal. Escondí la pistola en el cuarto de baño del sótano, pero cuando volví a por ella, había desaparecido. Alguien se la llevó.

—Esa historia es una estupidez —sentencia Ramón furioso. Mira los otros rostros a nuestro alrededor, como si los instara a atacarme también—. Está mintiendo...

—No está mintiendo —lo interrumpe J.B., luego baja la vista al suelo. Me giro hacia él sorprendido—. No pudo disparar a Moore con esa pistola. —J.B. me mira a los ojos—. La escondiste en la cisterna del inodoro, ¿verdad? —Lo miro alucinado, luego asiento despacio—. Sí —susurra, y Keyana también lo mira, sin decir palabra—. Yo la encontré. Pensé que alguien iba a provocar una matanza en el colegio. Así que la escondí en el techo, creyendo que nadie la encontraría. Es imposible que Trey hubiese podido saber dónde estaba la pistola.

Casi hubiese podido abrazar a J.B. en ese momento.

—¡Veis! Cuando pedí ir al cuarto de baño durante nuestro castigo, fui a buscarla para poder llevarla a casa. Y lo siguiente que supe fue que alguien estaba disparando.

—¿O sea que *ahí* es donde estabas durante el castigo? —pregunta Ramón, pero se gira hacia J.B. antes de que yo pueda responder siquiera—. Así que la pistola la tenías tú y…

Ahora, sin embargo, soy yo el que le corta *a él*.

—Tú no eres quién para ir por ahí acusando a nadie —espeto—. Dinos quién es en realidad Nico Martinez, Ramón.

—¿Eh? —murmura Ramón.

—Ya me has oído. Dinos quién es Nico.

Magda se gira hacia Ramón.

—¿De qué está hablando?

—Sí, ¿qué pasa con Nico? —pregunta J.B.

Ramón suspira y toda su energía se esfuma de golpe.

—Nico era un Dios.

La noticia cae como una bomba sobre el grupo.

—Espera —grita J.B.—. El tipo de los antecedentes policiales, el que *tú* quisiste investigar, ¿es de tu banda?

—Y tiene un cargo por intento de asesinato —apunto.

—Eso no lo sé —dice Ramón—. Y no es *mi* banda. El tipo está limpio, lo comprobé. Ha enderezado su vida.

—¿Y ahora quién está diciendo estupideces? —gruño.

—Ramón, ¿ya sabías esto? ¿Cuando te ofreciste a investigar a Nico? —pregunta Keyana.

—Sí, pero la única razón por la que no dije nada es porque sabía que me haría parecer sospechoso. En cualquier caso, no pudo ser Nico; de hecho, él ni siquiera estaba ahí en el momento del disparo. Ya estaba en su otro trabajo. Lo he comprobado.

—Debiste decir algo —susurra Magda.

—¡Necesitaba toda la información primero para poderlo explicar! Es igual que el hecho de que Trey no nos contase lo de la pistola. O que J.B. no nos contase lo de la pistola, ya que estamos… y todavía no sabemos lo que hizo con ella. ¡Ni por qué tenía sangre por toda la camisa!

De repente, una voz surge de la oscuridad y nos deja a todos paralizados. Tardo un minuto en reconocerla, pero entonces Unk sale de entre las sombras.

—Jovenzuelos, tenéis que usar la cabeza —comenta—. Pensaba que ese colegio debía haceros listos.

Estoy a punto de gritarle que se preocupe de sus propios asuntos, pero J.B. se me adelanta.

—¿Qué quieres decir, Unk?

—*Quiero decir* que si fueseis tan listos como se supone que deberíais ser, os daríais cuenta de que alguien está intentando que parezca que uno de vosotros hizo esto. Más os valdría prestar atención —nos aconseja Unk. Bebe un sorbo de algo dentro de una bolsa de papel marrón y luego desaparece otra vez entre las sombras como si nunca hubiese estado ahí.

—Tiene razón. Si no confiamos los unos en los otros, nunca vamos a salir de esta. Alguien más está moviendo los hilos. Tenemos que contárnoslo todo. Es la única manera —sentencia Keyana.

Tiene razón. Nos quedamos ahí sentados en silencio.

J.B. le da una patada al suelo como si quisiese decir algo más.

—Tengo hemorragias nasales por ansiedad —susurra J.B. Es la primera vez que lo he visto inseguro de sí mismo—. Cuando me pongo nervioso, sudo y a veces me sangra la nariz. Por eso tenía sangre por todas partes ese día. El disparo lo desencadenó.

—La verdad es que no ayuda nada que todas nuestras historias parezcan auténticas locuras —comento.

Todo el mundo se ríe un poco. Es agradable ser capaz de encontrar mi lado bromista otra vez.

—No sé qué pasó con la pistola. Igual que Trey, volví a por ella y había desaparecido. Lo comprobé cuando fuimos a investigar a Omar —dice J.B.

—¿Omar? —pregunta Magda.

—Sip, Omar —salta J.B.—. Keyana y yo nos colamos en Promise y registramos la taquilla de Omar. Encontramos un montón de cosas inquietantes. Es lo que queríamos enseñaros esta noche antes de… —J.B. se gira hacia mí—. Ya sabes.

J.B. saca una carpeta y la abre. Está llena de todo tipo de notas sobre el director Moore. Sitios en los que trabajaba, dónde vivía. Había incluso fotos de Moore. Por el colegio e incluso entrando y saliendo de su casa.

—¿Qué diablos es todo esto? —pregunta Ramón antes de que pueda hacerlo yo.

—Estaban en la taquilla de Omar. Junto con esto.

J.B. le entrega un documento a Magda.

—Dice que le denegaron dinero del Fondo Promise.

J.B. asiente.

—No obstante, lo raro es que aunque es un fondo de dinero destinado a pagarle la universidad a cualquier estudiante de Promise que no se lo pueda permitir, nunca he oído de ningún alumno que haya obtenido una beca. Además, Moore siempre echa a cualquier alumno que no esté bien encaminado a conseguir una beca estatal basada en su historial académico o sus necesidades económicas.

—Si eso es verdad, suena como algún tipo de estafa. ¿A dónde va ese dinero si no va a los alumnos? —pregunta Keyana.

Esa era una gran pregunta. Una que no se nos había ocurrido hacer.

—Nico me dijo que siguiese la pista del dinero —aporta Ramón—. Que las cosas simplemente no cuadran, porque Promise recibe un montón de dinero de donantes, pero nadie sabe para qué se está usando. —Hace una pausa, como si tratase de dilucidar algo en su cabeza—. ¿Os imagináis lo que ocurriría si Ennis descubriera que el dinero que estaba donando a Promise era solo un fraude?

—¿Os imagináis lo que pasaría si él estuviese metido en el ajo?

Todos nos estremecemos al pensar en ese tipo de conspiración.

—Keyana ha hecho una gran pregunta. ¿A dónde va el dinero? Si logramos averiguar eso, podría ser una pista —dice J.B.—. Tiene que haber un registro de algo así.

—¿Qué pasa con este Omar? —pregunta Magda—. Suena cada vez más turbio. No solo tiene todas estas fotos tipo acosador de Moore, sino que suena como si también tuviese problemas con él por lo del dinero denegado del fondo.

—Yo había pensado lo mismo —admite J.B.—. Y sé una manera de matar dos pájaros de un tiro.

Miro a J.B. y noto que está pensando lo mismo que yo. Tenemos que hablar con Omar.

Magdalena Peña

Es casi como si quienquiera que hiciese esto en realidad lo hiciera a sabiendas de que habría muchos sospechosos con los que despistar a la pasma. ¿Los asesinos que se salen con la suya son siempre listos? ¿O tienen suerte?

Cuando nos marchamos de la bodega, llegué a casa y me encontré a César en el sofá viendo la tele. El monitor de arresto domiciliario sigue cerrado en torno a su tobillo. En la tele, el presentador local está hablando del memorial que está organizando Promise Prep en recuerdo de Moore. Es de lo más siniestro. Lo miro en silencio durante un rato.

—¿No te alegras de no haber ido nunca a Promise? —pregunto al cabo de un rato, con la esperanza de que se ría. Me siento aliviada cuando lo hace. Me da la sensación de que hace muchísimo tiempo que no lo oigo reír.

—Desde luego —reconoce—. Una pandilla de gánsteres todos ellos.

Nos reímos un poco más, pero no puedo evitar sentirme triste. Todo es un lío tremendo y, aunque creo más que nunca que mi primo es inocente (y ahora que los conozco, que J.B. y Trey también lo son) las cosas no han hecho más que complicarse.

Y a menos que logremos un avance pronto, uno de ellos va a ir a la cárcel.

En la tele, el presentador de dientes blanquísimos habla y habla.

—La celebración de la vida de este hombre increíble incluirá la revelación del retrato encargado por su sucesor, Wilson Hicks, director interino. Él presidirá la ceremonia, a la que los líderes de la comunidad nos pedirán que asistamos para honrar los logros y el legado del único e irrepetible Kenneth Moore.

—¿Qué opinas de todo esto? —le pregunto a César cuando cortan para los anuncios.

Se queda callado durante tanto tiempo que creo que, o bien no me ha oído, o bien ha elegido ignorarme. Sin embargo, cuando habla se encoge de hombros, sin apartar los ojos del monitor de su tobillo.

—Este tipo de asesinato es una cuestión de poder —responde—. Cuando asesinan a hombres poderosos, es siempre una cuestión de poder. Muchos chicos de la calle van a Promise. Alguien quería que Moore supiese que él no era en realidad el rey.

—Parece que estar en el trono es peligroso —comento.

—Agotador —contesta él.

Suena muy cansado. Me deslizo un poco por el sofá y apoyo la cabeza en su hombro, como solía hacer. Mi hermano no se aparta.

Nadie

No puedo decir nada.

Tengo demasiado que perder.

A veces, la clave de la supervivencia es seguir siendo invisible.

Keyana Glenn

Es medianoche cuando Magda le escribe a todo el grupo:

¿Quién quería demostrar que Moore no era el rey?

Envío mi respuesta:

Que todo el mundo mantenga los ojos abiertos hoy para obtener respuestas a esa pregunta.

He estado haciendo muchas investigaciones y, si he aprendido una cosa, es esta: el dinero hace que el mundo gire. Y no solo el mundo, también los colegios. En especial, los colegios como Promise.

Quiero decir, ya es una mierda que algunos colegios obtengan más ayudas que otros en primer lugar. Y de alguna manera, da la impresión de que a los colegios con chicos y chicas que se parecen a mí siempre les toca bailar con la más fea. Es igual que todo lo demás en este mundo, y me hace no solo querer ser abogada, sino legisladora o algo.

No obstante los colegios subvencionados como Promise son caso aparte y, a medida que paso pantallas en mi teléfono sentada en la cama, aprendo cada vez más. Los directores como Moore pueden convertirse enseguida en estrellas de rock, y son casi como esos predicadores evangélicos que se hacen famosos pregonando la palabra de Dios y luego hacen giras salvando almas bajo un foco.

Encuentro docenas de artículos que escriben la crónica de su ascenso en el DC. Era un personaje adorado por muchos. Encuentro fotos de él, viejas y nuevas, con profesores, padres y alumnos. En una aparece con una sonrisa radiante junto a la Sra. Hall. La sonrisa de ella es tan amplia que parece que podría agrietarse. La foto se tomó al inaugurarse Promise. El pie de foto mencionaba lo orgullosa que estaba la Sra. Hall de unirse a Moore en «esa iniciativa».

«Sí», musito en voz baja, mientras pienso en lo que le hizo Moore a J.B. «Esa iniciativa de intentar luchar contra adolescentes como si fuesen hombres adultos».

Cuanto más averiguo sobre Moore y su carrera, más empiezo a tener una imagen completa de quién era. Aparte de las reglas de mierda que aplicaba en Promise cada vez con mayor rigor, parecía el tipo de hombre al que le gustaba que lo admiraran. En cierto modo, no era tan distinto de las chicas de Mercy que iban a dar clases de inglés como segunda lengua a los chicos. Moore miraba a chicos como J.B. y Trey y Ramón y veía algo… *mal* en ellos. Algo que debía meter a presión en una caja, rompiendo todos los huesos para que cupiera.

A lo mejor le recordaban a algo que no le gustaba de sí mismo.

Es difícil mirar todas esas fotos de un Moore sonriente y trajeado (en actos benéficos, fiestas para recaudar fondos, eventos en Capitol Hill… momentos en que estrechaba manos o recibía palmadas en la espalda y sonreía a las cámaras), cuando los chicos como J.B. tienen prohibido sonreír siquiera si están dentro de los muros de Promise. Cuando le sangra la nariz y anotan en su expediente permanente que se ha metido en una pelea.

Pongo mi teléfono en modo «dormir» y dejo que mi mente divague. Entre las cuatro paredes de Promise, Moore era el rey y nadie lo desafiaba. Dentro de un reino, el rey no puede decir ni hacer nada equivocado. Cuando oyes hablar de un rey derrocado, como en *Juego de tronos*, la amenaza suele venir de dentro del reino.

Mis pensamientos vuelan de inmediato a Stanley Ennis.

Según lo que he podido encontrar, Ennis es un rey por derecho propio. Financia expediciones a junglas y a la cima de montañas, es el propietario de un montón de empresas y dona el dinero suficiente para que les pongan su nombre a muchas cosas.

Sin embargo, cuando divulgaron los correos amenazadores, pensé que no sonaba a él. «Se suponía que ibas a estar ahí para mí y decidiste darme la espalda».

Miro la calle tranquila en el exterior y no puedo evitar imaginar el barrio como un territorio en potencia, no de una banda como los Dioses del Humo, sino de políticos y juntas escolares y concejales y directores y todas las personas que posaron en fotos con el director Moore y lo encumbraron como el salvador de «chicos perdidos», mientras él extraía toda la alegría de ellos. Esto es todo su reino, el de personas como Stanley Ennis, que sufragan la construcción de un gimnasio en un colegio y luego llevan a chicos para jugar en él. Soldaditos de juguete, piezas de ajedrez, movidas por un tablero mientras acumulan subvenciones estatales. No tenía ni idea de que se moviera tanto dinero en colegios como Promise hasta que empecé a leer acerca de Moore y su regia carrera.

Saco mi teléfono una vez más y le escribo al grupo.

Chicos de Promise, ¿cuándo es el siguiente partido del equipo de baloncesto? Necesitamos encontrar una manera de seguir a Ennis y averiguar más sobre él.

CAPÍTULO VEINTITRÉS

Confrontación

J.B.

Trey, Ramón y yo esperamos calle arriba frente a Promise justo antes de la hora de salida. Trey incluso ha traído sus prismáticos para que podamos mantener las distancias pero aun así ver la puerta principal. Tengo que decir que trabajar con Trey y con Ramón empieza a tener sus ventajas.

Decidimos que esperaremos a que Omar salga del colegio y luego lo abordaremos para ver qué es qué. No creo que el chico vaya a ser un problema, pero no puedo quitarme de encima la idea de que si él es el tirador, puede que todavía lleve esa pistola encima. Necesitaría usarla contra mí si llegásemos a las manos.

No conozco bien a Omar, pero sé que el chico es siniestro. Nunca hablaba con nadie, nunca te miraba de verdad. Encontrar todas esas fotos de Moore me puso los pelos de punta. Odio decirlo, pero lo imagino sin problema apretando el gatillo.

Los tres nos hemos puesto el uniforme para confundirnos con los demás chicos cuando salgan a la calle. Fue idea de Trey, pero dudo que funcione. Miro mi reloj. Las 17 en punto. En cualquier momento ya. Y justo cuando lo pienso, suena la campana del colegio y los alumnos de Promise inundan las calles, impacientes por salir de ese sitio.

—Ahí está —avisa Ramón.

Hace un gesto con la barbilla en dirección a un chico delgaducho que baja las escaleras.

—Sip, es él. Parece que viene hacia aquí —comento.

Nos escondemos detrás del muro del colegio mientras Omar camina hacia nosotros. Cuando pasa, empezamos a seguirlo.

—¿Cuándo lo abordamos? —pregunta Ramón.

—Cuando no haya nadie mirando —digo—. Es probable que vaya a la parada del autobús. Solo tenemos que darle el alto antes de que llegue.

Andamos unas cuantas manzanas más antes de deshacernos del resto de los alumnos de Promise. En la calle solo quedamos Omar y nosotros.

—Esta es nuestra oportunidad. —Alargo mis zancadas para alcanzar a Omar.

Oigo que Ramón y Trey también aprietan el paso. A medida que me acerco, me doy cuenta de que Omar lleva los cascos puestos y no puede oírme. Lo uso en mi beneficio y llego justo detrás de él. Alargo una mano hacia su mochila y se la quito de la espalda para asegurarme de que le arrebato esa pistola si es que la tiene. Se gira en redondo a toda velocidad.

—¡¿Eh, colega, qué estás haciendo?! —chilla con voz aguda, pero cuando nos ve a los tres ahí plantados, echa a correr.

—¡Mierda, atrapadlo! —grito.

Esprintamos tras Omar durante unas cuantas manzanas más. Tengo que reconocer que el chaval es rápido, supongo que de huir de abusones toda su vida. Trey por fin lo alcanza y le hace un placaje para derribarlo al suelo. Ramón y yo llegamos justo después y nos quedamos de pie por encima de Omar mientras intentamos recuperar la respiración.

—¿Qué narices estáis haciendo? —exclama.

—Podríamos hacerte la misma pregunta. ¿Por qué huyes?

—¿Quieres decir que por qué huyo de los tres sospechosos de asesinato que parecen querer atacarme? Oh, no lo sé. ¿Qué queréis?

Su furia me sorprende. Esperaba que se acobardase, pero no lo hace.

—Explica esto —le digo, y saco su carpeta.

—¡Mi carpeta! ¿Cómo es que la tienes tú?

—Da igual cómo la tengo. ¿Por qué tienes estas imágenes de Moore? Y dinos lo que sepas acerca del Fondo Promise.

A Omar la cambia la cara. Como si supiese algo que nosotros no. Se pone de pie y se sacude la ropa. Mira a su alrededor y no sé si está buscando ayuda o si quiere asegurarse de que estamos solos. Da un paso hacia nosotros y se inclina hacia delante.

—Ninguno de vosotros lo hizo, ¿verdad?

Nos miramos los unos a los otros.

—No, no fuimos nosotros —respondo—. Pero no podemos decir lo mismo de ti. Nos hemos enterado de que eres la última persona que vieron con Moore. Y según esa carta, tenías un móvil.

Omar niega con la cabeza.

—No tenéis ni idea de en lo que estáis metidos. Tengo esas imágenes de Moore porque estaba preparando una especie de documental sobre él para la junta escolar. Estaba haciendo presión para abrir otro campus de Promise y quería hacer una presentación.

Omar se rasca la frente con nerviosismo. Luego respira hondo antes de continuar.

—Pensé que al menos debería conseguir algo de equipo fotográfico nuevo, pero él me dijo que esto era una oportunidad para mí. Que cuando el consejo viese mi trabajo, tal vez me ayudasen a ir a la universidad o alguna mierda. Pero empecé a ver cosas. Por ejemplo que, a pesar de que nos digan que el Fondo Promise es solo para ayudar con los pagos de la universidad, la junta exige que el dinero sea accesible a todos los alumnos para una serie de cosas: libros, uniformes, material extracurricular... No solo para la universidad. Moore no nos dijo eso nunca. Así que cuando me denegó la solicitud, supe que pasaba algo.

Omar hace una pausa para mirar atrás. Los demás hacemos lo mismo. Parece que estamos solos, así que continúa.

—Empecé a seguirlo fuera de nuestras sesiones. Moore había perdido el norte. Robaba dinero del fondo.

La noticia cae sobre nosotros como una bomba. El director Moore siempre predicaba la perfección, la excelencia y la disciplina, pero era todo mentira. Para ser sincero, me siento decepcionado. Lo que fuese que estuviera haciendo Moore podría ser la razón por la que lo asesinaron.

—Creo que alguien averiguó lo que estaba haciendo y empezó a amenazarlo.

—Esos correos —musita Ramón.

—Exacto. Quienquiera que hiciera esto sabía lo que Moore estaba haciendo y no le gustó.

Los chicos y yo intercambiamos miradas. La historia de Omar parece bastante creíble, en especial teniendo en cuenta la información que ya teníamos. Aunque no significa que sea la verdad.

—Bueno, espera. ¿Qué pasa con lo de que te vieran con Moore justo antes de su asesinato? —pregunto.

—Ya os lo he dicho. Me había encargado que hiciese un documental sobre él. Esa tarde iba a entrevistarlo. Era la última parte del proyecto. Estaba en su oficina tratando de montar el micro, pero necesitaba algo de celo para que se quedase donde lo queríamos. Salí de su oficina y antes de llegar a donde tenía el celo, oí el disparo. Mirad —dice Omar, al tiempo que saca un panfleto de su bolsillo.

Es una vigilia por Moore.

—Voy a poner la cinta en la que trabajamos en este acto. Tenéis que creerme.

Nos quedamos todos ahí plantados, los ojos fijos en el panfleto para conmemorar la muerte prematura de Moore, recordando lo que sentimos al oír un disparo en el último lugar donde esperarías oírlo. La violencia es muy común en mi ciudad, pero jamás esperé encontrarla dentro de las paredes de Promise. No de este modo. Eso solo me recuerda que no estamos seguros en ningún sitio.

—¿Tenéis más sospechosos? —pregunta Omar.

—Pensamos que los Dioses podían ser responsables —explico, con una mirada de reojo a Ramón—. Decían los rumores que Moore hizo que arrestasen a uno de los generales, y tienen a un par de tipos dentro del colegio. Pero era un callejón sin salida.

—También está la Sra. Hall. Visitó Promise el día que asesinaron a Moore y está casada con uno de los polis del caso. Bastante sospechoso —comenta Trey. Omar levanta la vista.

—No creo que la Sra. Hall hubiese podido hacerlo. La vi de camino al partido justo antes de sonar el disparo.

Trey, Ramón y yo intercambiamos una mirada. Por mucho que duela perder a un sospechoso más, borrar a la Sra. Hall de la lista parece un paso en la dirección correcta.

—Bueno —digo para romper el silencio—, si no fue la Sra. Hall y no fuiste tú y no fueron los Dioses, supongo que eso deja a… Ennis. Stanley Ennis. Es un gran donante al Fondo Promise y es la última persona en el registro de visitas de Moore.

La cara de Omar se ilumina.

—¡Lo conozco! Siempre me está pidiendo que haga vídeos promocionales para los partidos de baloncesto. Y al indagar más en el Fondo Promise, hoy he descubierto algo. ¿Puedo, ehh… puedo ver mi mochila?

Miro a Omar, mientras me pregunto si puedo confiar en él. Echo un vistazo dentro de la mochila para asegurarme de que no hay ningún arma ahí. Solo lleva artículos escolares y un par de lentes de cámara.

—Lo siento, colega. Toma —le digo, al tiempo que le devuelvo la mochila.

Omar rebusca en el interior, hurga entre varios papeles sueltos hasta que encuentra lo que está buscando.

—Vale. Aquí está. Conseguí colarme en el sistema para ver qué solicitudes había aceptado el Fondo Promise y cuáles había rechazado. Hay muchos noes. Casi todo noes. Pero hay un chaval que *siempre* obtiene el dinero que solicita. Mirad el nombre.

Omar gira la página y señala un nombre: Stan Lee.

—Stan Lee. ¿Cómo el tipo de Marvel? —pregunto.

—Sí, o como... el tipo de las donaciones: Stanley Ennis. Chicos, no hay ningún Stan Lee en nuestro colegio. Stanley Ennis es el mayor donante, ¿no? Se están robando fondos y, de algún modo, ¿un chaval que no va a este instituto siempre se lleva concesiones de *nuestro* dinero? O bien Stanley estaba robando del colegio y Moore tenía que saldar la deuda, y puede que Ennis lo chantajease incluso, o bien Moore estaba robando para sí mismo y usaba un nombre como el de Stanley para que no pudieran seguirle el rastro. Sea como sea, solo uno de estos tipos respira todavía.

Todas las piezas encajan de pronto. Stanley y Moore estaban realizando algún tipo de operación paralela, el negocio se torció y alguien tenía que pagar el precio. Igual que en las calles.

—Hoy hay partido —anuncia Trey sin pensarlo siquiera—. Es muy probable que Ennis esté en el colegio ahora mismo.

Brandon Jenkins

Cuando Trey me escribió para pedirme que le hiciese un favor, casi le dije que no. Mi madre todavía no sabe que hemos estado hablando. Si se enterase, se pondría histérica. Pero es mi colega. Yo juego con el uno, él juega con el dos. Y ya le hice daño al hacerle el vacío antes. Siento que le debo una.

Pero joder, debí decirle que no.

Debería ir de camino al entrenamiento ahora mismo. Pero en lugar de eso, tuve que ser un idiota y aceptar seguir a Stanley Ennis después de clase. Cuando le pregunté a Trey que para qué demonios quería hacer eso, solo dijo que esto era todo para averiguar la verdad acerca de quién mató al Sr. Moore. Y, una vez más, le debo una.

Por lo que he pasado los últimos cuarenta y cinco minutos del siguiente modo: escondido en el vestuario, el cuarto de baño y cualquier otro sitio donde evitar al Sr. Reggie mientras él recorre el colegio entero para asegurarse de que todo el mundo excepto los deportistas se han ido, y esperando a que el Sr. Ennis se marche. No sé cómo diablos espera Trey que lo siga una vez que estemos fuera; no es como si yo fuese James Bond, ni como si tuviese un montón de disfraces. Además, Ennis me conoce muy bien. Si me ve y me reconoce, me va a preguntar sin rodeos qué diablos estoy haciendo. Y todo el mundo sabe que miento fatal.

Así que aquí estoy, escondido en la sala de conferencias, tratando de que no se me duerman los pies y escribiéndole a Trey para decirle que esta es una idea terrible, cuando oigo que se acercan unas voces. Esta sala de conferencias está al lado de la puerta por la que siempre se marcha el Sr. Ennis. Siempre aparca su Porsche en el parking lateral, donde están las cámaras, así que sé que una de las voces tiene que ser la suya.

La sala de conferencias tiene ventanas de cristal en las cuatro paredes, así que si vienen desde el lado equivocado, seguro que miran dentro y me ven.

—¡Habrá que ocuparse de muchas cosas! —dice Ennis. Gracias a Dios, provienen del pasillo a mi espalda y no me verán a menos que entren—. Pero eres un estratega consumado.

Supongo que el Sr. Ennis está hablando con el entrenador, pues es con quien suele hablar cuando viene a los entrenamientos. Al Sr. Ennis le gusta ver cómo va su *inversión*. Cuantos más partidos ganamos, más contento está. Nunca estoy del todo seguro de por qué los tipos como el Sr. Ennis se preocupan tanto por el deporte de instituto, pero con él en particular siempre he asumido que trata de revivir su juventud o algo.

—Solo necesitas defender el fuerte —dice Ennis—. Tienes una gran labor por delante, pero si alguien puede hacerlo, eres tú.

Se me acelera el corazón. Sé que en las películas, a la gente siempre la atrapan por alguna tontería, como que suene su teléfono. El mío *siempre* está en modo silencioso, pero lo compruebo solo por si acaso. Luego lo meto en el bolsillo de mi sudadera e intento no hacer demasiado ruido al respirar.

—Agradezco su confianza —dice la persona con la que está hablando Ennis. La voz me resulta familiar, pero habla tan bajito que no logro identificarla del todo—. Va a ser una transición dura para todos nosotros, pero nos apañaremos.

—Haremos más que apañarnos —dice Ennis con una risita. Oigo un frufrú de papeles—. Toma, esto es todo lo que necesitas. Solo asegúrate de que no se interrumpe nada y todo se encarrilará.

—Está bien que se encarrile. —Ahora reconozco la voz: el decano Hicks. El *director* Hicks. Estoy lo bastante cerca de la puerta como para poder asomarme y echar un vistazo, pero no me atrevo—. Solo planeo seguir el mismo rumbo. ¿Quién sabe?, a lo mejor puedo hacer incluso alguna mejora.

—¡Genial, eso es lo que quiero oír! —Noto que Ennis está sonriendo de oreja a oreja solo por el tono de su voz. Después la baja hasta que es poco más que un susurro—. Espero que estés dispuesto a hacer lo que hay que hacer para que esta asociación nuestra merezca la pena. Para los dos.

—Siempre he sido un hombre de negocios —responde Hicks—. Por eso me contrató Moore. Para cortar a través de toda la mierda.

—Bueno, pues eso es justo lo que necesitamos. Sobre todo con el Fondo Promise. ¿Ya estás encarrilando eso también?

—Hago todo lo posible.

—Bien. Podemos retomarlo donde lo dejó Moore. ¿Qué tal lo llevas? ¿Ha habido alguna detención ya?

—No que yo sepa, pero sabemos que lo hizo uno de esos chicos. Es solo cuestión de tiempo. Tal vez puedan ponerles algo de presión pronto, hacer que se vuelvan los unos contra los otros, ¿sabe?

Eso hace que se me revuelva el estómago, pero Ennis hace un ruidito de aquiescencia.

—Bueno, ¡tienen que encontrar la pistola! Con toda esta policía que han tenido entrando y saliendo del colegio… no es una gran publicidad, he de decir. Deben registrar todo el lugar, encontrarla y luego ¡hacer una maldita detención! Entonces podremos dejar atrás todo este lío y seguir adelante. Volver a funcionar.

—¡SOLOMON! —grita de pronto Hicks—. ¿Qué estás haciendo en este pasillo?

Me doy cuenta de que tenía los ojos cerrados con fuerza, tratando de ser invisible. Ahora los abro de golpe y descubro que estoy mirando directamente a Solomon, que está de pie fuera de la sala de conferencias enfrente de mí. Desde donde está, mira justo por encima de mi cabeza a Hicks y a Ennis. Y me ve claro como el agua. Me mira, una expresión de sorpresa pintada en la cara.

Trey me dijo una vez que Solomon es un chivato, así que se me para el corazón, seguro de que está a punto de delatarme. Y ante el director interino nada menos.

Solomon parpadea y luego levanta la vista para mirar por encima de mi cabeza al Sr. Ennis y a Hicks.

—Acabo de terminar de trasladar las cajas de su antigua oficina a la nueva —dice Solomon. Camina a lo largo de la ventana, pero no vuelve a mirarme—. Quería saber si necesitaba que hiciese algo más antes de marcharme.

No me atrevo a respirar, pero mi corazón se despega de mis costillas y empieza a latir otra vez. No puedo creer que no se haya chivado.

—Ah, gracias, hijo. De hecho, hay una última cosa que puedes hacer. La Sra. Hall ha venido a recoger sus últimas cosas. Hay unas pocas cajas en el vestíbulo principal que el Sr. Reggie dejó ahí para ella. La Sra. Hall debería llegar en cualquier momento. ¿Podrías encargarte de eso, por favor? Después, eres libre de marcharte.

—Hecho.

Solomon pasa justo por delante de mí, pero no vuelve a mirar en mi dirección.

—Uno de los buenos —comenta Hicks cuando Solomon está fuera del alcance del oído.

Entonces, el Sr. Ennis y él cruzan las puertas para ir al parking lateral, y se llevan el resto de su conversación fuera con ellos.

Poco a poco, empiezo a respirar otra vez, luego me desplazo de lado como un cangrejo para llegar hasta la puerta, bien agachado todo el rato. Se han ido. Me apresuro a salir de la sala de conferencias y bajo por el pasillo opuesto. Ya tengo el teléfono en la mano para escribirle a Trey.

Ennis parecía nervioso. Estaba hablando con Hicks.
Aunque no parecía demasiado afectado por lo de Moore.
Eran solo negocios, hablaron del Fondo Promise.
¿Crees que puede ser tu hombre?

CORREO RECIBIDO POR J.B., TREY Y RAMÓN

Remitente: darkgamble@anonmail.com
Para: J.B., Trey, Ramón

Os he visto. Os he visto, asesinos, merodeando por el colegio. ¿Qué estáis buscando? Muy pronto, os atrapará la policía. Manteneos lejos u os arrepentiréis.

Nadie

Esta es la parte que odio, pero también la que me encanta. Cuando entro en una habitación y nadie recuerda mi nombre. Hay cierta tranquilidad en no ser nadie.

No arriesgas nada, no pierdes nada. Una vida entera de riesgo me ha enseñado que da igual lo bajo que vueles… siempre y cuando no choques con el suelo. Si vuelas demasiado alto (demasiado de cualquier cosa: sonreír, fruncir el ceño, dormir, moverte), la gente empieza a fijarse. Yo prefiero volar por debajo del radar.

Soy perfecto para un sitio como Promise, y reconozco que no muchos lo son. Aquí, dentro de Promise, es fácil ser invisible.

A la gente no le importa pedirte que hagas cosas cuando no eres nadie, porque incluso cuando haces lo que te piden, siguen sin verte como a alguien. Para ellos, eres solo otra parte de la máquina. Eres la impresora, eres el bolígrafo, eres el teclado, eres el teléfono. Eres incluso una cámara de vídeo.

Con el tiempo, la gente olvida que estás ahí, te ven como verían a una lámpara. Dicen cosas delante de ti sin pensarlo dos veces. Muestran sus cartas.

Lo ves todo, incluso cosas que no pretenden que veas. Lo que no quieren que veas.

Como «nadie», estás acostumbrado a fundirte con los demás. Eres un maestro a la hora de desaparecer entre la pintura gris. Podrías estar dentro de un instituto, grabar una panorámica del pasillo, cámara en mano, hacer un vídeo de los banderines recién colgados, algunos de ellos todavía con pintura fresca. A lo lejos, oyes el clamor del gimnasio, lleno de adolescentes, todos ellos convertidos en «alguien» en la presencia de los otros, en este raro periodo de ruido y alegría permisibles.

Entonces todo el mundo entra en el gimnasio, la puerta se cierra y una vez más estás solo, un «nadie» rodeado de nadie. Caminas hacia atrás por el pasillo desierto, mientras imaginas que tienes la oportunidad de mostrar algo más de creatividad en cómo ves *tú* Promise. Esta es tu manera favorita de experimentar el colegio. Es casi como si estuviese en modo seguro. Nadie mira. Todo el mundo ocupado. Nadie fingiendo recordar tu nombre.

Y entonces un rugido de voces. Dos de ellas, gritando, aunque no sabes dónde. Y de pronto ahí están, delante de tus narices. Dos hombres. Uno negro, el otro blanco. Maldicen, insultan. Están discutiendo.

Qué pena no llevar la cámara encima.

Entonces asoma una pistola. Te das la vuelta de inmediato al verla. Pero la oyes disparar. La enormidad del disparo, la forma en que llenó todo el pasillo, cómo pareció agrietar el techo.

No necesitas huir a la carrera. Sabes cómo desaparecer. Te fundes con una puerta. Ahí un minuto, desaparecido al siguiente. Ves al hombre blanco salir de la oficina, pero él no te ve a ti. Se aleja deprisa. Toma las escaleras de enfrente de la oficina.

—¡Ahí estás! ¡Justo el chico al que he venido a ver!

Por dentro, doy un respingo. Por fuera, giro con calma en la silla de la oficina para mirar hacia el mostrador, donde Stanley Ennis tiene apoyados los codos, las mangas de la camisa de vestir enrolladas. Sonríe como un vendedor. Siempre me sonríe de este modo y yo siempre me pregunto qué cree que me está vendiendo. Sé que no le importa nada lo que yo opine de él. Estos tipos ricos no suelen tener que preocuparse por cosas como esas.

—Hola, Sr. Ennis.

—¿Tienes todo preparado para el memorial de mañana? ¿Todo en orden?

—Sí, señor. —Asiento—. Casi todo. Ya estoy dando los últimos retoques a las cosas.

—¿Tienes los nuevos momentos estelares del último partido? Eso sí, tenemos que hacerlo con gusto. No hay ninguna necesidad de fanfarronear en el acto en recuerdo del hombre.

—Sí, señor. Está genial. Se lo puedo mandar por adelantado si quiere verlo.

Su sonrisa se ensancha. Ah, así que esto era lo que buscaba. Siempre está presionando a la gente para que haga lo que él quiere.

—¡Eso sería fantástico! ¿Puedo mandarte algunas notas que tengo? Prometo que no será en el último minuto.

—Claro, Sr. Ennis.

—Eres un campeón. —Sonríe.

Soy el ordenador. Soy la cámara. Soy el escritorio. Soy un teléfono.

Aunque también tengo un teléfono. Cuando vibra en mi bolsillo, espero a que el Sr. Ennis salga sonriendo por la puerta antes de mirarlo.

Trey. Otro alguien a quien han intentado convertir en nadie.

Eh, Omar. Acabamos de recibir un correo que da un poco de miedo. No le dijiste a nadie que fuimos al colegio, ¿verdad?

Miro el mensaje durante largo rato antes de contestar.

«No», respondo por fin. Debería tener el corazón acelerado, pero siento una calma extraña. Como si estuviese sentado dentro de un castillo de arena observando cómo sube la marea. Es inevitable.

Todavía no puedo creer que piensen que yo maté a Moore. Casi estoy ofendido por ello, aunque también me dan ganas de reír. Pero no lo hago. Si pienso en lo que se les ha venido encima, no me sorprende que estén desesperados por desentrañar todo el misterio. Por primera vez, los remordimientos me corroen. Debí decir algo cuando me percaté de que Moore no estaba gestionando los fondos del colegio de la manera adecuada. ¿Soy un cobarde?

Lo que soy es un «nadie». ¿Quién me hubiese escuchado?

Y aunque lo hubiesen hecho, aunque me hubiese convertido en un «alguien» durante un breve instante, ¿por qué habrían de creerme sin pruebas? ¿Y quién sabe en qué tipo de peligro me pondría eso?

El verdadero asesino podría venir a por mí el siguiente.

CAPÍTULO VEINTICUATRO

Revelaciones

RAMÓN

No puedo quitarme de la cabeza ese correo que he recibido del asesino. Tiene que ser del asesino.

No es que tenga miedo, pero algo del correo me resultó familiar. Es casi como si pudiese oír su voz llegar a través del ordenador, pero no logro distinguir del todo quién es. Para ser sincero, quienquiera que lo enviase parecía desesperado, lo cual debe significar que nos estamos acercando a la verdad.

Decido enviar un mensaje de texto al grupo para ver qué saben.

Ramón: Trey y J.B. ¿Habéis recibido un correo extraño?

Trey: Sí. Tiene que ser alguien que todavía está en el colegio. Ennis estaba ahí porque había partido.

Keyana: J.B. dice que ojalá hubiese visto algo.

Pienso en Omar y trato de recordar si vi a alguien más por ahí, alguien que mirase en nuestra dirección, pero no se me ocurre nada.

Magda: En cualquier caso, parece que con el correo más la conversación que Brandon oyó entre Ennis y Hicks, y todo lo que comentó Omar sobre el Fondo Promise, Ennis es nuestro hombre.

Luis: Moore debe de haber hecho algo para incumplir su acuerdo, así que Ennis se deshizo de él.

Keyana: Ya lo dije antes: seguid la pista del dinero. Bueno, ¿y ahora cómo lo atrapamos?

Lo que necesitamos son pruebas contundentes. Pero no es como si fuesen a aparecer grabaciones por arte de magia después de que los polis hayan estado buscando durante tanto tiempo.

Espera. Tal vez las cámaras de seguridad de Promise no captasen nada, pero ¿y si alguien hizo un vídeo del partido?

Entonces se me ocurre: recuerdo que Omar dijo que planeaba entrevistar al director Moore ante una cámara justo antes de que lo dispararan. Le mando un mensaje.

Ramón: Omar, ¿al final grabaste alguna imagen de Moore el día del suceso?

Omar: No. Ni siquiera llegué a montar la cámara. Tuve problemas con el micro.

Ramón: ¿Crees que tu micro podría haber captado algo?

Omar: Mmm, no lo creo, pero lo comprobaré.

Decepcionado, dejo el teléfono y vuelvo a tumbarme en la cama. Merecía la pena preguntárselo a Omar, pero es obvio que era demasiado bonito para ser cierto.

Pienso en todo lo que ha ocurrido y en el vuelco que ha dado mi vida. Pienso en mis días en Promise y en ese último par de días en el instituto, antes de que matasen a Moore. El director estaba perdiendo el control, por eso nos trató a J.B., a Trey y a mí como lo hizo. No fue por nosotros.

Y entonces me doy cuenta de algo. No somos malos chicos, es solo que Moore era un mal hombre. Durante todo este tiempo he estado pensando que hice algo mal o cometí algún error, pero eso no puede estar más lejos de la realidad. Moore tenía sus propios líos y problemas.

Pero entonces se me ocurre otra cosa y me levanto de la cama como si hubiese recibido un calambrazo. Recuerdo qué es lo que tanto me suena de ese correo.

CAPÍTULO VEINTICINCO

La operación encubierta

J.B.

Es posible que Keyana sea la chica más lista que he conocido en la vida, y no sé si es porque recuerda hasta la última cosa que ve o si es porque su cerebro no hace más que crear material nuevo. Sea como sea, estoy seguro de que ambas cosas indican que es un genio. No hay forma humana de que este plan hubiese podido existir nunca de no ser por ella, y por Omar, supongo. Pero sobre todo por Keyana. Y eso es justo lo que le digo mientras estamos detrás de la tienda de Rocky, esperando a que aparezcan los otros antes del memorial por Moore.

—Lo sé —afirma, y esboza esa sonrisa tan mona suya. Pero después se pone seria y me mira directo a los ojos—. Sin embargo, necesito saber una cosa: ¿harías tú esto por mí? Si yo me encontrase en un lío como este, ¿harías lo imposible por ayudarme?

La miro con toda la intensidad que logro reunir, de modo que pueda sentir mis ojos zambullirse en los suyos.

—Cuando todo esto termine, te voy a escribir un poema en el que te diré todo lo que haría en este mundo por ti. Pero por el momento, me limitaré a decirte que cargaría con el planeta entero sobre la espalda y lo llevaría a cuestas alrededor del sol conque solo me insinuaras que lo hiciese.

Veo por la forma en que sus ojos se suavizan que me cree. Me entran ganas de besarla ahí mismo, aun cuando estoy sudando y noto como si me fuese a empezar a sangrar la nariz, pero entonces aparecen Ramón y los otros, todos con gorros y las capuchas levantadas.

Está claro que no queremos que nos reconozcan.

—Vale —empieza Keyana—. Tenemos unas cuantas opciones. Tenemos los uniformes de Promise, por supuesto. Luis, si vas a entrar, creo que tal vez deberías optar por eso. Magda, te recomiendo que lleves el vestido. Yo me voy a poner el uniforme de Mercy, si os parece bien. La cosa es que, sobre todo, no queremos que nadie haga ninguna asociación entre quiénes somos y dónde encajamos en realidad. Solo por si llamamos la atención de alguien. Luis, tú eres más o menos la excepción. Para ti debería parecer que es solo otro día cualquiera, ¿sabes?

—Entonces, ¿qué? —interviene Trey, una ceja arqueada—. ¿Se supone que tengo que vestirme como un mayordomo o algo? ¿Como hacen en las pelis?

—No exactamente. —Keyana se ríe y siento una oleada de emoción ante ese sonido cálido—. Para ti, para J.B. y para Ramón, he tomado prestados unos trajes de mi padre y de mi hermano. Creo que lo mejor es que la gente os vea como a miembros de la comunidad que han ido a prestar sus respetos. Mejor aún si ven un traje y asumen que sois adultos.

—Nadie se va a creer que Ramón sea adulto —bromea Luis, y le da un empujoncito a su amigo.

—Y, ehh, sin ofender, pero no creo que ninguno de esos trajes me vayan a caber —digo, al tiempo que echo un vistazo a la bolsa con la ropa.

Keyana me sonríe y sujeta uno en alto.

—Buen intento —dice—, pero mi padre mide 1,95. Espero que no te importe que sea de lana.

—Voy a estar ahí con aspecto de gánster total —protesto.

—Bien. Ese es el objetivo de los disfraces: que la gente piense que eres algo que no eres.

Nos turnamos para cambiarnos detrás de los contendores en la callejuela a la espalda de la tienda de Rocky. Mejor que lo que debe ocurrir aquí atrás a diario. Keyana está mona con su uniforme de Mercy, pero no hay nada que le quede mejor que sus habituales pantalones ceñidos, camisa enorme y pendientes de aro. Tiene su propio estilo y eso es algo que me encanta de ella.

—¿Estás seguro de que Omar va a cumplir hoy? —me pregunta Trey cuando todos terminamos de cambiarnos. Magda está a su lado con un vestido de flores que le queda grande.

—Dijo que estaba haciendo los últimos retoques —dice Ramón.

—Más le vale que no se raje en el último momento. Ojalá no tuviésemos que arriesgarnos a meternos en problemas hoy —musita Trey.

—No sé. Quiero decir, técnicamente no es como si tuviésemos prohibido entrar en el recinto del instituto. Solo estamos expulsados de las clases. El memorial es público —responde Ramón.

—Sí, entonces ¿por qué nos estamos disfrazando?

—Solo por precaución —dice Keyana—. ¡No necesitamos ninguna atención indeseada! Centrémonos en la tarea que tenemos entre manos. Puede que consigamos exoneraros a todos hoy.

Compruebo el teléfono y veo que son las 11:45. Decidimos que es hora de ponernos en marcha. No estaba nervioso hasta ahora mismo.

—Espero no meterme en líos por saltarme clase —musita Magda.

—Lo mismo digo —dice Luis.

Keyana lo mira dos veces.

—Espera, Luis, ¿por qué te has saltado clase tú? Vamos a *tu* colegio. Podrías haberte limitado a entrar en el gimnasio con tu clase y nos hubiésemos reunido contigo ahí.

Luis parpadea en su dirección, luego se encoge de hombros.

—Es que no me quería perder nada.

Todos nos reímos con eso. Dios, menudo día. Ramón me mira entonces.

—¿Estás seguro de que esa puerta del sótano va a estar abierta?

—Forcé la cerradura cuando Keyana y yo nos colamos para registrar la taquilla de Omar —le digo.

—Sí, pero es probable que ahora se aseguren de que esté bien cerrada —objeta Ramón.

—Eso pensaría cualquiera —aporta Trey. Levanta su teléfono—. Pero mi colega Brandon la comprobó esta mañana y sigue abierta.

—Vale, así que entramos todos por la puerta del sótano y luego nos separamos —dice Keyana. Se gira hacia mí con los ojos muy abiertos—. Pero escuchad: si parece arriesgado, o si hay alguien mirando o lo que sea… largaos y ya está. ¿Vale? *No* entréis si va a suponer un problema. Porque no merece la pena. Podemos vernos luego y…

Le planto un beso en la boca delante de todo el mundo. Ya he aprendido cómo se pone. En ocasiones, le entra el miedo y hay que pararla antes de que se pase de rosca. Me sonríe.

—Lo tengo controlado —digo.

—Lo tienes —admite ella.

—Lo tenemos —entona Trey, como si fuese un partido de baloncesto. Luis se une al cántico. Todos nos reímos. Los hemos oído en los partidos. Esta vez, sin embargo, nadie dice «lo prometo». A estas alturas, ya sabemos de qué sirve eso.

Entramos en silencio por la puerta del sótano y partimos todos de inmediato en direcciones diferentes. No puedo dejar de pensar en lo que Omar tiene preparado para nosotros hoy. Las cosas *tienen* que salir bien hoy, aunque tampoco quiero crearme muchas esperanzas.

Oigo los sonidos lejanos de la multitud que se mueve por todo el colegio. Es como los días de partido, cuando por los pasillos de Promise se puede hablar y reír. La injusticia de todo ello me golpea de repente. ¿Por qué tiene que ser así? No soy mal chico. Ninguno de nosotros lo somos. Entonces, ¿por qué me tengo que pasar el día entero sin sonreír siquiera?

Aunque mi nombre quede limpio, no creo que quiera volver a este sitio jamás. Sería igual que ir a la cárcel. A estas alturas, ¿cuál es la diferencia?

Recorro el pasillo solo y todos los recuerdos de ese día vuelven a mí de golpe. Pedir permiso para ir al baño y no saber si de verdad me iban a dejar ir a mear. Incluso entonces, con permiso, Hicks me detuvo y me interrogó. Bajar al cuarto de baño e intentar tener un momento para mí solo en el que no me estuviese mirando ningún profesor pendiente de que moviera una sola pestaña en la dirección equivocada.

No me había dado cuenta hasta ahora mismo, pero estos últimos días desde el asesinato, estar fuera del colegio y lejos de la supervisión constante, han sido los días más relajados desde que tengo uso de memoria. Esto no puede ser normal. Simplemente no puede serlo.

Y de ahora en adelante, no lo será.

CAPÍTULO VEINTISÉIS

Casi la hora del show

TREY

Me siento extraño al estar otra vez en el gimnasio, sobre todo porque llevo un traje en lugar de la ropa de baloncesto. En lo único que puedo pensar es en el partido que debería haber jugado y del que Moore me borró, el que seguro que hubiese propulsado mi carrera: directa a la universidad.

Mientras camino entre el gentío en dirección a las filas y filas de sillas que tienen alineadas sobre el suelo del gimnasio, no puedo evitar sentir todas esas sensaciones otra vez: la ira, la desilusión, la vergüenza. No tiene ningún sentido que una sola persona tenga tanto control sobre el futuro de otra.

Elijo un asiento entre el mar de sillas y levanto la vista hacia el escenario donde el decano Hicks, el Sr. Ennis y otras personas ricas ya están alineadas. Una ira intensa invade todo mi cuerpo al verlos ahí arriba, tan elegantes y lustrosos. A ellos los honran mientras que yo soy el sospechoso de asesinato.

Respiro hondo e intento mantener la calma. Ramón y yo, y también los otros, hemos entrado por separado y nos hemos desperdigado entre la multitud. Nadie se fija en nosotros. Al menos no me lo parece. Esta es la primera vez que he estado dentro de mi propio colegio y no he tenido la sensación de estar caminando de puntillas. Lo cual es gracioso, puesto que, literalmente, me he *colado*.

A las doce en punto, Hicks se levanta con ímpetu de su silla y va hacia el atril. Detrás de él, la enorme pantalla del proyector ondea un poco y, cuando el decano saluda al público, la cháchara se acalla de inmediato.

—Es maravilloso ver tantas caras aquí para honrar la vida de mi colega y, sobre todo, mi buen amigo, Kenneth Moore. Todos los presentes sabemos el impacto que tenía en cualquier espacio en el que entrara, y me llega a lo más profundo del corazón ver una sala *tan grande* como esta llena de la evidencia de ese impacto. Estoy seguro de que estamos aquí reunidos en reconocimiento a todos sus logros…

He estado en un montón de funerales y siempre tengo que hacer esfuerzos por mantenerme despierto. No porque me aburra, sino porque siempre parecen tan poco sinceros. A algunas personas les incomoda cuando la gente sube ahí arriba y llora y moquea, pero yo lo prefiero la verdad, aunque no sienta lo mismo por la persona fallecida. Porque al menos eso parece venir de un lugar real.

Cuando Hicks termina su aburrido discurso, otras personas se levantan y cuentan historias sobre el Sr. Moore. Todos los que están en el escenario con sus trajes y sus zapatos relucientes están ahí para hablar en recuerdo del director, pero nadie llora y todas las historias tienen el mismo tono: «el bueno de Kenneth Moore». O «puede que no siempre estuvieras de acuerdo con él, pero no puedes discutir que él…».

De repente, solo quiero salir de aquí. Aunque eso signifique tener que pasar por delante de ese gigantesco retrato del director Moore que cuelga ahora en el vestíbulo. No existe ninguna razón para que ese cuadro tuviese que ser tan grande. Cada vez me da más la sensación de que esto son solo un puñado de egos nadando en un tanque lleno de tiburones.

El Sr. Ennis es el siguiente en hacer uso del micro. Va vestido como siempre. He visto también a su mujer en algún lugar del público, con un elegante traje pantalón, como si se presentase a las elecciones para ser presidenta, o como si lo hiciera él.

—Solo quiero hacerme eco de lo que han dicho todos hasta ahora —dice el Sr. Ennis con voz contundente a través del micro—. Promise es un lugar especial y eso se lo debemos a Kenneth Moore.

Miro por el gimnasio a mi alrededor y me pregunto por primera vez si el resto del cuerpo estudiantil está pensando lo mismo que yo: que sí, Promise *es* un lugar especial y se lo debemos a Moore… un lugar especialmente jodido. Veo a Ramón y noto que una profunda arruga cruza su frente.

—Quería aprovechar esta oportunidad para anunciar un cambio grande en Promise, ahora que estamos honrando la vida de este hombre. De ahora en adelante, este colegio será rebautizado de manera oficial como Kenneth Moore Promise Prep. Hemos pensado que lo más apropiado es que, como el director Moore ya no está con nosotros en carne y hueso, el colegio lleve su nombre para que podamos llevar siempre la promesa de su misión en nuestros corazones.

Sigue hablando, pero yo me limito a quedarme ahí sentado y siento una especie de vacío por dentro ante su anuncio. ¿Ponerle al colegio el nombre de Moore? Quiero decir, pues vale. Es solo un nombre. Es solo un colegio. Pero mientras escucho a la gente a mi alrededor aplaudir y los veo asentir, un pensamiento me viene a la mente de sopetón: *No es justo.*

Simplemente no es justo.

Me hace sonar como un niño pequeño. Como si tuviese una pataleta por haber jugado mal un partido o algo. Pero no es justo. El tipo que nos hizo a todos tan desgraciados y se paseaba engreído por todo este sitio y se plantaba a pocos centímetros de las caras de los chicos para gritarles con el aliento apestando a alcohol... *¿ese* tipo va a entrar en el más allá con todo el mundo contando esta locura de historias sobre él y poniendo su nombre a edificios?

¿Qué pasa con nosotros? ¿Conmigo y con J.B. y con Ramón? Las historias que cuenten sobre nosotros nunca se grabarán en oro.

Suspiro de un modo tan ruidoso que la mujer de mi lado se mueve un poco. Los aplausos empieza a amainar y Hicks está otra vez ante el micro. ¿Durante cuánto tiempo quieren oírse *hablar* a sí mismos?

—Ahora, es un placer para mí anunciar a algunos alumnos —dice Hicks— que quieren compartir algunas palabras finales en honor de su amado líder...

Se me acelera el corazón mientras escudriño al público en busca de Omar. ¿Dónde está? Este plan no funcionará sin él. Tenía la sensación de que nos dejaría tirados, aunque había esperado que no lo hiciera.

Entonces, justo cuando estoy a punto de escribir al equipo para abortar la misión, lo veo sentado al fondo mismo del escenario, encaramado a su silla como un pajarillo. Tiene un arte especial para simplemente desaparecer, para fundirse con su silla, con la gente. De alguna manera, se hace imperceptible. No sé cómo lo hace, pero pasa desapercibido a simple vista. Ahora mismo, sin embargo, puedo verlo, y me está mirando. Los dos asentimos.

Es casi la hora del show.

CAPÍTULO VEINTISIETE

Apoteosis final

RAMÓN

Alguien debe haberse fijado en mí. Después de eso, no hay forma de detener la marea.

Los chicos de Promise son unos maestros a la hora de escribir en sus teléfonos sin que nadie lo note y sé que las noticias vuelan. *Están aquí.* No son solo los alumnos. Se dan codazos imperceptibles, los dedos señalan en silencio. *Están aquí. Los tres chicos que se cree que lo hicieron. Hay asesinos, o como poco uno, entre nosotros.*

Intento ignorarlos a todos. Mantengo los ojos clavados en el escenario, a donde he estado mirando todo el rato. Todo esto parece una gran mascarada.

Me estoy planteando levantarme e irme cuando Trey escribe por el chat del grupo:

> Ya estamos casi ahí. La apoteosis final llegará muy pronto.

De repente, siento como si mi silla fuese lava fundida. Me quedo pegado a ella, incapaz de moverme.

No es como si estuviésemos infringiendo ninguna ley. Los polis no nos prohibieron entrar en este edificio, aunque con una multitud aquí para llorar por un hombre que somos sospechosos de matar, esto se va a poner incómodo muy deprisa.

Trey no vuelve a escribir y me da miedo mirar en su dirección. Siento cada vez más ojos sobre mí, como si un centenar de cucarachas correteara por todo mi cuerpo. También me da miedo lo que pueda estar sintiendo Trey, consciente de que él fue el que llevó el arma al colegio. De todos nosotros, es el que más culpable parece.

Becca está en el escenario soltando un discurso sobre lo mucho que la inspiró Moore durante toda su vida y cómo, gracias a él, va a ser directora de un colegio algún día. *Pfff*, pues claro que sí. Siento pena por los estudiantes a los que cree que va a salvar.

—¿Quién sabe? —dice Becca con esa sonrisa que lleva siempre plantada en la cara cuando sabe que alguien la está mirando—, ¡quizás algún día sea la directora de Promise!

Por primera vez a lo largo de toda esta farsa, oigo un par de risitas entre el público. Antonio, de ESL, es uno de ellos; reconocería su aguda risa nasal en cualquier parte. Me da ganas de reírme también, igual que me la da la expresión del rostro de Hicks. No puede increparnos aquí como lo haría durante la jornada escolar. Aquí hay cámaras de televisión, por el amor de Dios. Pero escudriña a los presentes con una mirada letal con la que nos promete a todos futuras represalias desagradables.

Nos llega otro mensaje de Trey:

Cabezas arriba, todo el mundo. Aquí viene el Sr. Reggie.

En efecto, el Sr. Reggie se está moviendo desde la parte delantera del gimnasio en línea recta hacia el fondo, mientras recorre las sillas con los ojos. Debe de haber recibido el soplo de que estamos aquí. Agacho la cabeza y sé que los otros hacen lo mismo. Por el rabillo del ojo, veo que el hombre clava la mirada en Trey. Eso cuadra. Trey es siempre al que recuerda la gente como el «chico malo», solo porque está siempre haciendo payasadas. Imagino que lo utilizan contra él en el tribunal y eso me revuelve el estómago.

—Y el último de nuestros alumnos en hablar... —está diciendo Hicks, lo cual detiene al Sr. Reggie a medio camino.

Se queda cerca de la pared del gimnasio, los ojos guiñados en dirección al público. Trey tiene la cara girada hacia mí, justo en el ángulo correcto para que el Sr. Reggie no pueda verlo. Noto que el Sr. Reggie está frustrado; no va a interrumpir el homenaje montando un numerito y que luego resulte ser otro tipo. Sé que lo del traje lo tiene despistado, y me quito un metafórico sombrero ante Keyana.

—Es un placer para mí anunciar a Omar Rosario, un trabajador y alumno, y también el fotógrafo y cámara *amateur* de Promise. Es posible que hayan visto ya los vídeos y las instantáneas en todos los monitores del colegio. Si lo han hecho, ¡entonces ya han visto el excelente trabajo de este alumno! Hoy, tenemos que agradecerle el vídeo en honor de la vida del director Moore. Yo ya lo he visto y, créanme, no quedará ni un ojo seco en toda la sala.

Recibe a Omar en el atril con un amplio gesto de su brazo y, por primera vez, todo el cuerpo estudiantil ve a este chico.

Yo lo he visto miles de veces, por supuesto, casi siempre en la oficina. Cada vez que me castigaban, era Omar el que me daba el parte firmado en la oficina. Siempre farfullaba una respuesta cuando le daba las gracias, aunque nunca decía más de lo necesario. Estuvo conmigo en ESL durante un año, pero superó ese nivel enseguida. Nunca supe si debía estar en esa clase al principio o no... si solo lo relegó ahí Moore porque habla español, o si es que aprendió inglés muy deprisa. Quién sabe.

Omar suele ser un misterio, pero hoy camina hacia el micrófono muy estirado, la espalda bien erguida, aunque con los hombros un pelín encorvados. Sus delgadas manos agarran el micro y lo ajusta para que esté a la altura de su boca.

—Hola —le dice al gimnasio. No farfulla. Su voz es suave pero clara—. Me llamo Omar Rosario y me gustaría dar las gracias al director Hicks por cómo me ha presentado, así como por las oportunidades que él y Promise me han proporcionado, permitiéndome explorar mis intereses en las artes fotográficas y audiovisuales al tiempo que trabajo hacia mi graduación. Espero que todo el mundo disfrute de la película y siento que haya acabado por ser un poco larga. Ha sido muy difícil elegir qué escenas incluir y cuáles cortar.

Las luces se atenúan y, cuando miro a Trey, veo que ya no tiene que ocultar la cara del Sr. Reggie; la oscuridad lo hace por él, y además el Sr. Reggie ya no lo está mirando de todos modos. Todo el mundo mira hacia la gran pantalla brillante. Omar ha regresado a su silla en el escenario y se mira con educación las manos mientras el vídeo empieza a reproducirse.

Empieza con Promise con su aspecto original (casi el mismo que tiene ahora, solo que un poco más nuevo, un poco más reluciente). En aquellos tiempos había muchos más pósteres: clubes y organizaciones y cosas así. Y ahí está Moore, paseando por el pasillo con una sonrisa en la cara, su pelo mucho menos gris y su traje mucho menos sofisticado. Alguien debía de tener este vídeo en un teléfono viejo, dada su poca resolución y el volumen poco nítido. Pero es él. Y para ser sincero, puede que por aquel entonces el tipo me hubiese gustado.

La Sra. Hall camina a su lado con una sonrisa radiante. Hay tomas incluso en las que Moore entra en aulas e interrumpe un poco las clases. Todos los chicos van vestidos con los mismos uniformes rígidos de ahora, pero sus rostros no están igual de rígidos. La gente parece más relajada, hay imágenes en las que los chicos están hablando en los pasillos incluso. Noto con sorpresa que no hay ninguna línea azul en el suelo. ¿Cuándo habrían introducido eso? Se oye a gente reír y *no* se oye el incesante *bip bip bip* de interminables deméritos.

A medida que la película progresa, es como ver una secuencia temporal. Los alumnos se hacen mayores, las sonrisas menguan, los pasillos muestran cada vez menos alumnos y pósteres. Da la impresión de que las paredes son cada vez más grises. Hubo un lapso de tiempo antes de que llegase Hicks, pero de repente ahí está: tomas serias de los dos hombres caminando por el pasillo, sumidos en conversación. Tomas de ellos inclinados sobre un montón de papeles sobre la mesa de la sala de conferencias, casi como si fuesen arquitectos.

Levanto la vista hacia Hicks y veo su rostro demudado por la emoción. Su amistad con Moore florece ante los ojos de todo el mundo. Me haría sentirme triste si no supiese cómo se apoyaban el uno al otro, pero nunca a nosotros. Cómo en ocasiones parecía que se reunían en la oficina de Moore solo para planear nuevas maneras de volvernos más rígidos y silenciosos.

Ennis aparece en algunas de las tomas y siempre sonríe de oreja a oreja, cada vez que aparece en pantalla. Empiezo a darme cuenta de que Omar es un cineasta brillante. Por ejemplo, nunca muestra una imagen de Ennis en primer plano; siempre está en segundo plano, charlando u observando o sonriendo. Porque ese es quien es en Promise: el tipo entre bambalinas, el hombre del dinero, el que susurra al oído del que lleva el timón. Él también envejece a medida que avanza la película, otro testamento al talento de Omar: es todo cronológico, y no es tanto un repaso de la carrera de Moore como una historia de Promise, desde el pasado hasta el presente.

Entonces ahí estoy yo. Capto un atisbo de mí mismo al fondo de una toma en la cafetería: sonrío mientras le paso a alguien una pupusa. ¿Se habrá fijado alguien más en mí? Me da miedo mirar a mi alrededor. ¿Incluyó Omar esa toma a propósito?

Después aparece Moore en el pasillo, con el aspecto que tenía en los días previos a su asesinato: un poco desaliñado en su traje elegante. Camina con rigidez por el pasillo. Es un plano largo. Está lejos de la cámara, pero se le oye gritar a los chicos de los pasillos. Miro de reojo a Hicks y veo que está frunciendo el ceño.

A continuación se ve a J.B. La cámara solo hace una panorámica por delante de él, como si lo atrapase sumido en sus pensamientos. Cierra su taquilla y luego se aleja con calma y en silencio por la línea azul.

Moore otra vez. Ahora cierra de un portazo la taquilla de un chaval después de que este haya sacado sus libros. El chico da un respingo y se oyen unos gruñidos amortiguados entre el público.

Y entonces aparece Trey. Salta para lanzar un triple en la cancha de baloncesto, riéndose de manera escandalosa, los ojos iluminados por una broma. Moore ni siquiera estaba en esa toma. ¿Qué estaba haciendo Omar? Echo otro vistazo al escenario y veo que Ennis se inclina hacia un lado para decirle algo a Hicks, que niega con la cabeza.

Entonces el gimnasio se llena de ruido. Día de partido. Banderines. Colores. Gritos y vítores y cánticos. Los pasillos se inundan de gente. La cámara revolotea entre ella como un pájaro, la esquiva de un lado para otro. Transmite la sensación de estar rodeado de personas, animado por la energía y la emoción y el nerviosismo. Hay tomas desde la última fila del graderío que muestran el gimnasio repleto de gente. Tomas desde la entrada que captan los pies veloces de ambos equipos, abajo y atrás, abajo y atrás. Tomas desde el pasillo, la pancarta sobre la puerta del gimnasio que dice EN PROMISE PROMETEMOS.

Entonces la cámara se mueve con suavidad por el pasillo, hacia atrás, como si retrocediera en el tiempo. Despacio al principio, después más deprisa, las taquillas se confunden unas con otras. En algún lugar a lo lejos, todavía se oye el clamor del gimnasio.

Los gritos se van perdiendo poco a poco, luego aumentan de volumen otra vez, no el clamor informe de muchas voces, sino la pronunciación nítida de dos. La pantalla se pone negra.

Pero el audio continúa.

—¡Lo único que tenías que hacer era darme mi tajada, Ken! ¡Te lo podía haber dicho más alto, pero no más claro! ¡Te lo advertí y ahora aquí estamos!

—¡Y yo te dije a ti que eso no va a ocurrir! ¿De cuántas formas tengo que decirte que no?

La primera voz se llena de odio de repente, se transforma en algo espantoso.

—¿Crees que me voy a quedar de brazos cruzados y observar cómo me mantienes al margen? Puedo lidiar con ello. ¿Crees que no? Igual que lidio todos los demás problemas que me colocas.

—Hace falta tiempo para construir esto y tú quieres entrar por la puerta grande sin haber hecho nada del trabajo previo. Así no es como funciona. ¡Y si te hubieses preocupado de tus propios jodidos asuntos en lugar de meter las narices donde nadie te había llamado, esta conversación ni siquiera estaría teniendo lugar! Así que si estás enfadado, es solo culpa tuya.

Se enfadan cada vez más. Uno empieza a gritar más alto, el otro intenta acallarlo. Sé a quién estoy oyendo, sus voces claras como el agua.

Hicks y Moore.

—¿Crees que voy a dejar que simplemente... no me des mi tajada? ¿Sabiendo lo que sé? —grita Hicks.

—Te estoy diciendo que no tienes ni voz ni voto en este asunto, joder. —Se produce una pausa momentánea y se oyen unos ruidos, como un arrastrar de pies, un roce o algo—. Oh, serás hijo de puta, ¡te reto a hacerlo, cabronazo! —ladra Moore—. ¡Te reto a hacerlo!

—¡Dame mi tajada! ¡Sé que el Fondo Promise es solo tu hucha del cerdito, Kenny! ¡Todo ese dinero de Ennis va directo a tu bolsillo! ¡Quiero mi parte!

—¡He dicho que NO!

Cuando se oye el disparo, todos los presentes en el gimnasio Stanley Eddis sueltan una exclamación. Wilson Hicks, el decano de los estudiantes, ahora director interino, cazado en una grabación asesinando a su compinche, el director Moore.

Mi abuela siempre dice que tengo un don para fijarme en los detalles. El correo que recibimos J.B., Trey y yo fue una revelación involuntaria. «Merodeando», había dicho Hicks. Había utilizado esa palabra conmigo antes.

La cinta sigue su curso y oímos el cuerpo del director Kenneth Moore caer al suelo. Oímos ruidos por la habitación, movimientos apresurados, como si tratasen de limpiar huellas, de amañar la escena del crimen. Y después, todo lo que oímos es silencio.

Keyana Glenn

En el escenario, Wilson Hicks intenta encender el micro a la desesperada para detener la presentación. Está frenético. Mientras tanto, Omar Rosario está sentado tan tranquilo en su silla con las manos cruzadas en el regazo.

Entre el público, la gente está gritando. Algunos han sacado el teléfono de inmediato para llamar a la policía, pero no necesitan hacerlo. La pasma ya está aquí. Los vi cuando entramos con discreción junto al resto de los asistentes. En los grandes eventos como estos siempre hay polis presentes y hoy no es ninguna excepción.

Nadie sabe lo que hacer y yo tampoco. Me limito a quedarme sentada en mi silla, deseando poder estar al lado de J.B., cuyo rostro tiene el mismo aspecto que en la película de Omar: serio, pensativo, estudioso, incluso cuando todo el mundo está muerto de miedo.

—¡Que todo el mundo permanezca sentado! —grita Hicks—. Vamos a desentrañar este suceso. Vamos a averiguar qué ha pasado aquí. Esto es algún tipo de broma macabra... el chico será expulsado...

Todo el mundo parece paralizado en el sitio.

Excepto los Chicos de Promise.

J.B. es el primero. Mientras Hicks les chilla a todos los presentes que permanezcan sentados, que guarden silencio, J.B. se levanta despacio de su silla plegable. Es imposible no verlo. Cada centímetro de su 1,90, ahí de pie con el traje de mi padre, sin hacer nada, los brazos a los lados. Se limita a quedarse de pie, a mirar a Hicks. Todo el mundo lo ve y los susurros se extienden deprisa. Algunos no son susurros.

Es inocente. Ese es J.B. Williamson. Es inocente.

Después es Trey. Él también se pone en pie. El traje le queda un poco holgado por los hombros.

Trey Jackson. También está aquí. Trey no lo hizo.

Luego Ramón. Está temblando cuando se levanta. Lo veo desde aquí.

Ramón Zambrano. Es inocente. Son todos inocentes.

Uno por uno, los Chicos de Promise se ponen en pie. No dicen nada. Pero uno tras otro, fila tras fila, los otros alumnos se levantan, hasta que todos y cada uno de los uniformes del gimnasio están de pie, la espalda muy recta, en actitud desafiante.

Y por fin, Omar Rosario también se pone en pie.

CASO DEL HOMICIDIO DE KENNETH MOORE

INFORME OFICIAL DEL DEPARTAMENTO DE POLICÍA DEL DC

Interrogatorios adicionales y la recolección de pruebas tanto físicas como digitales indican que Kenneth Moore, difunto director de Urban Promise Prep, dirigió durante años una trama de fraude y malversación de fondos procedentes de donantes y de ámbitos políticos. Stanley Ennis, Lindsay Ennis y otro miembro del consejo también estaban implicados. Las investigaciones son prometedoras; el inspector Ash se encargará del caso Ennis con un equipo de tres agentes.

Evidencias irrefutables apuntan a Wilson Hicks, exdecano del cuerpo estudiantil de Urban Promise Prep, como responsable de la muerte de Moore. Los cargos incluyen asesinato, coacción, chantaje, falsificación de pruebas, mala praxis y manipulación de pruebas. El arma asesina fue encontrada en casa de Hicks. La pistola tenía las huellas del decano.

Ante la evidencia del audio grabado por el alumno Omar Rosario, Hicks admite haberse encarado con Moore sobre su malversación y haberlo presionado para que compartiera los fondos. Hicks parece dispuesto a proporcionar información acerca de otras personas implicadas en la trama; esto será materia de consulta con el ayudante del fiscal del distrito a medida que avance la investigación.

Los informes de laboratorio confirman la afirmación de J.B. Williamson de que la sangre de su camiseta era suya; de hecho, varios testigos informan de que a Williamson le empezó a sangrar la nariz en el gimnasio de Promise Prep el día que se mostró el vídeo de Rosario.

El tutor de Trey Jackson, Terrance Jackson, confirma que la pistola es suya y que no se había dado cuenta de que había desaparecido; los informes indican que no ha acudido a un campo de tiro en muchos meses, lo cual respalda su afirmación de no saber nada de su desaparición. Hicks admite que encontró la pistola en el cuarto de baño cuando estaba haciendo una inspección en busca de contrabando. Lo que no está claro es cómo llegó la pistola hasta ahí, pero se cree que es posible que se la hubiesen robado al Sr. Jackson con anterioridad.

En cuanto a Ramón Zambrano, de entrada Hicks había dicho que sus huellas estaban en el cepillo de pelo del joven encontrado en la escena del crimen porque lo había recogido del suelo cuando descubrió el cuerpo. Sin embargo, en un interrogatorio más reciente, Hicks admitió que robó el cepillo de la oficina del colegio y lo dejó en la oficina de Moore.

Esta investigación encuentra a los tres Chicos de Promise, J.B. Williamson, Trey Jackson y Ramón Zambrano, inocentes.

EL PERIÓDICO DE PROMISE PREP

POR MARCUS WATTS, EDITOR JEFE

Un año después de que el asesinato del director Kenneth Moore sacudiera nuestra bien avenida comunidad, el recién rebautizado Promise Prep prospera bajo el liderazgo de la directora Carla Hall. Un visitante podría no reconocer el colegio comparado con el del año pasado, pues los pasillos están ahora llenos de ruido, así como de pósteres de eventos y de organizaciones recién formadas, incluido este periódico, que ya ha obtenido un galardón por su integridad y excelencia.

Los acontecimientos del año pasado requirieron una reorganización masiva de todo, desde los valores hasta el manual de dirección pasando por el personal docente. Es posible que solo reconozcas a un puñado de los profesores; la directora Hall fue meticulosa al cambiarlo todo en Promise. Ahora hay un consejo de alumnos, así como seis psicólogos educativos, un equipo entero de ESL y una sala sensorial que el cuerpo estudiantil denomina la Mansión Relax.

El comité de investigación encabezado por alumnos ha descubierto que estas son las medidas que requiere un entorno escolar de verdadero éxito. Cuando sus investigaciones descubren una nueva iniciativa que el comité considera que podría servirle bien al cuerpo estudiantil de Promise, se la proponen a la directora Hall, que se reúne entonces con el consejo de alumnos. Estos son solo algunos de los añadidos de Promise, pero muchas de las reglas instauradas por Moore se han eliminado. Incluida la línea azul.

En el día de hoy, un año después de demostrarse la inocencia de tres alumnos de Promise que fueron acusados de asesinar al exdirector Moore, el *Periódico de Promise Prep* ha creído oportuno arrojar luz sobre los caminos de estos tres jóvenes que, aunque ya no son alumnos del instituto, continúan el nuevo legado de este colegio, en lo que cree y lo que representa.

Ramón Zambrano, fundador del programa ICS aquí en Promise (que sigue siendo uno de los programas más populares y bien vistos del distrito), recibió una beca completa para asistir a la Escuela Sullivan de Artes Culinarias, donde se está preparando para tener una gran carrera como chef.

Trey Jackson se graduó como el máximo anotador sénior del distrito y ahora juega al baloncesto en la primera división universitaria mientras estudia informática.

Y J.B. Williamson ha dedicado este año a viajar por carretera junto con su novia del instituto, Keyana Glenn. Han retrasado su entrada en la universidad durante un año (ella estudiará leyes; él, composición musical) para explorar el país juntos.

Las vidas de estos tres jóvenes seguirán sus caminos únicos, pero vayan donde vayan, el cuerpo estudiantil de Promise Prep los aplaude por su coraje y por personificar los principios del lema de Promise, que puede que haya cambiado un poco desde la última vez que lo oíste:

Somos los jóvenes de Promise Prep.
Estamos destinados a la grandeza.
Merecemos alegría.
Somos extraordinarios.
Le pedimos al mundo lo que le damos al mundo:
respeto, sabiduría y decencia.
Somos la esperanza los unos de los otros.
Somos responsables de nuestros futuros.
Somos el futuro.

Lo prometemos.

Agradecimientos

Como siempre, en primer lugar quiero dar las gracias a la mejor compañera que podría tener jamás, mi querida mujer. ¡Tú eres mi roca! Gracias también a mis preciosas bebés gemelas, a mis padres, mis suegros y a toda mi extensa familia y amigos por apoyarme durante este viaje. Gracias por aportarme tantas cosas que yo puedo aportar después a mi arte.

Gracias, Brian Geffen, por defender a *Los chicos de Promise* y guiar este proceso con más elegancia de la que había visto jamás. Tu dedicación ha sido una inspiración. Tu perspicacia y tu cerebro creativo han sido de un valor incalculable, y no hubiese podido contar esta historia sin ti.

Gracias, Dhonielle Clayton, que creyó en mí lo suficiente para darme esa oportunidad que siempre había necesitado. Gracias por compartir tu sabiduría y tu experiencia de un modo tan generoso, y por ser una mentora para tantas voces en esta industria. Te estaré para siempre agradecido.

Gracias, Joanna Volpe, ¡por ser la JEFA que eres! Gracias por estar en mi rincón y estar ahí siempre que te necesitaba. Y gracias al resto de los equipos de New Leaf y Cake Creative por vuestro apoyo en bambalinas, en especial Jenniea Carter, Jordan Hill, Meredith Barnes, Shelly Romero, Clay Morrell y Carlyn Greenwald.

Gracias también al resto del equipo editorial de Macmillan: Carina Licon, Ann Marie Wong, Jean Feiwel, Jennifer Besser, Rich Deas, Kat Kopit, Alexei Esikoff, Veronica Ambrose, Ryan Jenkins, Jennifer Edwards, Kristin Dulaney, Sam Smith y Emma Jones. Le mando mucho mucho cariño al brillante equipo de publicidad y marketing: Molly Ellis, Morgan Rath, Mariel Dawson, Melissa Zar, Katie Quinn, Naheid Shahsamand, Mary Van Akin y Kristen Luby. Y un agradecimiento especial va para Ken Nwadiogbu, que creó nuestra fenomenal cubierta.

Sin todos vosotros, *Los chicos de Promise* no habría sido posible. Esta ha sido una gran comunidad de personas listas y talentosas que creían en el poder de contar cuentos.

Y por último, pero desde luego que no menos importantes, quiero dar las gracias a todos los alumnos a los que he dado clase alguna vez, o con los que me he cruzado en los pasillos, o entrenado en Little League. Todos vosotros me habéis inspirado de muchísimas maneras y estoy trabajando para devolveros el favor. Quiero dar las gracias a los niños que estén leyendo este libro hoy. Podéis ser lo que queráis en este mundo. Vuestra imaginación es uno de vuestros mayores activos. ¡Aprovechadla!

Con mucho cariño, gracias a todos.

—Nick